ヤンデレ系乙女ゲーの世界に転生してしまったようです　2

シェイド・ラジアータ
リコリスの義理の弟。幼少期にリーリア公爵家に引き取られた。自他共に認めるシスコン。華やかな美形の上、社交的な性格なので、女子に人気がある。
リコリス・ラジアータ
リーリア公爵の一人娘。大人びた見た目をしているが、実は好奇心旺盛で世話焼きな性格。転生先の『ヤンデレ系乙女ゲー』の世界で、死亡フラグ回避のために奔走する。
ヴォルフガング・アイゼンフート
リコリスの婚約者。真面目な性格で、人に甘えることが苦手。リコリスには深い愛情と執着を抱いており、常に彼女が最優先。愛称はヴォルフ。
登場人物紹介

ルイシャン
異国出身のエキゾチックな雰囲気の美少年。生い立ちの関係で非常に潔癖な性格をしている。
アルタード・ブルグマンシア
見た目は天使のようだが、子供っぽい我儘でリコリスを振り回す、困った後輩。愛称はアルト。
リリアム・バレー
平民出身の少女。『ヤンデレ系乙女ゲー』世界のゲームヒロイン。素晴らしい魔法の才能を持つが、現在は回復魔法しか使えない。愛称はリリィ。
カフィル・ラジアータ
リーリア公爵家の現当主で、リコリスの父親。国王の名代として各国を飛び回る生活を送っている。
ウィオラ・アトレイド
学園でも指折りの美人。勝気で努力家。家柄は決して高くはないが、自身の出自には誇りと自信を持っている。
オリア
ルイシャンの付き人。リコリスの記憶にある限り、ゲームには存在しないはずの人物だが……？

目次

※印は書き下ろし

学園編

The magical school

一　はじまりの時

新入生への歓迎会を兼ねた御前《ごぜん》試合の控《ひか》え室は、熱気にあふれていた。

騎士を志願する生徒などは、試合の結果に一喜一憂《いっきいちゆう》している。

そのくせピリピリとした緊張感がどこか薄いのは、結局のところこれが学校行事であるためか。

それとも、優勝と準優勝はほとんど決まっているのだから気楽にやろうという思いのあらわれかもしれない。

普段であれば半裸《はんら》の男子生徒に遭遇《そうぐう》する可能性のあるこのような場所には、女子生徒としてはなかなか近寄ることができない。しかし今日はこれから学園長が生徒たちに激励《げきれい》の挨拶《あいさつ》をしに来る予定で、そのために彼らもそう崩《くず》れた格好でくつろいではいられないのだ。

控え室にはちらほらと、激励目的の女生徒がいた。おそらくは出場者の中に兄弟、もしくは婚約者でもいるのだろう。

私もまたそれに倣《なら》い、熱気あふれる控え室に足を踏み入れた。

「ヴォルフ、シェイド」

奥まったところにいた二人に声をかけると、まず我《わ》が婚約者殿が振り返った。

「リコリス」

青紫の瞳が、柔らかくほころぶ。

ここ数年で格段に大人びたヴォルフは、身長が高くなっただけでなく全体的にがっしりとして、比較的体格のいい生徒が集まるこの場にあっても他との差が顕著《けんちょ》だ。

女子としてはかなり背が高い私からしても、見上げて話すような格好になる。こうして育ちに育った彼を見ていると、出会った頃の、彼をほんの少しとはいえ見下ろしていた時期の貴重さが分かるのだ。

ヴォルフの格好は、一見して常《つね》と変わらない。普段からきっちりとした格好を好むヴォルフは、御前試合だからと特別な装《よそお》いをする必要はないのだ。糊《のり》の効いたシャツに黒い上着。長身のヴォルフが上下を黒で揃《そろ》えるとそれは威圧感があるのだけれど、まあいつものことである。

髪が目の前にくるのがあまり好きではないらしい彼は、前髪を横や後ろに流してしまうことが多い。

あらためて思うが、十七歳の我が婚約者殿は惚《ほ》れ惚《ぼ》れするほど格好良くて、隙《すき》がない。

顔立ちも体格相応に大人びてかなり整っているのだが、長《ちょう》じてからは眼光鋭《するど》いイメージをよく取り沙汰《ざた》されている。髪も服も黒い中で、ヴォルフの切れ長の瞳はひじょうに鮮やかで印象的な青紫なので、それによって起こった誤解だと思う。

べつに、普段から不機嫌そうであるとか、気難しいところがあるとか、そんなことはまったくない。ただ、ヴォルフは人前に立つ時など表情を消すことが多いので、端整な顔は怜悧《れいり》な印象を与えてしまうようなのだ。

「もう胴衣《どうぎ》を着ているのね。暑くない？」

「いや。大丈夫だ」

いつも通りの涼しい顔で、ヴォルフは答えた。

学園内のこういった剣の試合においては、学園指定の胴衣の着用が義務付けられている。今日は御前試合とあって、参加者たちはこれを着た上できっちりと上着を着て試合に臨まなければならないのだ。この装いを暑いからと嫌がる生徒は多いのだが、ヴォルフはそんなものはどこ吹く風、という風情《ふぜい》である。

腕や首までを覆《おお》うこの胴衣は、硬度がすばらしくしかも軽いという優《すぐ》れものだ。実際、ヴォルフが持つ剣のほうがずっと重い。ちなみに私は、ヴォルフが扱《あつか》う剣を片手では持ちあげられない。腕がプルプルする。

対して、胴衣を近くのテーブルの上に放ったまま、あからさまに嫌そうに見ているのがシェイドである。

「シェイド。指定の格好をせずに試合には出られないわよ」

私が釘《くぎ》をさすと、弟はニヤリと可愛くない笑顔を見せた。

「そんな口うるさい教師みたいなことを言って可愛い弟の尻《しり》を叩《たた》くために、こんなところまでいらしたんですか？　姉上」

「まさか」

「ですよね」

ヴォルフとは対照的に、シェイドは少し着崩《きくず》した服装を好む。だから今日のように、シャツのボタンをきっちりと首元までしめていると、どこか窮屈《きゅうくつ》そうに見えるくらいだ。

「怪我《けが》をしないために大事なものでしょう？　嫌がらないで着てよ。こちらが不安になるわ。今日はさすがに、シャツのボタンを外すのも駄目よね？　普段と違う格好をしている違和感で気が散って試合に集中できない、なんてことはないの？」

私がついいろいろと口を挟《はさ》むと、シェイドは呆《あき》れたようにため息をついた。

私だって、こんな物言いは過干渉《かかんしょう》だとは思う。でも『シェイドは意外とこういう干渉を嫌がらない』というのを経験則《そく》で知っていることもあって、あまり自重《じちょう》する気はなかった。しばしのにらみ合いの後、シェイドが折れた。

「胴衣がどうのシャツのボタンがどうのなんて、いざ試合になれば気にしている暇はありませんから、ご心配なく」

可愛くない言い方だが、これはシェイドなりの『ちゃんと姉上の言いつけに従いますよ』という言質《げんち》である。

シェイドの容姿は、不思議なことに最近は父によく似てきたように思う。顔立ちがと言うより、雰囲気がだ。いや、実父《じっぷ》ではないにしても血のつながりはあるのだから、おかしいことではないのだが。

特に、愛想よくニコニコ笑っている時の顔だ。父を若くして少し目を細くしたらまさしくこんな感じかな、という表情なのだ（父はちょっと目が丸くて童顔だ）。

少しうねるような癖《くせ》のある髪の色は、子供の頃よりもずいぶんと落ち着いた。もはや金髪と呼ぶような色合いではない。けれど艶《つや》のある茶褐色《ちゃかっしょく》の髪が、陽の光を受ければキラキラと輝く。

肌の白さと相まって華やかな印象の中、濃い赤色の瞳の色だけが際立《きわだ》った暗色《あんしょく》で、「覗《のぞ》きこんでみたくなる」「どことなく神秘的で素敵」と可愛らしいお嬢さんたちに大好評である。

ヴォルフと並ぶと細身の感はあるが、シェイドもまたがっちりと男らしい体格になってしまった。

可愛くないことだ。

「リコリス。用件は？」

「ああ、そうだわ。……あの、私、決勝はたぶん観戦できないと思うの。だから今のうちに激励をと思って」

私の席は目立つ位置なので、どうせバレるならあらかじめ言っておこうとここまで来たのだ。

「何かあったのか？」

すぐにもヴォルフが心配そうな声を出したので、首を振って否定する。

「少し確認したいことがあって。ヴォルフとシェイドの試合は見慣れているし、その間に用事を済ませてしまうわ」

「戦いを前に高揚《こうよう》している男に、冷水《れいすい》をぶっかけるようなお言葉ですね。姉上」

「そのせいで油断してそもそも決勝戦に参加できませんでした、なんて言い訳をしたら指をさして笑うわよ。シェイド」

ジロッと故意《こい》に睨《にら》んでみせると、シェイドは大げさに怯《おび》えたふりをした。

「ごめんなさいね、ヴォルフ。特等席であなたがシェイドを叩きのめして優勝するところを観戦したかったとも思うのだけど……」

俺の扱いが酷《ひど》いんですが、とシェイドが口を挟んでくるが無視した。

べつに、昨年度末に卒業生の一部女生徒たちがシェイドと離れたくないと駄々《だだ》をこねた挙句《あげく》、新学期開始直前まで騒動が続いたことを怒っているわけではない。ええ、けっして。

「それはいいが。本当に問題はないのか？」

「ええ。下級生の様子を見てくるだけ」

「だが、少し……顔色が悪くないか？」

思いのほか近距離から覗きこまれて、私は少し動揺した。ヴォルフとはもう七年強の付き合いになるのだが、きれいな青紫の目にじっと見つめられると、今でも少し動揺してしまう。

「……あの観覧席、やっぱり疲れるわ。王族の方《かた》が近すぎるわよ。学園長先生がお相手をされているから、生徒のほうに話しかけてきたりはもちろんないのだけど。なんだか変に緊張してしまって」

用意していた言い訳を淀《よど》みなく伝えれば、ヴォルフがやっと納得したように頷《うなず》いた。

「そう恐ろしい方々ではないさ」

「それは、あなたはずっと小さい頃から王宮に出入りしていたからそう思うんでしょうけど……。あ、もうあまり時間がないから、行くわ」

「ああ。何かあれば声を上げてくれ」

私たちのやりとりに、シェイドが茶々を入れてくる。

「あーあーこれですよ。騎士殿の心配性はもはや病的だと思いますね。王族ご臨席《りんせき》の警備厳重な御前試合の最中に、観覧席でいったい何が起こるというんです？」

シェイドは時折意図的にヴォルフのことを『騎士』と呼んでからかうのだ。慣れていることもあり、ヴォルフも別段反論はしない。

「それではね、私の黒い騎士様。悪い弟をきっと叩きのめしてやってね。シェイドも、怪我をしないように、それだけは気をつけて。顔に傷でも作ったら、相手の方があなたの信奉者《しんぽうしゃ》に恨まれることになるのよ」

　私はことさら軽い口を叩いて、踵《きびす》を返そうとした。

「リコリス。決勝は、まったく観戦できないのか？」

「え？　ええと……そんなことはないと思うわ。席は離れるけど、下級生の席近くからでも観戦はできるでしょうから」

「どこからでもいい。見ていてくれ。必ず勝つ」


　うわあ、カッコイイ。


　私は口をついて出そうになった公爵令嬢《こうしゃくれいじょう》らしからぬ軽薄《けいはく》な感嘆《かんたん》をなんとか押しとどめると、

「分かったわ。頑張ってね」と言って、今度こそ控え室を後にした。

　背後で二人が火花を散らしているのは見るまでもなく分かった。

　いつかお父様が予言したとおりに、ヴォルフとシェイドはお互いにとってなかなか良い好敵手《ライバル》なのだ。決勝戦は素晴らしい試合が期待できそうだった。


　試合は順当に進んだ。御前試合最後の対戦のカードは、ほとんどの人間が予想した通り本命ヴォルフVS対抗馬《たいこうば》シェイドに決まった。

　そのあたりで私は、そっと席を立つ。

……といっても途中、「どちらにいかれるのですか？」「もう少しで一番大切な試合が始まってしまいますわ」と、やたら周囲に心配されながらだが。

「残念だけれど、先生から頼まれごとをしているので少し席を空《あ》けます。良かったら試合の様子を後で教えてくださいな」と殊勝《しゅしょう》な顔で告げると、彼女たちは大いなる同情を込めた眼差《まなざ》しと「解りましたわ」「お忙しいですわね。いつもありがとうございます」という労《いたわ》りの言葉で送り出してくれた。

同輩・後輩の彼女たちは基本的に育ちがよくおっとりしていて、人の言葉を疑うということをしない。……少し将来が心配である。正直者の配偶者《はいぐうしゃ》に恵まれるといいのだが。

移動する時に少し注目を浴びてしまったが、いざヴォルフとシェイドが現れると観衆の視線は試合場の一点に絞《しぼ》られた。

私は人目を避《さ》けながら移動し、新入生たちの席に近づいた。

試合開始を告げる楽器の音が、青空に高く響き渡った。

その音が途絶《とだ》えるのとほぼ同時に、シェイドが目くらましに魔法を放つ。現れたのが花びらというところがシェイドらしい遊び心だ。ヴォルフは動じることなく、続くシェイドの攻撃を見事に流してみせる。

少々ふざけた始まり方をした試合だが、その後の攻防はまるで火花が散るようだった。

ヴォルフが踏み込んで、目にも留《と》まらぬ一閃《いっせん》。シェイドはそれを後方に飛ぶようにして避ける。

ヴォルフは追わない。次の瞬間にはシェイドが相手の懐《ふところ》に入ろうと踏み込んでくる。それをまたヴォルフが綺麗《きれい》に受け流して距離をとる。

総じてシェイドが手数《てかず》多く攻めるのに対し、ヴォルフはここぞという時に動く。長引けばヴォルフに軍配《ぐんばい》が上がるであろう試合展開だが、一瞬でも気を抜けば負けるのはどちらも同じだ。

時折睨み合った二人の間に訪れる静寂《せいじゃく》、均衡《きんこう》。

観客は固唾《かたず》を飲んでそれを見守る。

その中に、金の髪の少女がいた。

鮮やかなエメラルドグリーンの瞳を輝かせて、試合に見入っている。

興奮に火照《ほて》る頬は薔薇《ばら》色。小さな唇《くちびる》は桃色。

白と空色を基調にした比較的質素なドレスを着て、けれどその愛らしさは隠しようがない。

それはまさしく、例のゲームのオープニング。その一場面を切り取った光景だった。

二　王立魔法学園

例のゲーム。

その言葉を、私はこの歳になるまでどれだけ頭のなかで思い浮かべたことだろう。

はじめてそれをしたのは――私が十歳の時。前世の記憶を、取り戻した時だ。

同時に私は、今いるこの世界と、前世でプレイした乙女ゲームの世界との類似性《るいじせい》に気づくことになった。

乙女ゲームの中に登場する主人公のライバルキャラ、リコリス・ラジアータ。王家につぐ地位を持つ五公家《ごこうけ》の一角、リーリア公爵家の令嬢である。そして、黒髪に黒い目、いつも着ている臙脂《えんじ》のドレスに泣きぼくろ。

そのキャラクターのもつ要素はどれをとっても私に似すぎていた。いや、はっきり言って、私そのものだったのだ。

また、ゲーム主人公にとっての攻略対象――選択肢によっては恋人となるキャラの一人であるヴォルフガング・アイゼンフートは、(当時はまだ姿絵《すがたえ》でしか知らない)私の婚約者のこととしか思えなかった。

初めてヴォルフと顔合わせをする時、私はそれはそれはビビッていた。

『ヴォルフガング・アイゼンフート』は将来ヤンデレになる男。ゲームの中では『リコリス・ラジアータ』を刺し殺すことさえあったキャラクターである。

でも、結論から言えばヴォルフはそんな恐ろしい人間ではなかった。横柄《おうへい》な態度も、虚勢《きょせい》だったのだとすぐに分かった。

その後ヴォルフが毒殺されかかるなど恐ろしい事件もあったが、それらを乗り越えて私たちは一番近しい友人になれたのである。

しばらく後に、シェイドとも出会うことになった。

ヴォルフ同様、例のゲームにおいて『攻略対象』であるシェイド。彼もまたゲームの中では主人公に恋をすることで病《や》んでしまうキャラクター、つまりヤンデレである。

私のシェイドへの初めの印象は、けしていいものではなかった。シェイドは内心を見せない天使の笑顔で私たちに近づいたが、実は『魅了《みりょう》魔法』という力を隠し持ち、それで自分の腹違いの姉のみならず私のことまでも操《あやつ》ろうとしたのだ。

でも結局のところ、シェイドもまた根っからの悪人ではなかった。

シェイドにとって周囲の人間を魔法で操ることは、生き抜くために必要な手段だったのだ。

後で知ったことだが、シェイドの生母《せいぼ》は、息子を育てるつもりはそもそもなかったのだと周囲に公言《こうげん》していた。貴族である父親に引き取られてのちも、シェイドは継母《ままはは》から虐待を受けた。

そんなシェイドを我が家で引き取ることになり、その後のシェイドの努力もあって、私たちは家族になったのだ。

こうして私たちは成長し、ゲーム通り王立魔法学園に入学した。

そう、ゲームの通りだ。

これについては私もおおいに悩んだ。

私は、ゲームの展開に逆らうべきなのか。それとも乗った上で展開の悪化を避けるべきか。

たとえばこの学園に来なければ。ヴォルフとともに他国に遊学《ゆうがく》。シェイドをそちらに呼び寄せる、などということができるとして。

ゲーム時間軸《じく》における展開について、大きく分けて三つの可能性があっただろう。

一つは、そもそも舞台が整わないために、ゲームのようなことがまったく起こらない可能性。

もう一つは、遠く離れた私たちとは関わりのないままに、この学園でゲームの中のような出来事が起こる可能性。

最後の一つは、これが一番恐ろしいのだが、何らかの強制力――仮にそれを『運命』のようなものと仮定する――が働いて、結局私たちもゲームの展開（もしくはそれに似たもの）に巻き込まれる可能性。

一つ目の可能性が実現するならば、それは素晴らしいことだ。私だけでなく、事情を知らないヴォルフやシェイドの身を確実に守る手段といえる。

最後の一つは、私はもちろんのこと、本来のゲームの展開であれば危険な目にあう可能性は低い『攻略対象』ヴォルフとシェイドの身にさえ、どんなことが起こるか予測がつかない。これはそうとう怖い。

そして私は二つ目の可能性も恐ろしいと思った。自分が感知しない場所で、もしかしたら自分には回避し得たかもしれない悲劇が起こったとして。私はそれを無関係のことと切り捨てることができるだろうか？　後悔しないと言えるのか？

一つ確かなことは、私はヴォルフやシェイドに関わったことを後悔していないということだ。むしろ、関わらずにいたらと思うとぞっとする。『もしかしたら』の話であっても、ヴォルフが毒入りのスープを飲んでいたら、宰相《さいしょう》様が無理心中などさせられていたら、シェイドがランクラーツ邸《てい》で成長することになっていたら。そんな可能性は考えたくなかった。

結局のところ、私は学園入学については、格別流れに逆らうような行動は起こさなかった。ヴォルフとともにこの学園に来て、一年後にはシェイドも学園に無事入学した。

今もまだ自分の選択が最善のものであったのかは確信が持てないけれど、今のところは、そう悪い展開にはなっていないと思う。学園生活は意義ある、素晴らしいものだ。この学園でなければ学べなかったと思うことも多い。

王立魔法学園は名前の通り、国王陛下の御名《みな》のもとに設立された学び舎《や》である。実際の運営は魔法協会が行っている。

わが国の中でもっとも歴史の古い、かつ大規模な学府《がくふ》である。集まるのは、魔法を使う資質を持った貴族の子弟《してい》。まれに、国外からこの学園に入学する者もいる。

精神力でもって抑《おさ》えなければ暴走の可能性すらある魔法という資質を、安全かつ的確に伸ばすことのできる国内唯一の施設というのが触れ込みだ。実際、魔法協会の中から特別の資格を得てこの学園の教職につく方々はひじょうに優秀だし、設備も整っている。校舎も寮《りょう》も図書館もとても立派な建物で、馬場《ばば》なども十分な広さを備えている。

学園は、良家の子女《しじょ》が集《つど》う寄宿《きしゅく》制の共学校として、しかるべく厳格に運営されていると言っていいだろう。

寄宿舎に入らないという選択肢は認められていない。男子寮と女子寮を特別の理由・許可無く行き来することは、一般生徒には認められていない。特別な理由なしに外出は認められないし、生徒が部外者を校内に招くことも認められていない。

ないない尽《づ》くしだ。つまり、余計なことは考えずに勉学に励《はげ》み、生活物資は校内の売店や実家からの荷物に頼る。外部の人間との接触は基本的に禁止というわけである。

たとえば夜間の寮の出入りなどは、監視カメラなどよりよほど優秀な結界魔法によって先生方にバレることになる。

学園内外で人の行き来がまったく無いというわけではない。迎賓館《げいひんかん》と通称される、外部から訪れた人の宿泊用施設も存在する。ただこれが少し外れた場所にあるために、生徒たちの行動範囲と来客の行動範囲が重ならない。生徒たちにとっては、日常的に目にする顔が変わるのは一年に一度といっても過言《かごん》ではなかった。

ちなみに、この学園に子供を通わせることは貴族社会の『義務』ではなく『権利』である。つまり、資質を持った子供をこの学園に通わせないという選択も可能だ。

ただしその場合、その子供は魔法協会という後ろ盾《だて》を得ることができない。当然、協会による魔法使用の許可は下りず、幼少期に協会から施《ほどこ》された『封じ』が解かれることもなくなる。

そういった事情を抜きにしたとしても、貴族の子弟の多くが集まるこの場は、社交界デビュー前の子供たちにとってひじょうに重要な社交の場でもある。そのため、学園入学の権利を放棄《ほうき》する者は実際かなり少ない。

そんなわけでこの学園には、十二歳まで親元で大切に育てられてきたお子様たちが続々と送り込まれてくる。そうして初めての共同生活に挑戦というわけである。

もちろんのこと、中には厄介《やっかい》な生徒もいる。

三　学園生活

御前試合がヴォルフの優勝で幕を閉じた、その二日後。

魔法学園では、今年度初めての全校集会が開かれようとしていた。

寮以外の場所で、かつ女生徒向けの授業を受けている時以外なら、私とヴォルフは一緒にいることが多い。シェイドは男女問わず他の人と話をしているところをよく見かけるが（相手の男女比率1：9）、私たちを見かけるといつの間にか寄ってくる。

今は三人で、大講堂の控え室にて立ち話をしていた。

大講堂へ続く廊下の途上にある、小さめの部屋である。ふだん荷物置き場に使われるため閑散《かんさん》としたこの部屋は、くつろぐには向かない。

開け放された二箇所ある出入り口。その大講堂に近い方から、すでに全校生徒が集められた大講堂内のざわつきが聞こえてくるのでなおのこと。

今日は『仕事』のために、あと三人がここに集まる予定である。

仕事というのは、寮の役職による職務のことだ。男子寮・女子寮、ともに最高学年である六年から寮監督長《かんとく》――略して寮長《りょうちょう》が一人ずつ、五年から寮監督生二人ずつが選ばれる。さらにその下、準監督生の数には明確な規定はない。寮長と寮監督生が合議の上、必要と判断した人数指名が可能だ。慣例《かんれい》としてだいたい十数人くらいがその職に就《つ》く。

まあつまるところ、何かと問題を起こしやすい思春期の子供が集まる寮内で、生徒たちを縦《たて》割りに自治管理させようという学園側の目論見《もくろみ》だ。

今期の寮長は、女子寮は私、男子寮はヴォルフが務めることになった。

寮長といっても、普段からなにか仕事が課せられるわけではない。特定の忙しい時期を除けば、せいぜい先生方の使いっ走りと、折にふれ行事で「この栄《は》えある王立魔法学園の生徒として恥ずかしくない行動をとるように」と、全校生徒相手にお説教をさせられるくらいのものだ。

どちらかといえば寮長よりも、実際に寮内で様々な仕事を割り当てられている寮監督生のほうが忙しい。というのも、私も昨年はその任を務めたから分かるのである。

今日は数少ない寮長の仕事――始業の集会において例のお説教をさせられる日で、ヴォルフと私は壇上《だんじょう》に登る予定である。

「そういえば、シェイドは何かやることはないの？」

シェイドもまた、今年度の寮監督生に就任している。

「もう一人の監督生が真面目《まじめ》ですから」

「だからって仕事を彼一人に押し付けたの？」

「俺と二人でやるより効率がいいですよ。あの方と一緒に仕事をするなんて、恐れ多くてとてもとても」

シェイドは言葉ばかり丁寧《ていねい》に言い放った。まさしく慇懃無礼《いんぎんぶれい》という態度である。

私はヴォルフにちらりと視線をやるが、彼はシェイドの言い様に口をだす気はないらしい。ヴォルフはけっこう、下に対して放任主義なところがある。男の上下関係が女のそれとは違うということなのかもしれないけれど。

シェイドともう一人の寮監督生は、実のところ格別に馬が合わないのだ。それほど表に出さないことではあるが、仲良く会話しているところは見たことがない。

そんな二人を同じ職につけるなと言いたいが、寮監督生の選出は学園側によってなされる。選択にあたって家柄の比重が大きいのはご愛嬌《あいきょう》。

「昨日まで俺が中心になって走り回っていたんですから、今日はあちらに任せます」

どうやら男子寮監督生二人は協力してではなく、分担制で仕事をすることに決めているらしい。

新入学生の入寮は一週間前から始まり、昨日でいちおう終了していた。この一週間、寮長以下寮監督生・準監督生たちは様々な訴えの対処で目が回るほど忙しい。

それも、今日から授業が開始されればかなり負担が減るだろう。始業してしまえば新入生たちも明確に担当教師の庇護下《ひごか》に置かれることになり、以降は対応を先生方に押し付け――お任せすることができるわけである。

そんなことを話していた私の耳に、軽やかな足音が聞こえてきた。多少はしたないとしても今は許してあげてほしい。彼女たちは忙しいのだ。

女子寮の監督生二人。つまり私の下で使いっ走りをさせられている二人が、慌《あわ》ただしく駆け寄ってくる。

「お姉さま、生徒たちの点呼《てんこ》確認が終わりました」

「新入生のほうも見てきましたが、今のところ体調不良を訴《うった》えている子はいません。『ヴォルフガング様やお姉さまがお話しする間は絶対に静かにするように』と言いつけてきました！」

誤解することなかれ。

私がお姉さまと呼ばれるのは、べつにマリア様が見ていらっしゃるからではない。

女子寮の寮長を、そう呼ぶ慣習があるのだ。

もちろん強制ではないし、この呼び方が恥ずかしいという子は、普通にリコリス先輩と呼んでくれる。しかしまた、ノリのいい子も多いのである。

寮監督生の間も、後輩の一般生徒にはお姉さまと呼ばれることがあるので、私は昨年のうちにこの羞恥《しゅうち》プレイには慣れてしまった。今では引きつっていない笑みで挨拶を返すことができる。

「(学園長先生のお話も静かに聴《き》いてさしあげてほしいけど) ありがとう。この一週間本当に忙しかったけれど、この式が終われば一段落ね。ご苦労様。とてもよくやってくれていたわ」

二人は可愛らしいはにかみ笑いで嬉しそうに頷き、私はなんとなくそれをシェイドの視界から隠すように身体《からだ》を動かした。

この二人のうちどちらかが来季《らいき》の寮長になるわけだが、私は今のところどちらに任せても問題なしと考えている。二人ともとても真面目で、労を厭《いと》わない子たちである。

しかしこの子たち、普段はあまり私の側に寄ってきてくれない。

今も私に報告を終えたのでもういいわとばかり、少し離れた位置に落ち着いて、二人で楽しげに話を始めてしまった。

言いたくないのだが。

私、この学園でわりとぼっちなのである。

いじめられているというわけではない。話しかけて無視されるわけではないし、授業で何かグループを作る時も、『私も入れてくれる？』と聞いて断られたことはない。

しかし、普段からつねに一緒にいてくれるという友達がいないのだ。

これは私に大いなる原因がある。


五年前。この学園に入学した私は、ソレイナ・ブルグマンシアという女生徒に出会った。ブルグマンシアは五公家の一つであり、彼女は当時の寮監督生だった。

私もかねて相手の名を知っていたが、彼女のほうもそうだったらしい。

ソレイナ先輩から直接声をかけてもらった私は、それはもう舞い上がった。豊かなピンクブロンドと柔らかい色合いの茶色の瞳、おっとりとした彼女は一挙手一投足《いっきょしゅいっとうそく》が優雅で、私にはお姫様のように見えた。

彼女は私の初めて出会う姉のような存在で、しかし付き合ってみるとぼんやりしたところがあって、なんというか、とても放っておけない人だったのである。

そうして彼女に目をかけてもらって、寮生活にはかなりスムーズに適応していった。特に学期始めは魔法の授業よりも、学年縦割りの作法の授業（後輩は先輩のやり方を見て学ぶ。先輩は後輩の視線を意識し、時に指導する）が多いこともあり、彼女とともにいる時間は多かった。

学年別、男女合同で行われる、魔法学、座学《ざがく》の授業では、私はヴォルフと合流するのがお決まりだった。

そうしてしばらくの時間が経《た》って、遅まきながら周囲を見渡す余裕ができて、気がついた。

教室移動のたびに、華やかにおしゃべりを交わしながら一緒に移動している女の子たち。お昼のたびに、改めて誘い合わせるでもなく、自然に集まって昼食をとっている女の子たち。とても打ち解《と》けた様子で、『あの時』とか『例の』とか、仲間内だけに分かる言葉で会話をする女の子たち。


仲良しグループ、もう出来上がってる‼


私は波に乗り遅れてしまったのだ。

それだけならまだ、すでに出来上がっているグループに入れてもらうという選択肢があった。私はソレイナ先輩ことお姉さまに事情を話し、『しばらくは同年の子たちに溶け込む努力をするので悪《あ》しからず』と、彼女べったりの生活を改めた。

なのだが。

彼女、過保護だったのである。

ソレイナ先輩は裏で手を回し、私と同学年の女子すべてに対して『リコリスちゃんを昼食に誘いなさい』『授業のグループに誘いなさい』と指示を出していたのだ。

これはさすがに私も気がつく。だって、昼食の誘いが持ち回り《ローテーション》なのだから。

気がついた時には穴を掘《ほ》って埋《う》まりたいと願ったものだ。今考えても、正直いじめが発生しなかっただけで御《おん》の字《じ》という感じである。

先輩から強制されて、いちいち持ち回りでもって誘いをかけなければいけない同級生なんて、あまりにも面倒くさいではないか。私がソレイナ先輩にそのように頼んだと誤解されても、まったく仕方のない話だ。

さいわい同級生の女の子たちはいい子ばかりなので、おそらくは困惑しながらも私に文句をいうこともなく、この奇妙な持ち回りに付き合ってくれたのである。

――お昼を誘ってくれた同級生が、少し釈然《しゃくぜん》としないような顔をしていると思ったのだ。

その後はまあ、私の精神を痛めつける上に多方面に迷惑のかかる持ち回りはなしにしてもらい、少しずつマトモな交流をはかったが、成果はいまいち。

ゲームの中のリコリスも友達らしい友達はいなかったように思うので、これはもうめぐり合わせというべきかもしれない。

私は反省とけじめの意味でソレイナ先輩のことは『先輩』で通し、あまりべったりにならないよう、でも彼女からお誘いがあれば参上するという形で二年を過ごした。

ソレイナ先輩は寮長を務めた後に卒業していき、私も学年が上がるにつれ、準監督生や寮監督生を務めることになった。そうすると、仕事の関係で同学年の子と話す機会も増え、だんだんと距離も縮まったように思う。のだが、それも気のおけない関係とはとても言えないあたりでとまってしまったのだ。

准監督生、寮監督生という肩書《かたがき》は、たしかに私が同学年の女の子たちと話すきっかけを作ってくれた。しかし同時に、特定の相手だけと距離を縮めるということには二の足を踏《ふ》ませた。たぶん私が気にし過ぎなのだと思うけれど、ついつい『公平に』を心がけるあまり『広く浅く』の付き合い方になってしまったのである。

我ながら、こういうところはひじょうに不器用だと思う。お父様の娘なのに……。

ちなみにヴォルフのほうが、私よりまだしも友人らしき相手がいる。なんだかちょっと取り巻きっぽいというか、たまに「それって上司と部下の会話じゃない？」と言いたくなる会話をしているのだが、お互いに軽口も叩ける相手のようだ。うらやましい。

私たち三人の中では、シェイドが格段に社交的だ。基本的に女の子とばかり話しているように見えるが、男の子と馬鹿な話をしている姿も見かける。いや、話の内容が聞こえたわけではないのだけど、馬鹿っぽい雰囲気があるというか。女生徒が近づくと、さっとやめてしまう類《たぐい》の話をしているのは確かである。


ところでそんなソレイナ先輩は、学園卒業間際《まぎわ》にとんだ爆弾を残していった。

それは時限式《じげんしき》の爆弾で、先輩の卒業後に爆発して私をおおいにビビらせた。

彼女は学園を去り際《ぎわ》言ったのである。

『来年から弟がここに入学してくるの。年の離れた末弟《まってい》で、家族皆で溺愛《できあい》してしまったから、少しわがままな性格で……心配だわ。リコリスちゃん、どうか弟のことを気にかけてやってね』
なるほど可愛い弟の学園生活とあれば、姉としてももちろん心配なはずである。私もできる限りのことをしたいと胸を張って請《う》け負《お》った。

そうして翌年度の入学式。

来たのである。黄色が。


いや、失礼。来たのはアルタード・ブルグマンシア。

『例のゲーム』の攻略キャラクターの一人、イメージカラー黄色の、『無邪気《むじゃき》バカ系ヤンデレ』だ。

彼には『馬鹿』よりも『バカ』がふさわしいと、私は思っている。

四　攻略キャラクターたち

アルタード・ブルグマンシアは、華やかなブロンドの美少年である。薄茶の瞳はくりっと大きくて、愛嬌の塊《かたまり》だ。感情がすぐ顔に出る。

愛称はアルト。しかしゲームユーザーがつけた愛称は『バカルト』。

『バカ』＋『アルト』＋『カルト』で『バカルト』だ。

なぜカルトなのかというと、ゲーム中のアルトの取り巻きがどんな間の抜けたことでも非道なことでも、当たり前のようにアルトの指示に従ってしまうからである。

『ヤクでもやってんの?』『いやこれはもう信者と言うべきだろう』という議論の末についたあだ名だそうだ。

『アルト』はひじょうに享楽的《きょうらくてき》で、自制心が足《た》りない。彼をバカと評したが、妙に賢《さか》しい部分もある。すくなくとも、人を使うということには長《た》けていて、それが厄介なのだ。

ゲームの中で彼は、パーティーの企画も、誰かを着飾ることも、自身のおしゃれも、恋の応援も、楽しいからやる。ギャンブルも、麻薬《まやく》も、いじめも、小動物を殺すのも同じことだ。

彼にはじめて会って、ゲーム中の彼について思い出した時、私は『終わった』と思った。こんな恐ろしい相手を前に、私には打つ手もないと。

アルトは、全攻略キャラクター中唯一、シリアスな過去が匂《にお》わされもしない。その辺りも彼がバカ系といわれる所以《ゆえん》である。実際彼の両親は健在で、不仲でもないらしいし、六人兄弟の末っ子というなんだかほのぼのした設定を持つ。まぁ、実際には甘やかされすぎておかしくなったのかもしれないが。

とにかく、克服《こくふく》すべきトラウマも何もないのだ。自制心なんて、どうすれば備わるというのか。脳にマイクロチップを埋め込めむとか?


だが――さいわい、と言っていいかどうか本気で分からないのだが。

アルトは付き合う相手をものすごく選ぶ子供だった。

彼は相手の身分を見て、年齢を見て、性格を見る。この場合の『性格を見る』というのは、優しい人だとか面白い人だとかそういうことではない。相手が自分にとって御し易いか否か、それを見るのだ。

そういう力関係に偏《かたよ》ったものの見方でもって、相手を格上と判断すればそれなりに相手の言うことも聞く。つまり、公爵令嬢で年長者の私の言うことは、比較的聞いてくれたのである。

聞いたといっても、すくなくとも小言《こごと》に対して「え〜〜」とか「やだよ」とかいう返事をする気があったという程度だが。いちおう彼の頭のなかにも上下関係という概念があったことは、もしかすると私にとっては万に一つの僥倖《ぎょうこう》だったのかもしれない。

私は奮起《ふんき》した。必ず、この邪智暴虐《じゃちぼうぎゃく》のお子様を調きょ――教育せねばならぬと決意した。

というのは冗談として。

すくなくともアルトのことは、彼より権力をもった人間が何とか抑えにならなければと思ったのは確かだ。ソレイナ先輩に頼まれたこともあるし、さいわいにして私には、頼りになる婚約者殿も弟もいる。

ソレイナ先輩＝アルトの実家の尽力《じんりょく》もあった。彼女は家族を束《たば》ねて長期帰省のたびにアルトを囲い込み、説得してくれたそうなのだ。

曰《いわ》く、「リコリスちゃんの言うことを聞いておけば間違いないから。悩み事があったらあの子に相談するのよ」、と。

いや、それけっこう迷惑なんですけどね先輩。

子供の教育を学校任せに、どころか一生徒任せにするなんて本気でやめていただきたい。

そのアルトが、私たち三人を見つけて駆け寄ってくるのが目に入った。

取り巻きをぞろぞろと引き連れて。

そして私に向けて言った。

「久しぶり～、女ボス。しばらくぼくに会えなくて寂しかった？」

「…………」

バ……アルトは、ヴォルフにも「ボス」と呼びかけて挨拶をした。彼の頭のなかでは寮長＝ボスらしい。私たちが次期寮長と決まってから、やたらとそのおかしな呼び名を使いたがる。ちなみにシェイドのことは『センパイ』と呼ぶ。

「……その呼び方はやめてと再三《さいさん》言っているでしょう」

「いいじゃん。そのまんまじゃん」

「それを王都の社交界にまで持ち越したりしたら、私はありとあらゆる手段を使ってあなたを追い込んでやるからね……」

私の怨念《おんねん》こもった声に少しビビッたアルトは、「べつに悪い意味じゃないし。な？」と背後の取り巻きたちに話しかけた。それに一斉《いっせい》に頷く取り巻きは、今日は多めの五人。内訳《うちわけ》は男子二人に女子三人だ。

時折増えたり減ったり入れ替わったりするアルトの取り巻きは、基本的に私たちのほうには話しかけてこない。目が合うと頭を下げるだけである。何かそういう取り決めでもあるのかとはじめは訝《いぶか》しんだものだが、実際取り決めがあるそうだ。わけが分からない。

構成員の中に一人だけ、必要に応じてこちらに話しかけてくる男の子がいる。アルトの従兄弟《いとこ》である彼は、ほとんど欠かさずアルトの側にいる。お目付け役ということなのだろうが、その役割を果たせているとは思えない。本当に見ているだけだからだ。

「だいたいアルト、なぜこちらに来たの？」

「え？」

「あなたはまだ四年で、寮監督生でもないじゃない。生徒の列に並びなさいよ」

「ぼく準監督生だよ！」

「知っているけど……準監督生はこちらに来なくていいのよ」

「やだよ！　ぼくもここにいる！」

「あなただけ特別扱いというわけにもいかないでしょう」

「なんで？」

来た。アルトの『なんで？』だ。

自分が特別扱いされない理由が分からない。

こんな楽しいことをどうして止められるのかが分からない。

そういう時アルトは、私たちに向けて『なんで？』と聞く。小さな子供が分からないことをなんでも知りたがるような言葉と違うのは、そこに苛立《いらだ》ちが込められているためだ。『今まで許されてきたことなのに、なぜあんたたちは許してくれないの？』そういう苛立ちが。

私はこれを聞くたびに思う。三年間、比較的近くから彼を見てきた。でも私は彼のことなど本当はすこしも理解できていないのではないか。会話をして、すこしは仲良くなったつもりで、そんなのはただの錯覚《さっかく》に過ぎないのではないか。だってその証拠に、彼は私にとっては当たり前の言葉にまで聞くではないか、『なんで？』と。

私が返す言葉に詰まっていると、ヴォルフとシェイドがふてくされたアルトをいなして、自分の席に帰らせた。その後ろを取り巻きたちが、やはり無言でついていく。

私はほっと息をついた。

アルトが出ていってからしばらくして、静かにこの控え室に入ってきた生徒がいた。

「遅くなりました」

と、丁寧に、美しい所作《しょさ》で頭を下げた動作に合わせて、あたりに微《かす》かに沈香《じんこう》の香りがただよう。

アルトの持つ良く言えば華やか、悪く言えば騒々《そうぞう》しい雰囲気とは対照的な、どことなく涼やかな雰囲気の人物。名前はルイシャン。

動きに合わせて、つややかで真《ま》っ直《す》ぐな黒髪がさらりと揺れる。顔の横で軽く段をつけるように切られた独特の髪型は、彼にはとてもよく似合っている。彼はそこにいるというだけで、その場に一種独特の世界を構築しているようだ。

少し変わった構造の白い服には、銀糸《ぎんし》でそれは細やかな刺繍《ししゅう》がされている。彼はいわゆるチャイナ・カラー、つまり私の前世の知識で言う中国風の立襟《たてえり》の服を着ることが多くて、それがひじょうに似合っている。べつに黄色《おうしょく》人種というわけではないのだけれど、黒髪に黒い目とあわせてなんとなく親近感を覚えてしまう。

この世界にはもちろん『中国』も『アジア』も存在しないので、異国的な雰囲気のある少年だと評しておこう。

いや、少年、と一言で言ってしまっていいものかは少し悩ましい。ヴォルフやシェイドがもはやはっきりと青年らしい体格を有しているのに比べて、ルイシャンは華奢《きゃしゃ》だ。けれどスラリと長身でつねに静謐《せいひつ》な笑みを浮かべる彼は、まさしく少年から青年への過渡期《かとき》という風情である。

「点呼確認が終わりました。アルタード・ブルグマンシアも席に戻ったようです」

ルイシャンはヴォルフに端的《たんてき》な報告をすると、ごく静かに私たちの輪の中に入った。シェイドとは会話をするどころか、視線を交わす様子さえない。

彼はシェイドの他の、もう一人の寮監督生。そしてもう一人のゲーム攻略キャラクターでもある。攻略対象最後の一人。イメージカラー『白』のキャラクターだ。

シェイドと同年のルイシャンは、彼らが第三学年に上がる時期にこの学園に途中編入をしてきた生徒である。基本的には十二歳で入学しなければならないこの学園で、特例が適用された数少ない例外。

ルイシャンが『特別』であるということは、国内の貴族子弟が集まるこの学園ではどうしても浮いてしまう、異国的な容姿からも明らかだ。

彼の出自《しゅつじ》は、学園内でも、私が思い出せる限りのゲーム内でも明確にはされていない。さる高貴な人物の関係者、とだけ説明がされているが、他国の権力者の子弟であるのはほぼ間違いないだろう。謎めいたところのあるキャラクターだ。

ゲームの中で、『ルイシャン』が自分の母親について語るシーンがある。曰く、淫蕩《いんとう》である。烈女《れつじょ》である。あらゆる欲を隠さぬ人である。凋落《ちょうらく》と破滅を呼ぶ人である。

ルイシャンの容姿から推察するに、母親もおそらくはとても美しい人なのだろう。

ゲームの中の『ルイシャン』は、女性に対して強烈なコンプレックスを持っている。処女性を愛し、性欲だけでなく恋情《れんじょう》までも汚いものと考える。欲を持たない無機物を偏愛する傾向があり、ヒロインへの好意に悩むと、今、美しいうちに殺してしまいたいとまで考える。

でも、『ルイシャン』はそれを力ずくで実行したりはしない。

彼はゲームの中で唯一、暴力の匂いをまったく感じさせないキャラクターでもあるのだ。彼の病んだ部分は、たやすく攻撃性には現れない。彼のルートが猟奇的になるのは、主人公が『あなたの好きにして、そうされたい』という選択肢を選んだ時だけだ。それでも彼のルートは作中でも穏《おだ》やかなほうで、どういったルートを選んでもヒロインが殺されたり、他の人間が死んだりしない。すくなくとも、私の覚えている限りでは。

今眼の前にいるルイシャンは真面目な生徒だ。

勉学に熱心で、礼儀正しく、規律をしっかりと守る。その分シェイドとは反《そ》りがあわずに衝突することもあるが、その姉である私を厭う様子などはまったく見せない。

今も「リコリス先輩」と気軽に声をかけてきてくれる。

それでも。

私は油断してはいけないのだろう。

ヒロインは――『リリィ』は学園に現れて、ゲームの時間は始まったのだから。

メンバーが揃ったので、私たちは連れ立って控え室を出た。集会の行われる大講堂へと向かう。生徒たちが並んだその背中側にある扉が開くと、それまで後ろを振り返って級友と話をしていた生徒なども慌てて前に向き直る。

ざわつきは扉側から潮が引くようにおさまり、私たちが大講堂に足を踏み入れる時には生徒たちは静まり返っていた。

その生徒たちが居並《いなら》ぶ間に作られた道を、私たちは進むことになる。その際四方八方から集中する視線を感じるのはけっこう負担だが、慣れた。

余談だが。

こういう時に『すごく馬鹿なおふざけをする自分』を想像してしまうこの心理状態はいったいなんなのだろうか。たとえば突然奇声をあげたらどうなるだろうとか、わざとらしくすっ転んでみたらどうなるだろうとか。

べつに社会的に死にたいわけでも、全校生徒から白い目で見られたいとかいう願望があるわけでもないのだが。

あ、もちろん実行したことは一度もない。

そもそも、しようと思ったところでできないと思う。

「行こうか」

落ち着き払った様子のヴォルフが、こちらに手を差し伸べてくる。私はその大きな手に自分の手をのせた。手を繋《つな》ぐのではない、支えてもらうのである。

ヴォルフも私も慣れたもので、私たちは視線を交わしただけでスムーズに歩き出した。

魔法学園は学問の前に男女は平等であると謳《うた》っているが、同時に貴族の子女がマナーを学ぶ場である。だからこういう時は、当たり前とばかりに女性はエスコートされる。

男女が横で一緒に歩く場合のエスコートは、男の人の腕に手を添えたほうが相手も楽だし正式なのだが、それはお互いの距離という意味でハードルが高い。だいたいは、手のひらの上に手のひらを重ねる今のようなやり方である。

でもはっきり言って相手がヴォルフの場合、手だけでも十分に安心感があった。実際私が転びかけた時のヴォルフの反応速度はすごいのだ。何度恥ずかしくも情けない転倒という事態から助けてもらったことだろう。

そんなわけで、ヴォルフに手を取られて歩いている以上、転んだところでさっと支えられるだけだ。

ちなみに。ダンスの授業には男女合同の実践的《じっせんてき》授業があって、私はヴォルフとよく踊る。

恥ずかしいかというと、けっこう慣れるものである。

私としてはむしろ、『場』にかかわらず普段から私の半歩《はんぽ》後ろを歩きたがるヴォルフの習性の方が照れるし、恥ずかしい。本人曰く『何かあった時に対処しやすい』そうで、ほんの短い距離の移動であっても、ヴォルフは気がつけばよく私の斜め後ろにいる。

つまるところ、彼の過保護の一環《いっかん》である。

半歩後ろって、良妻《りょうさい》？　ヴォルフは良妻なの？

そんな馬鹿なことを考えているうちに私たちは壇上に着いた。


集会は順調に進んだ。

先にヴォルフが『王立魔法学園生徒としての心得《こころえ》』についてほとんど話をしてくれたので、私は同学年の生徒に向けては「残り一年の学園生活を、悔《く》いのないよう大切にすごしましょう」と、下級生に向けては「学園生活を享受《きょうじゅ》できる時間はあっという間です。やるべきことを見極め日々切磋琢磨《せっさたくま》いたしましょう」といった当たり障《さわ》りのない挨拶をした。

そして挨拶を終えて顔をあげた時、生徒全体を見渡すつもりでいた私の目は第五学年生の列後方に釘付けになった。

そこに、彼女がいた。

『リリィ』だ。

挨拶が終わった後で良かったと思う。

彼女がこの学園にいると、頭では分かっているはずだった。なのに私は、その姿を見るだけで動揺してしまう。何気ない顔をして壇上の席に戻ったが、心は彼女から離れなかった。

ゲームヒロイン『リリィ』が学園に現れ、ゲームが始まった。

それはある意味では悲劇の始まりだ。たとえるならば、推理小説で探偵が所定の場所に現れるのと同じこと。

ゲームのキャラクターたちは、彼女に恋をすることで病んでしまう。

もちろん素質があるというか、精神的に不安定な部分を抱《かか》えているのが理由だろう。でも恋に落ちるからこそ、嫉妬《しっと》や、独占欲、不安といった負《ふ》の感情が膨《ふく》らんで破裂するのだ。言い換えれば、ヒロインが好きすぎておかしくなってしまうということだ。

しかし同時に、彼女の存在は救いでもある。

ゲームの中には、分岐《ぶんき》が存在する。つまりいい選択肢を選ぶことで、物語はハッピーエンドへたどり着く。これは彼らの心の闇《やみ》をヒロインが払う素晴らしい展開だ。周りの人間も死なない。ヒロインも死なない。ヒーローも死なない三つ揃いのハッピーエンド。

状況を見極める必要がある。すくなくとも、異常なほどバラエティ豊かなバッドエンドの罠《わな》だけは回避しなければならない。誰も死なせるわけにはいかない。

やるべきことを見極める。悔いのないように。くしくも先ほど私が口にした言葉だ。

どうなるかはヒロインの選択次第。とはいえ、私だって何もせずに手をこまねいてはいられない。


ふと、考える。

彼女はどんな未来を目指すのだろう。誰に恋をするのだろう。

その相手がヴォルフだったら？

私はどうするのだろう。戦うのだろうか。戦っていいのだろうか？

それは幸せへの道と言えるのか。

正直なところ、私はその可能性をこそ一番恐れているのかもしれない。

五　ゲームヒロイン

同じ学園にいるのだからおかしいことではないのだが、リリィとはすぐに直接顔を合わせることになった。学年縦割りで行われるマナーの授業で、彼女と私は同じクラスになったのだ。これはゲームの中の『リコリス』と『リリィ』もそうだった。

二年から六年までのメンバーは、昨年と変わりがないので見知った顔ばかりである。唯一の例外はリリィ。新入生に続いて、彼女が自己紹介をはじめた。

「リリアム・バレーです。今年から第五学年に編入してきました。どうぞ、よろしくお願いします」

お辞儀《じぎ》の所作は一年生と比較してもぎこちなく、自然彼女に周囲から視線が集まった。彼女が平民の出であるということはほとんど全校に知れ渡っている。

初めて耳にする彼女の声は、容姿の愛らしさに比較すると少し落ち着いた印象だ。つたないながらも聞きとりやすい声の挨拶に、私はなんとなく詰めていた息を吐いた。

マナーの授業第一日目の内容は、挨拶の作法と決まっている。

すでにけっこうなお年でありながら背筋のピンと伸びたマナーの先生が、おっとりした喋《しゃべ》り方で挨拶におけるマナーを語る。紹介される前の相手にみだりに話しかけてはいけないとか、紹介の順序についてなどごく初歩的な部分について念押しした後、「一番大事なことは相手に不快な思いをさせないようつねに心を配ることですよ」と締めくくった。

マナーの先生の中には生徒の一挙手一投足に対してダメ出しをする人もいるが、この先生の授業はどこかおっとりとしていて生徒たちに人気がある。もちろん厳しく指導することにも意義はあるだろうが、『この人のような女性になりたいな』と思わせるという意味で、私もこの先生のやり方に尊敬の念を抱《いだ》いている。

「日々の努力の積み重ねが美しい所作を生みます。先輩方のやり方をよく見て参考にしてね。特にこのクラスには、女子寮の寮長さんもいらっしゃいますから」

と、甘いことを考えていたらプレッシャーをかけられてしまった。

もちろん無視するわけにはいかないので、『焦《あせ》らずゆっくりと』を心中で唱えながらドレスの裾《すそ》をつまんで『ご期待に添えるよう努力いたします』の礼をした。


その後に始まったのは、言うなれば『紹介ごっこ』『挨拶ごっこ』だ。

これには新入生たちの緊張をほぐすという意味合いもあるのだと思うが、それは成功をおさめているようだ。どの子も楽しそうに、少し恥ずかしそうにこのごっこ遊びに興《きょう》じている。

彼女たちは知らない。この先生は仏《ほとけ》の如《ごと》き笑みを崩さない人だが、要求自体は右肩上がりにひたすら増えていく。『美しい所作のため』に、筋トレまがいのことを毎日させられたことを私は忘れない。いえ、尊敬はしているのです。本当に。

この人に限ったことではないのだが、マナーの先生方には根本的な部分で体育会系的な血が流れているように思えてならない。

そんな物思いは適当なところで切り上げて、私も授業に参加しようとした。

ちょうどその時だった。私や先生からは少し離れたところで、複数人が笑い声をあげたのは。

この授業では、普段机を並べている相手に対しても「はじめまして」と挨拶する。

それが笑いを誘う光景であるのは確かなのだ。実際、こらえきれなかったクスクス笑いが聞こえることはある。

しかしその時の笑い声には、どこか人を軽侮《けいぶ》するような色があった。聞いていて思わず眉《まゆ》をひそめてしまうたぐいの笑い方だ。私はそちらに足を向けた。

向かった先では、金髪の少女が――リリィが、困ったように俯《うつむ》いていた。


「人に頭を下げることに、とても不慣れでいらっしゃるのね。不思議だわ」


笑いを含んだ声が響く。

言ったのはリリィと同学年、五年の生徒だった。面白い冗談を思いついたような口ぶりで、本人に悪意があるのかないのか判然としない。

けれどそれに追従するように同じグループの子が再度笑い出してしまっては、これは完全にいじめの構図だ。

笑いが周囲に伝播《でんぱ》する前に、それを止めなければと私は思った。

「もしも」

と、私は少し声を張って言葉にした。

「……もしも不慣れであることがもの笑いの種になるのだとしたら。わたくしたちはこの先社交界で、きっと誰からも笑われることになるはずね」

言ってから私は、少し俯いて視線を落とした。

口にした言葉は紛《まぎ》れもなく私の本心だが、発言者の彼女と視線を合わせたら、謝罪の強要になりかねない。そんなことをせずとも、彼女が分かってくれると信じたかった。

魔法学園の生徒は、特別の理由がないかぎり学園卒業後に社交界に出る。未知のものに対し不安を抱えているのはみな同じなのだ。彼女たちがそれに思い至ってくれるといい。私は祈るような気持ちで彼女たちの言葉を待った。

「あ、あの……わたし……ご、ごめんなさい！」

さいわいにして、彼女を皮切りにリリィを笑った子たちが先を争うように謝罪をはじめた。その反応に安堵《あんど》をして笑いかけると、こちらに向けても謝罪をしてくれた。根っから悪い子たちではないのだ。

リリィの様子が気になって何気ないつもりでそちらに視線をやると、若葉色の瞳と目があった。

ヴォルフやシェイドを抜きにすれば、相手からこれほど率直な視線を受けることは、この学園ではほとんどないと言っていい。相手をじっと見据《みす》えるようなことは、礼を欠《か》いているとされてあまり好まれないのだ。

そのせいだろうか。

なんだかとても、気になる、心惹《こころひ》かれる眼差しだった。

（ひょっとして、ゲームヒロインの資質、みたいなものだったりして）

そんな風にも思った。ゲームのヒロインというものはやはり、多くは人を惹きつける『何か』を備えているものだと思うのだ。

「さあみなさん、授業中であることを忘れないで。——そうね」

ごく穏やかだが毅然《きぜん》とした先生の声に、場の空気が元に戻った。続く言葉はどうあっても心穏やかに受け止められるようなものではなかったが。

「リリアムさんはしばらく、寮長さんにいろいろご指導いただくといいのではないかしら」

名案を思いついた、という風に先生はニコニコと微笑《ほほえ》んでいる。が、もちろん私はそれどころではない。

そんな展開、ゲームには影も形もありませんでしたけれども!?

六　リリアム・バレー

リリィは学園の中にあって、やはりひときわ目立つ存在だ。

マナーの授業から一日も経たないうちに、私はその名を再び耳にすることになった。

その日の夕方にはすでに、学園は彼女の噂《うわさ》であふれていたのだ。

『魔力計測器が壊れただなんて、前代未聞』

興奮気味であったり、懐疑的《かいぎ》であったり。表情は様々ながら、この伝え聞いたリリィの逸話《いつわ》に興味がない者はいないようだ。

魔力の計測は、年に数度行われる行事のようなものだ。頻度《ひんど》は高いが、現代日本で行われる身体計測のようなものを想像してもらえば近いだろう。専用の魔道具を用いて、かなり厳密な数字として測ることができる。

通常私たちの魔力は心身の成長とともに大きくなり、学園を卒業する頃にはだいたい一定の数値に落ち着く。高学年の生徒となれば計測も慣れたもので、リリィたち第五学年の魔力計測もスムーズに進んでいたようである。

今年度の編入生であるリリィにとっては、もちろんこれが学園で行うはじめての魔力計測だった。計測器は、リリィと機材を扱う専門家、そして順番を待つ他の生徒の前で破裂音をたてて壊れたそうだ。

計測者もかなり慌てたようで、箝口令《かんこうれい》はまったく布《し》かれなかった。

噂は節操《せっそう》なく広まり、彼女と同年の生徒がそこに目撃者としての新情報を加える。噂の内容はまるで伝言ゲームのように、曲がったり欠けたり膨れ上がったり。

『本当だとしたら、恐ろしいことね』

聞こえてきた呟《つぶや》きに、私は眉をひそめた。

問題はそこだ。

この世界においての魔法は、精霊やら神様やら、そういう存在に願い出て奇跡を起こすというものではない。それは使用者の体内を循環《じゅんかん》する、不可視《ふかし》の力だ。

なんでもできる万能の力ではなく、発現のしかた、各々の適性がその力を大きく制限する。

たとえばシェイドは魅了の魔法をはじめ、精神に作用する魔法に強い適性を示す。

ヴォルフは肉体強化や攻撃型の魔法を得意としている。彼の進路希望は父ラナンクラ公の後を継ぐことなので、実現すればものすごく武闘派の宰相誕生である。

私はというと、大きく分類するならシェイドと同じ精神作用系。ただし私のもっとも得意とする魔法は、自身の記憶力強化である。特に文字に起こされたものを記憶するのが得意だ。つまり、この魔法を使えば暗記系の学科試験で怖いものはない。便利といえば便利だが、地味といえば地味。

とにかく各々得意な魔法は千差万別《せんさばんべつ》だが、共通点がある。それは、『魔法協会の予想を超えるほど強い魔力を持っていない』ということである。

魔法協会はもともと魔法研究を行う集団であり、今もその色が強い。長い歴史の中で多種多様な魔法は体系付けられ、その魔法の限界がおおよそ分かっているそうだ。

たとえばシェイドの魅了魔法。精神に作用する魔法であるから危険度は第一級。しかし、それに抗《あらが》うすべもまた研究しつくされている。

対して、リリィは協会が用いる魔力計測器を壊すほどの、つまりその想定を超えた能力を有している。彼女は、『魔法でできることはここまで』という常識を超えた存在なのだ。

稀有《けう》なる例外。彼女は、存在自体が危険度超級と言っても過言ではない。

実際、リリィの魔力について話を聞いた生徒のうち、下級生ほどそれをはやし立てる傾向があるようだ。上級生になると、その意味――つまり彼女の危険性にどうしても考えが及ぶのだろう。

私はそれに加えて、彼女が生徒たちの反応をどう受け取るだろうということが気になっていた。

はやし立てられたら、誇らしく思うだろうか。

――恐ろしいと思われたら、やはり傷つくだろう。


私は実際のところ、彼女の内面について知っているとは言えない。

ゲームの中の『リリィ』は、平民の出で、出自からはありえないほどの魔力の才を秘めた少女だ。十二歳の時に入学して六年間同級生が変わらないはずの魔法学園に現れた、数少ない特例。彼女は、この学園の決まりきった日常に大きな波紋《はもん》を描いていく。

もちろん出自や能力値などは彼女の個性だ。でも、ゲームの『リリィ』は結局のところ、プレイヤーの分身たるキャラクターだった。

ゲームの主人公というのは、時として『没《ぼつ》個性的キャラクター』らしさを強調して描かれることがある。

その多くは、制作側が『主人公に特に感情移入してほしい』もしくは『好きなタイプの主人公を想定してほしい』と目論《もくろ》んだ場合だろう。

前者の場合、ゲーム主人公はプレイヤーの耳であり、目であり、口である。耳や目が勝手に感情を持ってはおかしいし、口が勝手にものを言ってはおかしい。感情移入のためには、プレイヤーの思考と食い違うような言動は、極力避けなければならない。

後者の場合も、プレイヤーが『好きなタイプの主人公』を想像するのを邪魔しないキャラクターでなければならない。

こうして、没個性主人公が生み出される。場合によっては、容姿すら明確でない主人公もいる。

例のゲームにおける『リリィ』は、まったく喋らない主人公というわけではなかった。外見もはっきりと描かれていた。

けれど選択肢の中にかいま見える彼女の個性は、どの選択肢を選ぶかによって大きく揺らいでしまうのだ。

同じ場面でも、積極的な行動を取る選択肢もあれば、消極的な選択肢もある。鈍感な少女らしい選択肢もあれば、鋭く異変に気づくような選択肢もある。どれが彼女の本質なのか、それともどれも彼女の本質ではないのか。

『彼女自身の発する言葉』を私は知らない。

私は彼女について、この学園にやってきたリリアム・バレーについて、知りたいと思い始めていた。


そんなことを考えながらとった夕食の後。

私は寮の図書室で一人、自由時間を過ごしていた。

この場所はなかなかの穴場なのである。

本を探す必要があれば、生徒はだいたい図書館に向かう。この女子寮付き図書室は蔵書も少なく限られていて、目的の本を探すには向かないのだ。

もしこの場所をもう少し賑《にぎ》やかにしたければ、たとえば蔵書を娯楽に偏らせることだろう。

ここにあるのは『大人が生徒に読ませたい本』ばかりで、『生徒が積極的に読みたい本』ではない。教科書の復習になるような歴史や文学の本が大半。魔法関連の本は図書館できっちり管理されているので、ここには一冊もない。

十歩も歩けば一周できてしまうような部屋で、椅子《いす》も二つしか置かれていない。ぼっちの本好きにはとっても心やすまる場所なので、私はよくここに来る。

他の生徒が現れることもたまにはあるのだが、なぜか皆さほど長くはここに留まってくれず、慌てたように出て行ってしまう。しかも私に『お邪魔をしてすみませんでした！』とか謝りながらである。

残って私と話をしてとは言わないが、そんなにビビらなくてもいいじゃないと思う。

寮長がこの部屋を占拠《せんきょ》しているなんて思われるのも悲しいので、この場所に来るのも控えるべきかもしれない。

と、ため息をついた私の耳にノックの音が届いた。明かりをつけているのですでに利用者がいると分かったのだろう。

「はい、どうぞ」

居るのが私だとバレたら逃げられるかもと思いながら入室を促《うなが》すと、入ってきたのは――なんとリリィだった。

とても驚いた私だが、すぐに『彼女が一人になりたくてこの場所に行き着いたのではないか』と思い至った。

今、女子寮は彼女自身の噂であふれている。悪くすると好奇心に突き動かされた集団によって自室へ特攻をかけられかねないではないか。

どうしてそこに思い至らなかったのだろう。こんなところで一人のんびり過ごしている場合ではなかったかもしれない。寮長として対策を取らねば。

「……わたくしは出て行きますから、自由にここを使ってちょうだい。本を借りたかったらそこのノートに必要事項を記入して――」

「いえ、あの」

彼女は私の言葉を遮《さえぎ》って言った。

「私、あなたを探していたんです。リコリス先輩。お話ししたいことがあって」

なん……だと……。

私がいると分かって逃げていかないどころか、むしろ私を探してわざわざこの場所に……?

「いま、お時間は大丈夫でしょうか」

「……ええ。大丈夫です」

私が言うと、彼女は嬉しそうに笑って私の側に寄ってきた。

改めて思うが、本当に可愛い子である。顔立ちが可愛らしいというのもあるのだが、屈託《くったく》のない感じが好印象だ。特に年上には可愛がられそうな感じ。

椅子を勧めると、彼女は恐縮したりせずに「ありがとうございます」とだけ言って、私のすぐ隣に腰を下ろした。

「話というのは、マナーの授業の時のことで、あの、助けていただいて、本当にありがとうございました！」

彼女がペコッと勢い良く頭を下げると、絹糸のように光沢《こうたく》のあるストレートの金髪がさらさらと細い肩を滑《すべ》り落ちた。

「いいえ。大したことではないわ」

「でも、私マナーとかぜんぜん分かっていなくて、いろいろと変なんです。なのに先輩は指導役も快《こころよ》く引き受けてくださって……」

まあ、じつはおおいに動揺していたけどね。

それはともかく、彼女の言葉が少し気になった。

「いろいろと変だというのは自分の考え？　それとも誰かにそう言われるの？」

『変』だなんて、いい意味で使う言葉とは思えない。

リリィが黙り込んだところを見ると後者なのだろう。ゲームの中でも、リリィは入学当初学園に慣れるのにかなり難儀《なんぎ》する。それはそうだ。いきなり生活水準の違う集団の中に放り込まれたのだから。

「マナーの指導はさせてもらうけれど、一番大切なことを忘れないでほしいわ」

「一番大切なこと、ですか？」

「先生もおっしゃっていたでしょう？　大事なのは心を配ること。たとえばあなたは今わざわざわたくしに感謝を伝えに来た。あなたは一番大事なものを、真心《まごころ》を備えているのだから、あまり萎《い》縮《しゅく》せずに堂々としていらしていいのよ」

先輩ぶった言葉だが、彼女は素直に受け止めてくれたようだ。何度もありがとうございますと、こちらが照れるくらいに繰り返し言われた。

そうして去り際、彼女は言ったのだ。

「あの、またここに来てもいいですか？」

「え？　ええ。ここは寮生ならだれでも……」

「そうではないんです。ここに来たら、先輩とお話ができますか？」

私は、動揺のあまり何度も頷いてしまった。

彼女は挙動不審《きょどうふしん》な私をいぶかることなく嬉しそうに笑って、部屋を出て行った。

こ、これは……!!

友達に、なれてしまうかも⁉

（いいの⁉　こんなにスムーズに次も会う約束とかしてしまっていいの⁉　さっきの言葉は、私と話がしたいと受け取ってもOK⁉　好意を持ってもらっているという把握《はあく》で合っている⁉　さすがゲームヒロイン！　なんてフレンドリーでいい子なんだろう！　いろいろお話とかしていたら、仲良くなってしまうと思うけど！　し、親友とかになってしまうかもしれないけど！）

飛躍しすぎの想像も、今回ばかりは大目に見てほしい。

だって、友達だ！　私に怯えるどころか、積極的に話しかけてきてくれるようなかわいい女の子！　なんて希少《きしょう》かつ素晴らしい存在なのだろう‼

私の心は沸きに沸いていた。

次に彼女と会える時が楽しみで仕方ない。


これではなんだか、私がリリィに攻略されているみたいだ。

な～んてね。

七　夢と未来と友情と

そんなことがあった日から、私は寮図書室に通いつめた。ぼっちの暇人と思われてもいい。背に腹は替えられないのだ。

素晴らしいことにリリィは翌日もその翌日も図書室に来てくれて、私たちはいろいろな話をした。

はじめに話題にあがったのは、学園生活について、授業について。

リリィはやはりかなり苦労しているようで、特に学科は授業によってまったくついていけないのだという。当然である。これまでまるで下地がない上に、四年分飛ばして五年生の授業を理解しろというほうが間違っている。

「先生方は、私が授業についていけないのは仕方がないと思っていらっしゃるようです。授業中は指名も課題の要求もされません」

リリィは複雑そうに言った。

高度な要求をされても困るが、完全に度外視《どがいし》されるのは面白くないといったところだろうか。彼女は顔に似合わず、けっこう気が強いようだ。

「それは……見返して差し上げたいわね」

「はいっ」

いいお返事である。意欲のある生徒というのは個人的にも好きだが、寮長としても世話のしがいがある相手だ。

「歴史については、よかったらわたくしが教えるわ。今の授業に至るまでの大きな流れを掴《つか》めれば、細かいところの暗記は後まわしにしてもいいはずよ。語学についてはひたすら本を読むしかないと思うのだけれど……。ああ、いえ、まずは取捨選択《しゅしゃせんたく》が必要ね。すべての学科を並行して進めるのは難しいから、あなたが興味のある学科に絞って……」

話しながら、私は今後自分がすべきことを考えていた。

まずは、学科の授業時間をもっと有効に使う手立てだ。分からない授業を右から左に聞いているだけなんて時間の無駄だし、意欲を削《そ》ぐことになりかねない。これについては私の一存《いちぞん》ではどうにもならないので、先生方に相談するしかないだろう。

それにしても、日中の時間をリリィのために割《さ》けないのは歯がゆい。

彼女に私と同じ轍《てつ》を踏ませないためにも、私が構いすぎてそれを周囲に知られ、友達から距離をとられるなんてことがあってはならないのだ。

そのため、寮で互いの部屋を行き来するといった大胆な行動（他の生徒に見とがめられずこれをするのは不可能だ）をとることはできない。

だが、こそこそ密会するのもそれはそれで楽しかった。

いろいろと学習計画をたてるのも楽しい。

合間合間に語り合う、雑談も楽しい。

雑談といってもどんな話題なら彼女の興味をひけるか分からなかったので、私はとりあえずヴォルフやシェイドたち、彼女の『攻略対象』について話してみた。リリィの反応に興味があったし、彼らは女子寮でもよく話題に上がるのでとっかかりやすいと思ったのだ。

リリィは楽しそうに話を聞いてくれはしたが、彼らに特段の興味を示すこともなかった。ホッとしたような、拍子《ひょうし》抜けのような。

リリィの話で印象的だったのは、彼女の夢の話である。

自分のような出自で魔力を有した子供が、不当に自由を束縛《そくばく》されることにならないようにしたい、というのが彼女の夢だそうだ。そのために彼女は魔法協会に入りたいのだという。

立派な夢で、実際それで害を被《こうむ》る子供がいるというなら捨て置けない問題だ。

倫理《りんり》的、社会的な問題という以上に、この話題提起で私はものすごく考えさせられた。

一つには彼女の過去のこと。

『不当に自由を束縛される』というのが、彼女自身の体験ではないかと思ったのだ。実際彼女は自分の過去について、特に家族についてあまり話したがらない。

母は家にいない。父のことはあまり好きではない。それが、彼女が家族について語ったすべてだった。

私がリリィと呼んでいいかと尋ねた時も、彼女は少し言葉に詰まりながら言った。

「ありがとうございます。……私、クラスで自己紹介をする時『愛称はリリィです』って言ったんです。でも本当は、その名で呼んでくれる人はもう私にはいないの。昔は母が、そう呼んでくれたけど」

そう言って彼女は、胸元のペンダントに触れた。おそらくリリィにとって母親との思い出の品なのだろう。

そんな泣きそうな顔をしないでほしい。私も泣く。

ちなみにこの後私はちゃっかりと、人のいないところでは『リコリス』と呼んでもらう約束も取り付けた。

リリィの話で考えさせられたこと。もう一つは、私自身の未来のことだ。

私は、自分の未来について真面目に考えたことがあっただろうか。学園の最高学年にある身として恥ずべきことだが、たぶん、ないのだ。

漠然《ばくぜん》と、きっとこうなるのだろうなと考えたことはある。けれどそこに私の夢や、決意というものはない。

この学園に来るまで、私にとって未来とは『学園に入学する時』のことだった。

リリィが来るまで、未来とは『ゲームの時間軸が始まる時』のことだった。

その先は？　たとえばゲームの時間軸のその先で、私は何がしたいのか。どういう人生を送りたいのか。考えるべきだろう。

また別の日には、ものすごく興奮する出来事があった。

リリィの元に、学園周辺の森に巣を持つ小鳥が訪ねてきたのである。その瞬間私の頭を埋め尽くした言葉はというと。

な、なにこれヒロインっぽい‼

「あら。こんなところまで私を探しに来るなんて、情熱的。リコリス、紹介しますね。この子は私の昼食のお供をしてくれる子なんです」

そう言ってリリィが図書室の窓を開けると、一匹の瑠璃《るり》色の小鳥が飛び込んできた。小鳥は部屋の中を周回した後、リリィの肩にとまる。

「この子、ものすごく人に慣れているみたいなんです。一度パンくずをあげたらそれ以来ずっと昼食時に催促《さいそく》に来るんですよ」

彼女は昼食をサンドイッチか何かにして外で食べているようだ。昼食時の食堂で彼女の姿を見ないはずである。私のほうは、だいたい昼食は校舎内の食堂でいただく。ヴォルフやシェイドと一緒で、たまにそこにアルトが加わったりする。

それにしても。

明るい日差しの下で昼食を食べる水色ドレスの金髪美少女。その肩にパタパタと羽を羽ばたかせて舞い降りる瑠璃色の小鳥。

ヒロインだ。

まさしく女主人公《ヒロイン》である。

乙女ゲームの主人公というより世界名作劇場の主人公という気もするが、とにかく私の脳内『ヒロイン的行動ランキング』上位にランクインしそうな光景である。

私は大興奮して小鳥さんを覗き込もうとしたが、避けて飛び立たれてしまった。さもありなん。

調子に乗ってごめんなさい。


そんな風にして、瞬《またた》く間に時間は過ぎた。

どの一日も楽しく、充実していた。

そんなある日、私はリリィと明後日《あさって》に控えたダンスの授業について話をしていた。

「相手の足を踏んでしまわないかと本当に不安で……」

リリィの不安ももっともで、今度行われるのは学期開始後初の、つまりリリィにとっては初めての男女合同ダンス授業だ。

「でも、当日は先生が直接側についてくださるのよね？」

「はい」

「じゃあきっと大丈夫。同学年か一学年上の男子生徒の中から、特に運動神経のいい人が相手に選ばれるはずよ。足を踏もうと思っても避けられてしまうくらいの」

冗談交じりに話をしながら。

私は自分の言葉に、何かしらの既視感《きし》を覚えた。

『リリィにとって初めての、合同ダンス授業』

『相手は教師お墨《すみ》付きの、運動神経のいい男子生徒』

……もしかして。

これって、『ヴォルフ』と『リリィ』の出会いイベント？

八　ダンス・パーティー

五・六年合同ダンス授業は、『授業』と銘《めい》打ちながらも実際はイベントに近いものである。

開催の前には学園長名義で招待状が配られるし、開催時間も夕食後の自由時間があてられている。

場所は『迎賓館』の小ホール。

『迎賓館』というのは生徒間の呼称で、この建物の正式名称は王立魔法学園付属文化芸術館という。

生徒たちがなぜ本来の名前にかすりもしない呼称を使うのかというと、外部からのお客様の宿泊施設というイメージが強いからだ。

この建物に入っている施設としては、まず魔法にまつわる稀少本を集めた書庫。あまり用途のない大ホール。ダンスの授業などで使用される小ホール。そして来賓《らいひん》用客室だ。

学園内で、校舎や寮、馬場や図書館は比較的新しい建物群であるのに対し、この迎賓館は段違いに古い建物である。

現代日本でいうところの『旧校舎』のようなものなのだ。

魔法学園は発足当時、かつてこの土地を治めていた領主の館を使用していた。お家騒動の結果として、跡継ぎなく領地の没収に至った土地が、学園施設として使用されることになったという経緯らしい。

その、領主の館が今の迎賓館なのだ。かつて生徒数がずっと少なかった頃は、この建物が校舎兼寮として使用されていたそうである。

私が現代日本で通っていた学校には、小学校、中学校、高校ともに『旧校舎』というものはなかった。それでも私にとって馴染《なじ》みのある単語なのは、物語の中などで『怪談といえば旧校舎』というお約束があるからだと思うのだ。

そういう点では、日本もこの世界も変わりない。

つまりこの建物、学園内で特に男子生徒に大人気の肝試《きもだめ》しスポットである。

よく言えば歴史を感じさせる、悪く言えば古くて少々陰気に感じられる建物が、生徒たちの心をくすぐるのだろう。

そして何よりも、『魔法にまつわる稀少本を集めた書庫』。これだ。

ものすごく胡散臭《うさんくさ》いし、さまざまな想像を掻《か》き立てる部屋である。生徒は基本的に立ち入れないのでなおのこと。

この建物については、生徒の好奇心と恐怖心を刺激する噂が絶えない。

曰《いわ》く、過去に肝試しをしていた生徒が数人行方不明になった。建物の中で恐ろしい獣《けもの》の遠吠えが聞こえたらしい、いや違う聞こえたのは子供のすすり泣く声だろう。迎賓館の書庫にはミイラがいるらしい。何言ってんだミイラがいるのは地下の一番奥まった部屋だ。そのミイラって実は魔王のミイラらしいぜ！

さすがに魔法学園だけあって、七不思議（正確に七つあるわけではないけれど）もバラエティに富んで荒唐無稽《こうとうむけい》である。魔王のミイラって何。魔王をミイラにしちゃおうというその発想が素晴らしい。

ちなみに我が国どころか、周辺諸国の歴史において『魔王』とやらがかつて登場したことは——ない。物語の中の存在である。

それに書庫のミイラというのはたぶん、この学園に勤めて六十余年、昨年で御年《おんとし》八十歳になられた司書のヘムロック氏への誤解によるものではないかと思う。

誤解というのは彼の容姿のことだ。八十歳のおじいさんというとシワだらけのご老人を想像してしまうところだが、実際にはせいぜい働き盛りの四・五十代の男性にしか見えない。魔力の特に強い人にままある、実年齢よりかなり若く見えるタイプの人である。

心も若い。どれくらい若いかというと、先生の用事で書庫を訪ねた私をナンパしてくるくらい若い。いや、ナンパといってもごく紳士的にお茶に誘われただけで、そこに多少のリップサービスが付随《ふずい》していたというだけなのだけれど。

話が逸《そ》れた。

大事なのは合同ダンス授業のこと。

ひいてはゲームヒロインリリィに起こる、攻略キャラクターたちとの恋愛イベントのことだ。

あの後リリィに詳しく聞いてみたところ、私はリリィの出会いイベント消化率の低さを知ることになった。

現在のところリリィにとって一番接触の多い相手は、シェイドだそうだ。我が弟ながらさすがである。同学年で同じ授業を受けることも多いので、編入早々声をかけられたとのこと。

ゲームの『シェイド』と『リリィ』の出会いイベントも、シェイドの方からリリィに興味を持って話しかけてくるというイベントなので、これはクリアしていると言っていいだろう。

でも仲がいいのかという私の問いに対してリリィの答えは、

『いいえ。べつに』

あっけらかんと返された。他の女生徒たちと同じように話しかけられるがそれだけ、とのことだ。

ついで、同じく同学年のルイシャン。彼については、

『授業でお見かけするたびに、綺麗な方だなぁと思います』

そもそも個人的な会話をしたことがないそうだ。これには少々仕方がない理由もあって、ルイシャンは基本的に個人行動をしない。ひょろっとしてあまり覇気《はき》のないわりにいちおう『護衛役』の、オリアという青年がよく付き従っているのである。

このオリアという青年には、私は少し思うところがある。

じつはこの青年、例のゲームの中には、影も形も存在しない人なのだ。

たとえばアルトの従兄弟兼取り巻きの少年などは、ゲーム内で名前は明らかにされていないにしてもゲームに登場はしている。そのくせ、たった一人でルイシャンの護衛をしている青年の存在がゲーム内にはなくて、こちらにはいる。それは少しおかしな話だと思うのだが……。

まあ私のゲームに関する記憶も、大雑把《おおざっぱ》だったりきっかけがないと思い出せなかったり。そもそもゲームの時と今とではヴォルフやシェイドの言動をはじめ、いろいろと変わっているのだが。

ともかくオリアの存在もあって、ルイシャンが一人きりになる時というのは、授業中や寮監督生の仕事をしている時などに限られていた。これでは『ルイシャン』と『リリィ』の出会いイベント、『古き良き少女漫画的廊下で衝突』は起こりにくいだろう。

あとは、一学年下のアルト。彼については、

『存じあげません』

そ、そうですか。

もちろん私との会話に出てきたから名前は知っているが、と、なんだかリリィに気を使われてしまった。

でもまあ、アルトにはべつに会わなくてもいいのではないだろうか。だって、『アルト』と『リリィ』の出会いイベントって、ものすごく印象が悪いのだ。

『アルト』がいつものごとく取り巻きを引き連れ、珍しい経歴の『リリィ』にちょっかいをかけるというか、突っかかっていくというか。貧困な想像力でもって平民=貧乏と決めつけ、はやし立てるイベントなのである。

今時小学生でもそんな下手くそなアプローチはかけない。

さてそうすると、必然的にリリィの本命はヴォルフということになってしまうのか？

いや、そもそもリリィがその四人の中から相手を選ぶ確約があるわけではないのだけれど。いや、でも……。ヴォルフとリリィが好きあってしまうかも、なんて考えるのは嫌だ。正直に言って、すぐにでも二人に釘を刺しておきたい。私はヴォルフの婚約者なのだし、その権利があるのではないだろうか。しかし、何も起こってないうちから牽制《けんせい》するって、どれだけ気が早いのだろう。というかそれはもはや、嫉妬深いってレベルではないのでは。とはいえ、実際に何か起こってしまってからでは遅いわけで……。

私の思考はループする。

（……でも、ゲームの『ヴォルフ』と私の婚約者のヴォルフは違うわ。ヴォルフは真面目な人だし、婚約者の私をいきなり放り捨てたりしない）

そう考えることでなんとか落ち着きを取り戻した時に限って、ゲームの中の『ヴォルフ』と『リリィ』の恋愛イベントを思い出したりして。私はまたも落ち込んでしまうのである。

ゲームの中の『リコリス』は、本当にお邪魔虫なのだ。私もプレイしていて嫌だなぁとよく思ったものである。

考えてしまう。

私はヴォルフが好きだ。『恋愛』なんて言葉は大仰《おおぎょう》すぎるけれど、いずれはヴォルフと恋をするのではないかと思っている。彼を失いがたい。

たとえばいきなり婚約を解消してくれと言われても、首を縦にはふれない。ヴォルフとリリィ、二人の幸せを祝福するなんて……きっと、できないだろう。

私はすでにゲームの『リコリス』と同じ狂気へ向けて、一歩足を踏み出していることになるのだろうか？

私がヴォルフに恋をすることは、破滅への道なのか。

その想像に、私は身をすくめた。


思い思いの色合いのドレスが円舞《えんぶ》を描き、私の心とは裏腹に華やかな時間が始まった。

普段は人気《ひとけ》のない迎賓館のホールに、この時ばかりは踊って笑う大輪の花たちが咲き乱れるのだ。

もちろん男子生徒もコテをあてたシャツにタイをしめて、磨《みが》きあげた靴を履《は》いて出席している。

ゆったりとした三拍子のダンスは初歩的なものなので、五、六年の中にはこれを難しがる者はほとんどいない。どうしてもリズムを取るのが苦手、身体を動かすのが苦手という子でも、これだけを熱心に練習すればわりとどうにかなるものだ。皆の顔は楽しそうに華やいでいた。

リリィはというと。今日は瞳の色に合わせたエメラルドグリーンの新しいドレスを着て、少し緊張した面持《おもも》ちでパートナーの手をとっている。

招待状をもらうのも初めてだし、かしこまったドレスもこれしか持っていないと苦笑していた彼女だが、明るく清楚《せいそ》な印象のドレスの色は彼女のためにあるのではというほど似合っているし、足運びもなかなかのものだ。

ダンスの相手はヴォルフだ。

彼は運動神経がよく場慣れしているので、よく先生の指示で、下級生のあまりダンスが得意でない子と組んで練習をする。リードの上手な男性と踊るのは、自信のない初心者にとって何よりの上達の道だ。それは、学園に来る前からヴォルフにダンスの相手をしてもらっていた私が一番よく分かっている。

私はというと、いつもと変わりのない夜会《やかい》用の臙脂色のドレスで出席し、空元気《から》を出して連続でダンスを踊ったら早々に疲れてダンスフロアから退場。しばらくダンスの先生と話をした後は、ぼんやりとフロアを眺めていた。

そうして今、ヴォルフとリリィのダンスを目にすることになったわけである。

ゲームの中では女嫌いの『ヴォルフガング』と、ヒロイン『リリィ』の出会いのシーン。台詞《せりふ》の細部まで覚えているわけではないけれど、あまり甘いシーンでないのは確かだ。教師からの指示で『リリィ』と踊ることになった『ヴォルフガング』は、終始眉間《みけん》にしわを寄せていたはずである。

でも、恋愛を描くことが主体の乙女ゲームのことである。攻略キャラクターが初対面からこちらに好意的でないことなど苦にもならない。

それどころか。

『今はツンツンしてるけど、そのうち主人公にほだされちゃうんでしょ？　恋に落ちちゃうんでしょ？　楽しみにさせていただきます！』てなもんである。

ゲームの中ではそんな場面。では現実はというと。

（身長差があって、可愛いカップル……）

やめようやめようと思っていたのに、自虐《じぎゃく》的なことを考えてしまった。

私とヴォルフが並んだ場合は、もちろんこれほどの身長差はない。私はただでさえ背が高いのに、公的な場では少しヒールのある靴を履くのが正式なのだ。

なんとなく、ヴォルフたちから目をそらしてみたり。

でもやっぱり気になって二人の様子をじっと見つめてしまったり。

私にはとても長く感じられた曲が終わって、やっとフロアから皆が引き上げてくる。ヴォルフとリリィは二言《ふたこと》三言《みこと》言葉をかわすと、ヴォルフだけがこちらに歩いてきた。

私は妙に緊張しながら、彼が近づいてくるのを待つ。

なんだか深刻そうな顔をしたヴォルフは、開口《かいこう》一番こう言った。

「リコリス、君に聞きたいことがある」

真剣な表情に、私は気圧《けお》されてしまう。何を言われるのだろうと、心臓がドキドキした。

「――今日ダンスを踊っていた相手は、その、どういう意図による選択なんだ？」

「？」

何を聞かれているのか、とっさに分からなかった。

今日ダンスを踊っていた相手？　リリィのこと？　ああ、違う。ヴォルフは私に尋ねているんだ。

私が今日ダンスを踊った相手？　誰だったかしら。

「……ごめんなさいヴォルフ。私、今日はとにかく体を動かしたい気分だったというか。誰かまずい相手と踊ったりしたかしら？」

「なんだ、そうなのか」

ヴォルフがちょっと見ないくらい可愛らしい顔で笑ったので、私はなんだか悩んでいた自分が馬鹿らしくなってきた。

だって今のはたぶん、ヴォルフが私のダンスパートナーに嫉妬をしたということなのだろう。私は普段は先生から指示された時以外は、ヴォルフやシェイドとくらいしか踊らないのだ。

ヴォルフのこの反応に力を得た私は、胸の奥でモヤモヤと幅を利《き》かせる不安について彼に直接聞いてみることにした。

「ねえ、ヴォルフ。これは真面目に聞くことだから、あなたも真面目に答えてほしいのだけど」

彼は真剣な顔で首肯《しゅこう》した。

「ヴォルフは、運命って信じる？」

今度はヴォルフが、顔に疑問符を浮かべる番だった。

「運命の相手というか、ヴォルフのほうが、たとえば、恋愛をしたら自分を幸せにしてくれる相手、みたいなものが元から決まっているとして。その人は強くて前向きなのだけど、時には苦境に立たされたりもするし……なんというか、放っておけない感じの人なの」

ヴォルフはそこで、やっと得心《とくしん》がいったというふうに頷いた。

「君のことか」

九　リリアム・バレー、その内実は〈シェイド視点〉

「君にそんな顔をさせる相手が誰なのか、知りたいな」

俺の言葉にリリアムは、はっとした顔で振り返った。

彼女が視線を送っていた先では、俺の姉とおそらくは未来の義兄《あに》がいちゃついている。そこから一定の距離をおいて、なにやら頬を染めながらそれを見守る者たちがいるが、おそらくリコリスだかヴォルフだかのファンなのだろう。あの二人は、『二人の恋路《こいじ》を見守りたい』とか考える酔狂《すいきょう》な信者を抱えているのだ。

やめてほしいものだ。いろいろな意味で。

「リリアム、君をダンスに誘っても？」

とっておきの笑顔で誘いをかけるも、彼女――リリアムの答えはそっけなかった。

「お誘いの目的は、ダンスではなく私と話をすることでしょう？」

頭のいい女である。

「お話は、あなたのお姉さまに近づくなということでしょうか」

語り口が直截《ちょくせつ》で刺々《とげとげ》しいのは、この会話を早急に切り上げたいという意思のあらわれか。それとも、何を言われるのかと怯えているからか。

こちらとしても、まさか彼女が切《せつ》なる目を向ける相手がヴォルフなのかリコリスなのか、本当に分からないほど馬鹿ではない。この学園に編入してからのリリアム・バレーの興味は、いっそ潔《いさぎよ》いほど明確にリコリスに向いていた。

俺が初めて彼女に声をかけた時は、はっきりと『あなたに興味がありません』という態度を取られたものだ。しかし数日を置かず二度目に話しかけた時には、『リコリスの弟』という立場に興味を持たれたようだった。

それにしても、彼女が聡明《そうめい》で話が早いのであればありがたいことだ。目ざとい姉にこの『ちょっかい』が見つかれば、邪魔されることは必定《ひつじょう》である。

とりあえず俺は、「まさか」と、彼女の懸念《けねん》を否定した。

「誤解があるようですが、俺にそんなことを言う権利はありませんよ」

「でも、彼女があんなに慕《した》われているのに特別な友人がいないのは、あなた方が邪魔をしているからではありませんか？」

頭がいいだけでなく、かなり気も強いようだ。ここで反撃されるとは思わなかった。

「それこそ誤解です。俺もヴォルフも、リコリスを孤立させたいなんて思ってはいませんよ」

「でもあなたの協力があれば、彼女が周囲と理解を深めることは容易だったはずだわ」

「そこは、あれですよ、積極的に姉を孤立させようなんて画策《かくさく》はしませんが、それでも……」

俺は少し声を潜《ひそ》めた。

「──あの人が、他人にばかりかかりきりになってしまったら、寂しいでしょう？」

笑うか、咎《とが》めるか。

しかしリリアムの反応はそのどちらでもなかった。

「そういう感情は、私にも理解できます」

意外な反応だ。

手の内を明かしたのが良かったのか、リリアムの表情は少し穏やかになった。それも『敵』に対するものから『他人』に対するものになったという程度のことだが。

「嫉妬は理解できる。では、君に理解し難《がた》い感情とはどんなもの？」

「…………」

俺は彼女の懐に一歩近づいてみることにした。

「たとえば肉親の情とか、友情とか？」

「私の過去についてずいぶん詳しくご存じのようですね」

核心をついた言葉に対し、彼女は怒り出すでもなく挑発的に笑ってみせた。それは言葉と裏腹に『本当の意味で私の過去がお前に――他人に分かるはずがない』と、そう確信している笑いだった。


リリアム・バレーの子供時代について知り得たことは、彼女が『身分不相応』な力を持ったことで、もしかするとそれなりの円満を描くはずだった人間関係が崩壊《ほうかい》したということだ。

二年ほど前。力の暴発という形で、彼女の稀有なる能力は発現した。

当時の状況を知るものは口々に、死人が出なかったのは奇跡だと言ったそうだ。

そして彼女はそののち二年の間に、それまで当たり前に持ち得た多くのものを失うことになった。

母親は娘の力への恐怖に耐えられず、家を出た。親族からは関わり合いを恐れて縁を切られた。

友人たちは恐怖か、嫉妬か、その内心は分からないにせよすべて彼女から離れていった。

特に最悪だったのは父親だ。その男はリリアムにどのような価値があるかを見極めることに腐心《ふしん》した。彼女をけして協会の手に引き渡さずいずこかへ監禁し、一番高額で自分の娘を買ってくれる相手を探しまわったそうだ。


「私の過去をご存じなら、そのような人間が彼女の側にいるのは不安でしょうね」

自嘲《じちょう》気味に笑ったリリアムに、俺は本音をぶつけてみることにした。

「いや、正直なところ悩んでいます。俺には君の意図が読めないので」

リリアムはすでに、卒業後の進路を魔法協会に入るものと定めているそうである。

彼女の意志と、協会側の『強大な魔力保持者を監視したい』という考えが合致《がっち》しているのだ。これはほとんど決定事項だろう。

協会に入る人間にとって、公爵の娘であるリコリスの友人という地位にどれほどの意味があるだろうか。もちろん権力者の友人は、持って損《そん》になるものではないが。

リリアムがリコリスを見つめる眼差しは、どこか切実な希求《ききゅう》を感じさせる。それがなぜなのか、俺は測りかねていた。

「意図なんて、それほどたいしたことは考えていません。……たしかに、私は彼女と会ってまだ日が浅いけれど。私、彼女にとても心惹かれたの。沢山の人に囲まれているようなのに、とても寂しそうで。彼女の周りにいる女の子たちは少し離れて彼女を見ていたがるけど、それでリコリスが寂しく思っていることには気づいていないみたい。私は、気づいたから……。だから、私が側にいてもいいんじゃないかって、そう思ったんです」

「君は寂しい人が好きなんですか？」

冗談交じりに尋ねると、殊《こと》の外《ほか》真剣な眼差しが返ってきた。

「ええ、そうです。私に言わせれば、優しさだとか、愛情だとか、そんなものは簡単に翻《ひるがえ》るものだわ。私は、私を求めてくれる人が好き。切望してくれる人が好き」

俺には、彼女の言葉を笑うことはできなかった。

「……でも、彼女は本当の意味で寂しい人ではないのね。あなたがいるし、彼がいる」

リリアムは再びリコリスたちのほうに視線をやると、どこか切なそうにその若葉色の目を細めた。

「ご命令なら、彼女と距離を置きます。彼女を傷つけたくないから無視なんてしませんけど、あなた方が不安にならない程度に」

悲壮《ひそう》な決意を感じさせる目で見つめられて、俺は少し困った。言うべきか言わざるべきかと悩んで、結局口にした。

俺は女に甘いのだ。

「あの人は――リコリスはわりと、優しさとか愛情とかを信じさせてくれる人なんですよ」

リリアムは虚《きょ》をつかれたという顔をした。

「ですから、せいぜい仲良くしてみてはどうですか?」

「……いいの? 私が、彼女の側にいても」

「ですから何度も言っていますが、俺にそれを決める権利はないんですよ。そもそもあの人は、俺がなんと言おうと結局やりたいようにやるでしょうし」

「彼女の騎士様も、私が彼女の側にいることを許してくれるかしら」

「ヴォルフは、姉に危害を加える人間にはそれはもう――それはもう怖いししつこく過去のことをほじくり返してネチネチ責めてきたりしますが、そうでない相手にはけっこう寛容です」

俺が実体験を思い起こしながら言うと、リリアムにもその切実さが伝わったようだった。

「……肝に銘じておくわ」


リリアムは俺の元を去り際、初めて歳相応の愛らしい笑顔でもって俺に手を振った。

手を振り返しながら、俺は思う。ぜひとも彼女には頑張ってほしいものだと。

男《ヴォルフ》といちゃついているところを見せられるより、女《リリアム》と仲良くしているところを見るほうが俺の精神衛生上、ずっといいに決まっているではないか。

十　平穏

穏やかな日が続いていた。

あの日――ダンス授業の日のヴォルフの思わぬ言葉は、私の目を覚まさせる効果があったように思う。あれは私に、彼の心を信じさせてくれる一言だった。

恥ずかしかったけど。言われたことを理解した瞬間、脳みそが沸騰《ふっとう》しそうになったけど。

あの後ラストダンスに誘われてダンスフロアに出たはいいものの、頭が真っ白だった私の踊りはきっとひどいものだった。ヴォルフのリードでなんとか形になっていたことを祈るしかない。

ともかく、私は前世でプレイしたゲームの展開などというものよりも、ヴォルフの真心を信じることに決めた。だいたいリリィだって、私にこんな疑いを持たれていると分かったら、失礼以前にきっと面食らうだろう。

今の私には、ちょっと前の自分の慌てぶりを笑えるくらいの余裕があるのだ。

リリィの勉強のほうも、軌道に乗っていた。

もちろん、まだ四年分の遅れを取り戻すには至らないのだが。授業時間中にもっと初歩的な課題をこなすということについて、ほとんどの先生が理解を示してくれたのである。中にはもっと積極的に、リリィに見合った課題を提示してくれたり、低学年の教科書を用意してくれる先生もいた。

結局のところ先生方は、勉強熱心な生徒が好きなのだろう。嬉しいことである。

魔法の授業が進む中で、リリィの魔法適性もはっきりした。

彼女は治癒《ちゆ》魔法に強い適性を示し、その他かなり広範《こうはん》の魔法を使いこなす可能性がある、ということである。つまり無敵ってことですね、分かります。

『可能性がある』というのは、今現在リリィには治癒以外の魔法が使えないからである。

実は彼女は過去に魔力の暴発による事故を起こしていて、そのトラウマのせいで治癒以外の魔法を使用することに大きな心的《しんてき》抵抗があるとのこと。

そのあたりを克服《こくふく》していけるかどうかが、今後のリリィの魔法熟達の鍵になるだろう。

ともあれその辺りは、焦っても仕方のない問題である。

私はその日、朝からウキウキと心を弾《はず》ませて、昼食の時間が来るのを待っていた。

本日の昼食にかける私の意気込みは、並大抵のものではない。どれくらいかというと、朝食を食べずに午前の座学の授業に臨んだくらいである。

座学の授業は比較的静かなので、そこでもし大音量でお腹が鳴ったりしたらまずいと気がついたのは教室に入ってからだった。戦々恐々《せんせんきょうきょう》としながら授業に臨んだが、さいわいにして私に社会的な死は訪れなかった。本当に良かった。

私がなぜこんなに昼食を楽しみにしているかといえば、今日の昼食はリリィ、ヴォルフ、シェイドと私の四人で屋外ランチと洒落《しゃれ》込む予定だからである。

人目につかず、かつ気持ちのよさそうな場所の目星は付けてある。寮長を務めた先輩から後輩へ、口伝《くでん》で伝わっている秘蔵の場所である。

場所の決定&確保は私、料理はヴォルフ、荷物運びはシェイド、リリィはお客様。そういう分担になっている。

実はヴォルフは、私よりずっと料理がうまい。私だって特別料理が下手というわけではないのだが、ヴォルフが作ると手際も味も文字通りひと味違うのだ。これについては敗北を認めている。

過去の一時期、彼に料理を教えたのは私だ。でもヴォルフがそれを趣味にしてしまうというのは、当時は想像もつかなかった。

ヴォルフは真面目な性分のせいか、こうと決めたら一直線、というところがある。寮の彼の部屋には、かなりちゃんとした調理器具が運び込まれているそうだ。ちなみに寮の部屋に元から台所が設置されていたりはしない。こういうフリーダムなところは、ヴォルフもさすがいいところのお坊《ぼっ》ちゃんである。

まあ、私たちの間に横たわる料理の腕前の差について、女の身としては少々複雑な思いにかられないでもない。しかし過去彼の身に起こった毒殺未遂事件のことを考えれば、外でお昼を食べようなんて誘いに彼が笑顔で乗ってくれるだけで、十分喜ぶべきことだろう。

ちなみにシェイドは食べる専門。リリィはそのうち私に料理の腕前を披露《ひろう》してくれるそうなので、今から楽しみにしている。

とにかく、今日は素晴らしいお昼時間になるはずである。

授業終了とともに急いで指定の場所へ向かおうと教室を出た所で、黄色頭《きいろあたま》に絡まれなければもっと良かった。


「あれ？　ボス！　ボス！　女ボス！」


絶対振り向くものかと無視しながら歩くが、アルトは諦めることなくタタタッと走り寄ってきた。その後ろには当然のごとく取り巻きたちが続く。

ぞろっとした人の塊にここまではっきり絡まれれば、さすがに足を止めるしかない。

「……その呼び方をしたら返事はしないと言ってあるでしょう」

「りょーかい、リコリスりょうちょー」

珍しくアルトが素直に言葉を改めたので、私はおや、と思った。

ニコニコと機嫌良さげなアルトは姉上そっくりの薄茶色の瞳を愛嬌たっぷりに細めて、外見だけは文句なしに可愛い後輩だ。

「今日は素直なのね？」

「ぼくはいつでも素直ですー。一緒に食堂行こう！」

「悪いけど、用事があるの。また今度ね」

「また今度っていつさ」

「いつでもいいわよ。事前に言ってさえくれれば」

「でも今日会ったんだから今日でいいじゃん！」

やっかいなのに捕まったものだ。

「今日は諦《あきら》めて。いいでしょう？　一人ではないんだし」

暗《あん》に取り巻きたちを示唆《しさ》しながら言うが、即座に反発をくらった。

「やだよ！　一緒に行ってくんなきゃ寂しくて死ぬよ！」

うさぎ気取りかこの野郎。

いくら見た目が可愛い系だからといって、こんな言動が十代もなかばの男のものであっていいのだろうか。もうちょっと男としての体面というものを気にしていただきたい。

「死なないわよ、絶・対」

私が呆れて言うと、アルトは頬を膨らませた。

ああここにヴォルフかシェイドがいれば！　実力行使は私一人では不可能だ。目立たないように個別で指定の場所に向かおうという計画が徒《あだ》になった。

もちろんこの場合、アルトの『見ているだけのお目付け役』は、まったく役に立たない。

「聞き分けてよ、アルト」

懇願調《こんがんちょう》で言ってみると、アルトが少し表情を変えた。

「……ふ～～ん。大事な用があるんだ」

「そうなの！　分かってくれた？」

「まあ、いいけど。今度一緒にお昼食べてくれるなら」

「分かったわ！　じゃあね、アルト」

私は喜び勇《いさ》んで歩き出した。

もちろん走り出したかったのだが、人目のある校内でむやみに走るわけにはいかない。でも場所確保担当が最後に合流したのでは、格好がつかないではないか。

アルトも上級生になって自覚が出てきたのね、なんてのんきなことを考えていたのだ。


けっきょく、指定の場所には私が一番乗りだった。

しばらくしてリリィが現れて、私たちは昼食を食べる場所を一緒に整え始めた。

そんな私たちを見つめる薄茶色の眼差しには、気がつくことはできなかったのだ。

十一　小さな墓標

その日最後の授業が終わって放課《ほうか》になった教室内で、私はゆっくりと授業で使った裁縫《さいほう》道具を片付けながらため息をついた。憂《うれ》いのため息ではなく、やり遂《と》げたなぁという意味合いのため息である。

今日の午後の授業は、空腹と戦った午前とは別の意味で試練の時だった。

ヴォルフお手製の美味《おい》しいお昼ごはんを満腹になるまでつめ込まれた私の体は、本能に従って午後は明らかに休息を必要としていた。

有《あ》り体《てい》に言えば眠かった。お昼寝がしたくてたまらなかった。こっくりと船を漕《こ》いで指に針を刺すこともなく、無事に放課後を迎えたことが感慨深くてならない。

この学園では座学の授業はすべて午前に行うが、これはけっこう理にかなったスケジュールだと思う。午後にあるのがもし座学の授業だったなら、先生の声を子守唄にお昼寝タイムという事態を回避できたとは思えない。

しかし不思議なことには、いざ授業が終わってみると眠気などどこかに吹き飛んでいるのである。本当に、さっきまであんなにつらい思いをしたのは何だったのかと憤《いきどお》りを感じるくらいだ。日本でもこの世界でも、そういうところは変わらない。

そんな時だ。廊下の方からバタバタと慌ただしい足音がしたのは。

「リコリスお姉さま！　アルタードくんが！」

「どこ⁉」

「中庭です！」

この以心伝心《いしんでんしん》っぷりは、悲しいかなアルトの起こす騒動に慣れてしまっているためだ。

果敢《かかん》にも上級生の教室に走りこんできた女生徒は、アルトと同学年で取り巻きの一人と仲がよく、何かありそうと判断したら私に教えてくれるよう言い含めてあるうちの一人である。

中庭に向かいがてら彼女から話を聞いた。

曰く、今日の午後の授業にアルト他数名の取り巻きたちが姿を見せず、訝しんでいたとのこと。

そして授業が終わって早々、アルトの取り巻きの一人がこそこそしていたので後をつけてみたところ、その取り巻きの子はリリィと接触を図《はか》ったということ。

「何を話していたかよく聞き取れなかったのですが、その後二人は連れ立って中庭に向かいました。そこでアルタードくんたちと合流して、それがなんだかすごく不穏《ふおん》な感じだったので、私はお姉さまにお知らせに……」

「ありがとう。助かるわ」

緊迫した状況で『お姉さま』はやめてほしいものだが、この際目をつむろう。

目指す中庭の緑が見えてきて、私はアルトたちと対峙《たいじ》するリリィの姿にホッとした。まだ手を出されたりはしていないようだ。

けれど距離が近づくと、リリィの様子がおかしいことに気づいた。胸の前で両手を重ねあわせ、微動だにせず一点を見つめたままだ。

その視線の先を追った私は、眩《くら》むような既視感《デジャヴ》を覚えてつい足を止めた。

リリィの視線の先。

盛り上がった土の上に、これ見よがしに棒が立ててある。

私は体中から血の気が引いていくのを感じながら、その『お墓』を見つめた。

「……どうして、こんな」と、リリィが呆然《ぼうぜん》とした様子で紡《つむ》いだ言葉に、アルトの冷笑が返る。

「平民に身の程を分からせてやろうと思って。もちろん、あの鳥が犠牲になったのは、お前に他に友達がいなかったから。笑えるね～」


この恐ろしくも不快な台詞。『アルト』はたしかにゲームの中で、こういった物言いをするのだ。

(でもこのイベントは、たとえ起こるにしても、もっとずっと後のはずで……)

私は心中で言い訳のようにそう考えた。

ゲームの中で、アルトがリリィの可愛がっていた動物を殺すシーンは確かにある。その動物は、たしか鳥ではなかったと思うのだが。その時も彼はこうやって、これ見よがしに作った墓をリリィに突きつける。

リリィが他のものに執心《しゅうしん》するのが許せないとか、そんな理由だった。

こんなひどいことは、リリィとアルトの間にまともな面識すらないこの段階で、起こるはずがないのだ。いや、なかったのだ。

けれど現実に、目の前には小さなお墓がある。横に放置されたままのスコップの先には土がついていて、側にはつい今しがた掘られたばかりと見える穴が……ん？

私の物思いの間にやっと体を動かすことを思い出したリリィが、ふらふらとお墓に近づいた。その土の塊にそっと手を伸ばすのを見たアルトが囃《はや》し立てる。

「もしかして掘り起こそうとしてる？　ぐっちゃぐちゃになったお友達と対面したいんだ？　うわっ趣味わる～い」

リリィがビクッと怯えたように手を引っ込めた。その反動で、リリィの若草色の目の縁《ふち》に溜まっていた涙がぽとりと落ちる。

そして私の、堪忍袋《かんにんぶくろ》の緒《お》が切れた。

たしなみも忘れた大股でアルトに歩み寄った私は、少し焦った様子のアルトがなにか言う前に、思いっきり、その頬を張った。

パーンと小気味のいい音がして、自分の手のひらがジンジンと痛むのを感じる。

逆上して殴《なぐ》り返してくるのではと思ったが、アルトはバカ丸出しの顔で唖然《あぜん》と口を開き、ただただ私の顔を見つめている。

ギャラリーも含めて、そこにいた全員が沈黙した。

そう、中庭はある程度人目につく可能性がある場所だ。ここでこんな騒ぎを起こした以上、アルトがリリィをいじめの標的に選んだことは、全校生徒にすぐにも伝わるはずだった。

それが新たないじめを誘発《ゆうはつ》する可能性もある。もちろん分かってやったのだろう。忌々《いまいま》しいことにアルトは、そういう計算はできる子供なのだ。

私は怒り心頭《しんとう》で、でも思考は冷えていた。アルトとの交戦をほとんど覚悟して、ギャラリーの中に味方を探す。

早い段階で動くことを思い出したのは、アルトの取り巻きの一人だった。役に立たないお目付け役の彼である。

「ち、違うんですリコリス様！　鳥は、結局捕まえられなくて。そのお墓は、土を盛ってそれらしく作っただけです！」

あげく彼は、言わずもがなの弁明を始めた。

リリィはおそらく動揺のあまり気が付かなかったのだろうが、墓の横にボコっと穴があるのは少しおかしい。普通はまず墓穴《はかあな》を掘り、そこに遺骸《いがい》を入れる。その上から土をかぶせるというのが手順だろう。

リリィには慣れているとはいえ野生の鳥を捕まえるのは難しく、まがい物の墓を作って脅《おど》かそうとした、というのが真相らしい。

「リリィ、聞いてのとおりよ。あの小鳥はたぶん無事だと思うの」

私の言葉に、リリィがハッと顔を上げた。

「リコリス、私……」

「ええ。探しに行ってあげて。ここは私が何とかしておくから」

リリィは私の言葉に頷くと、例の瑠璃色の小鳥がいるであろう森のほうへ向けて駆け出していった。

「か、勘違いだったんだから、謝ってよ！　ぶたれたとこすごい痛い！」

アルトが私の背中に向けて喚《わめ》いたので、私は振り返った。

「勘違い？　鳥を殺すつもりだったんでしょう？」

「そうだけど、結局できなかったんだって言ってるじゃん！　疑いもせずにころっと騙《だま》された、あの女がバカってだけで」

「よく、分かったわ」

私は、今度こそ拳《こぶし》を握ってアルトの頬を殴ろうとした。先ほど無意識に平手打ちをしてしまった自分の甘さが分かったからである。

けれど二発目はさすがにアルトも甘んじて受けはしなかった。手首を掴まれたので、私は近距離でアルトを睨みつけた。

「うるさく言い続ければあなたも少しは大人になってくれるかもなんて、私の見通しが甘すぎたんだわ。三年間で、あなたはまったく成長していないんだもの。あなたの教育係なんて、私には無理だったのよ」

言い募《つの》る私に向けて、アルトが例の言葉を吐いた。

「……なんで」

「『なんで』なのか分かるまで、彼女にも、私にも絶対に話しかけてこないで。特に、心のこもらない謝罪なんてリリィに聞かせたら、許さないわ」

そう言い切ったところで、大きな影が私の視界を遮った。それがヴォルフだということはすぐに分かったので、私はホッと息をつく。

騒ぎを聞きつけて来てくれたのだろう。

ヴォルフは無言のままアルトの腕を掴んだかと思うと、それを片手でやすやすと捻《ひね》り上げてしまった。アルトの痛みを訴える声にもどこ吹く風。

そうしてから、私にそっとハンカチを差し出してきた。

なんだか泣きそうと思ってはいたが、私の目には実際に涙があふれていたのだ。格好のつかない話である。

「……ヴォルフ、アルトをお願いしていい？　リリィを探しに行きたいの」

「いや、一緒に行く」

ヴォルフが主張を固持《こじ》したので、結局アルトのことは近くにいた先生に任せて、私たちはリリィを追って森へ向かった。けれど、それほどの時間差はないにもかかわらず、そこにはリリィの姿はなかった。

その後人を集めてリリィの捜索が行われたが、彼女が見つかったのは夜も更《ふ》けてからのことだ。とても疲れた顔をして、ふらっと寮に帰ってくると、彼女はほとんど気を失うように眠ってしまった。

そうしてそれからほとんど丸一日、彼女は眠り続けたのだ。

十二　友情と疑惑

リリィの昏睡《こんすい》の原因は、魔力の枯渇《こかつ》による疲労だと診断された。誰もが首を傾《かし》げる内容だったが、目覚めたリリィ自身もまた困惑していたそうだ。

『昨日は魔法を使っていません。授業の中でも魔法の使用はしませんでしたし……』

リリィが、女子寮付きの医師を務める女性に語ったところによればこうである。

アルトに呼び出されたこと、その後のいざこざ、森に小鳥を探しに行ったことまではははっきりと覚えているのに対して、その後の記憶が妙にあいまいなのだという。

リリィはいつもの場所で、例の小鳥を見つけた。しかし、小鳥はいつものようにリリィのもとに降りてきてはくれなかった。

小鳥が怪我をしているかもしれないと思ったリリィは、飛び去るその子を追いかけた。上ばかり見て追いかけたために、あまり土地勘《とちかん》のないリリィは気がついたら知らない場所にいたそうだ。そこからリリィの記憶はさらにあいまいになる。

人に会ったのは確かだと、リリィは言ったそうだ。けれどなぜか、相手のことを思い出せない。その人と、ずいぶん長く話し込んでしまった。会話の内容は覚えていない。

気がついたら夜になっていて、慌てて寮に戻った。とても疲れていたことは確かだが、原因は分からない。

まるで、雲をつかむような話である。

医師の女性も困惑した様子で、押しかけた私にこの話をしてくれた。

リリィは終始どこかぼんやりとした様子で、懸命に記憶の糸を手繰《たぐ》ろうとしている様子だったという。しかし結局、誰と一緒にいたのか思い出せないまま再び寝入ってしまった。それが昨晩のことである。

リリィは今日は、大事《だいじ》をとって授業を休んでいる。

「いくらなんでも記憶が曖昧《あいまい》すぎるでしょう。昏睡したせいで寝ぼけていたにしても」

行儀悪く口の中に物を含みながらシェイドが言ったので、私はいろいろな意味を込めて弟を睨みつけた。

「『寝ぼけて』なんて、失礼なことを言わないで。リリィは被害者なのよ」

シェイドがときどき皮肉っぽい物言いをするのは癖のようなもので、悪意はないと分かっている。けれど今は、聞き流す気になれなかった。あわや姉弟《きょうだい》喧嘩勃発《ぼっぱつ》かというところで、ヴォルフが重々《おもおも》しく口を挟んだ。

「記憶がそれほど曖昧なら、そこに魔法が介在《かいざい》した可能性があるな」

「ええ。私もそう思うわ」

我が意を得たりと私は頷き、さすがヴォルフと彼をこれみよがしに持ち上げた。シェイドは少しいじけたようにそっぽをむく。

今日の私たちは、来客用の小食堂に料理を運び込んで昼食をとっていた。寮長と監督生に与えられた特権、などと言ってしまうと大げさだがそんなものだ。汚さない、騒ぎすぎない等の暗黙の了解を破ったことはないので、『少し話し合いたいことがある』程度の理由でもこの部屋の使用許可をとるのは難しくない。

「リリィに今現在記憶を混濁《こんだく》させるような魔法がかかっていないのは確かなの。でも、たとえばリリィと話をしていたという人が、姿が他者の記憶にとどまりにくくする魔法を自身のほうにかけておいたとか、手段はあるはずだわ」

「そうだとすると問題は、彼女と話をしていた相手が誰か。会話の内容。なぜ自分の存在を隠蔽《いんぺい》したのか。そしてもう一つ、彼女の魔力の枯渇について、か」

ヴォルフの言葉に興味を惹かれたらしく、ふてくされていたはずのシェイドがひょいと会話に戻ってきた。

「でもリリアム嬢の魔力は、計測器が壊れるほど強大なんですよね？　それが枯渇って、いったい何にそれほどの魔力を使ったんでしょうね」

「リリィが使える魔法は、治癒魔法だけのはずよ」

「それこそ不可解ですね。死者の蘇生《そせい》でもしたんでしょうか」

それは治癒魔法の範囲ではない、と言いかけて私は思い出した。リリィの魔法は規格外《きかくがい》なのだ。

「……学園内にどうして死者がいるのよ」

「たとえば学園内で何らかの事故が起こって誰かが死ぬ。そこに居合わせたリリアム嬢が魔法で蘇生を行った。でもそのことが記憶に残らないよう、あらかじめその『場』に魔法がかけられていた」

あまりに荒唐無稽な話だが、可能性がゼロというわけでもない。私が惑《まど》わされかけたところでヴォルフがシェイドの説を否定した。

「死者を目にする、魔法で蘇生する、どちらもかなり衝撃的な出来事だ。それを本人の記憶に残らないように隠蔽するのは不可能だろう。リリアム・バレーの魔法が規格外にしても、その話し相手の魔法は、我々の想定範囲内にあるはずだ」

「では、そもそもリリアム嬢が嘘をついている可能性ですね」

ヴォルフはそれには否定の言葉を返さなかった。

そこで私は、二人が必ずしもリリィの言葉を信じていないということに気がついたのだ。

「……他の可能性だってあるわ。たとえば、そのリリィと会っていた『誰か』の目的は、リリィの魔力にあった。リリィの強い魔力を使って何かしようと企《たくら》んだのよ」

「他人の魔力を使うなんてことが可能なんですか？」

「少し昔の話だけれど、そういう実験を国と協会が行ったという記録を見たことがあるわ」

「それで？　実験は成功したんですか？」

「一定の効果を出せたようよ。とても大規模で複雑な魔導《まどう》装置を必要とするわりに、魔力対効果の効率はものすごく悪いみたいだけど」

「つまり、せっかくリリアム嬢の強大な魔力をいただいても、たいしたことができないということですか。しかも、その用途がなさそうなわりに『大規模で複雑な魔導装置』とやらがこの学園に？」

「……自説になんの証拠もないという点では、さっきのシェイドの説と一緒でしょう？」

「あ～はいはい。つまり姉上の詭弁《きべん》ですね」

言い返そうとしたところで、シェイドが「真面目な話をしましょうか」と低い声を出したのに止められた。

「姉上は今回リリアム嬢に起こったことを、外的要因《がいてき》のせいと決めつけすぎですよ」

「だってアルトが起こしたことよ。リリィは被害者に決まっているじゃない」

「確かにアルトがしたことについては、彼女は完全に被害者でしょう。でも、その後何が起こったのかはまだ分からない。アルトは姉上とやりあった後は取り巻きともども監視をつけられていたんですから、『その後起こった何か』は別の事件と考えるべきじゃありませんか？　一昼夜昏睡《いっちゅうや》状態にあった友人が心配なのは当然ですが、少し冷静になってください」

シェイドにたしなめられると同時にヴォルフによしよしと頭を撫《な》でられて、私は眉をひそめた。

「私、冷静なつもりだけど」

言い返すもシェイドに鼻で笑われる。

「『つもり』というだけですね。リリアム嬢が語ったことがすべて嘘とは言いませんが、記憶がそれほど曖昧なら、魔法を使っていないと断言するのはおかしい。伝聞《でんぶん》による食い違いかもしれませんが、少しは疑ってください」

言われて、私はハッとした。たしかにそれは少しおかしい。

「とりあえず、直接彼女に話を聞く必要があるだろうな。それから、一つ君に心しておいてほしいのだが……」

ヴォルフまでお説教をしてきそうな気配だったので、私は少し身をすくめた。でも、続くヴォルフの声は優しかった。

「相手の言葉を鵜《う》呑《の》みにするのが友情の証《あかし》ではないし、その言葉に疑いを持つことは必ずしも友情にもとる行為ではない。すくなくとも、私はそう思う」

ヴォルフがその青紫の瞳で私をまっすぐに見つめて言った言葉を、私は咀《そ》嚼《しゃく》する。

リリィの言葉を鵜呑みにするのが友情の証じゃない。疑いを持ってもいい？

「大切なのは、友に頼られたその時に力を尽くせることだ。そのためにも、自分の目で真実を見極める必要がある」

観念的な言葉だったけれど、大事なことだということは分かった。ヴォルフは――シェイドもだけれど、友人を得ているという意味では私の先達《せんだつ》なのだ。

「……分かったわ。肝に銘じます」

「そうしてくれ。今の君を見ていると少し不安になる。友人ができて嬉しいのは分かるが」

私、リリィと友達になったことで傍目《はため》にもかなりはしゃいでいるのかもしれない。ちょっと恥ずかしい。

「こんなことを言ってどうなるものでもないだろうが。……傷つかないでほしい」

でも、こんなことを大まじめな顔で言い出すヴォルフだって、そうとう恥ずかしいと思うのだ。

私は顔を赤くし、シェイドは苦虫を噛《か》み潰《つぶ》したような顔をしていた。


二人の忠告に従って、私はリリィに詳しい話を聞くつもりだった。リリィが私に真実を話さない、話せないのかもしれないという可能性についても心したつもりだ。

けれどその後数日を経ても、私は彼女と個人的に話をする機会を得られなかった。

リリィは三日ほど休んだ後に授業に出るようになったが、寮の図書室に顔を出すことはなかったのだ。

これまでリリィが図書室に現れていた頻度を思えば、これは避けられていると見るべきだ。

一度勇気を出して夜に彼女の部屋に行ってみたのだが、部屋は明かりもなく静まり返っていた。

まだ万全でない体調のために眠っているのかもと思えば、無理に押しかけることはできない。

それでリリィが元気に過ごしているというならともかく、学園で見かけるリリィの顔色はとても悪いのだ。遠目にも疲れた様子で、目元にはクマ。ただごとではないと分かる。

ならば正攻法で――寮長として彼女を呼び出すなどして、話を聞こうと決めた矢先のことだ。

アルトが大怪我をしたという報が、私のもとに舞い込んだのは。

そしてそれは、恐ろしい連鎖《れんさ》の始まりに過ぎなかったのだ。

十三　毒心

アルトの怪我は左腕脱臼《だっきゅう》と右足骨折。階段から落ちたそうだ。

落ちた場所が寮の階段だったために、目撃者は多かった。珍しく取り巻きを連れずに一人ボーっとした様子で歩いていたアルトが階段で転び、慌てて左腕で手すりを掴むが体勢を保てず転げ落ちるところまで、すべてを目撃していた生徒が複数人いた。

ヴォルフやシェイドが駆けつけた頃には、痛み止めがぜんぜん効かないと文句を言っていたそうなので、ひとまずは安心である。

それでも、大きな怪我であることには変わりない。アルトの取り巻きたちはかなり取り乱したそうで、男子寮に入ることのできない女子生徒は特に悲嘆《ひたん》に暮れていた。

学園には治癒魔法を使える医師がいる。大事をとったとしても二、三日のうちにアルトは元気に学園へ復帰するはずである。

しかし、大方の予想を無視してそうはならなかった。

なぜかというと、アルトが駄々をこねたからである。

あのはた迷惑なお子様曰く。


『リコリスがお見舞いに来るまで授業に出ない』


だ、そうだ。

これを聞いた瞬間の、私の苛立ちたるや。

私は不良も真っ青、というやさぐれっぷりで『アアン？』と返した。心のなかで。

アルトのこの言葉を伝えてきたのは、アルトの取り巻きの一人で、彼と同年の女の子だったのだ。彼女が悪いわけではなく、八つ当たりの相手にはできない。

これについて私は怒りにまかせて無視を決め込んだのだが、それが別の騒動に繋がってしまった。


リリィがアルトの取り巻きに『改めて謝罪したい』とかいう名目で呼び出されたと聞いて、私は慌てて教室を飛び出した。つい最近もこんなことがあったなぁという既視感が切ない。

じつは私のほうも、今日こそリリィを呼び出してでも話をしようと思っていたので、先を越された形である。

ともあれ、取り巻きたちがリリィを謝罪のためだけに呼び出しただなんて、そんな幻想は抱いていられない。

彼らの思考は、悲しいことにすぐに想像がついてしまった。つまり、あわよくばリリィを使って私に、アルトのお見舞いに行かせようという思惑である。

取り巻きたちがリリィに土下座をして困らせている場面が、容易に思い浮かぶ。

今回の呼び出し場所は校舎裏であった。いちおう、後ろめたい気持ちはあるようだ。

けれどそうして駆けつけた私が見たのは、想像よりもずっと恐ろしい光景だった。


ガシャーンと大きな、破壊的な音がした。

太陽光を反射しながら、ガラスの雨がリリィたちの上に降り注《そそ》ぐ。

情けないことだが、私は驚愕《きょうがく》してそれを見つめることしかできなかった。


驚愕から我に返ると、そこにはガラスの破片が飛びちり、顔や手など肌がむき出しの部分に小さなキズを負《お》ったアルトの取り巻きたちが見えた。

運悪く大きな破片にあたってしまったのだろう、傍目にもはっきりと分かるほど腕から血を流している男子生徒がいる他に、幾人かは腰を抜かしてへたり込んでいる。

傷の大小はともかく、凶器となりうるものが大量に上から降ってきたのだ。その恐怖はどれほどのものだろう。私は、とにかく自分だけでも冷静にならなければと自身に言い聞かせた。

私の姿を見てこちらに駆け寄ろうとした子がいたので、私は「走らないで！」と大きな声でそれをとどめる。

「ガラスで体を傷つけてしまわないよう慌てずに、ゆっくりと動いて。服についた破片は手でこすり落としては駄目よ」

現代日本で自動車の窓などに使われる、割れても人体を傷つけにくいガラスなどとはわけが違う。このガラス片の割れ方はとても鋭く、いかにも危険そうだ。校舎を見上げると、四階の大きな窓ガラスが枠だけ残してポッカリと消えている。

私は取り急ぎ傷の深そうな男子生徒の怪我の様子を見て、止血《しけつ》のために血管を押さえる。大きな音のおかげといっては皮肉だが、すぐに騒ぎに気づいた先生方が駆けつけてくれたのはありがたかった。

「リリィ、あなたは怪我は⁉」

一人だけ、少し離れた場所で立ちすくむリリィに声をかけた。その顔はひどく青ざめていて、彼女は今にも倒れてしまいそうだった。

「リコリス……」

リリィは弱々しく消え入るような声でつぶやくと、何かを恐れるように目を伏《ふ》せる。

彼女の体には目につくところに怪我はなく、とりあえず私はホッとした。

「とにかく、歩けるようなら医務室に」

私はリリィの服を摘《つま》むようにしてそこからガラスを払い落とそうとした。が、リリィの服からはただの一つも光る欠片《かけら》は落ちてこない。

私はそこで初めて、リリィの周囲にはガラス片が落ちていないということに気がついた。ポッカリと、まるでリリィを避けるように。

リリィは、何かを恐れるように俯いたままだ。

この事件の顛末《てんまつ》は、瞬く間に学園中に広まった。

あれだけの被害が出たものを隠匿《いんとく》はできないにせよ、私はひとつ大きな危惧《きぐ》を抱いていた。

あの時。

ガシャンと音が聞こえて、ガラス片は落ちた。

普通に考えるなら、窓枠にはまった状態のガラスに何かがぶつかって、破片が下に注いだのだろう。外に破片が落ちたのなら、建物の中から割った可能性が高い。

けれど、何かが窓にぶつかっただけなら、窓枠にガラスがまったく残らないのはおかしいのではないか。

大きな窓ガラスの全面を一度で割った力について、この学園では当たり前のように『魔法だ』と推理されるだろう。

つまり、ガラス片は魔法によって砕かれ、人の集団の上に降り注いだ。ただ一人だけを避けて。


私の危惧は、まもなく現実のものとなった。

学園内には、一つの噂がまことしやかに広まっていった。

今日起こった事故はリリアム・バレーの魔法によるものである。いや、そもそもアルタード・ブルグマンシアの怪我は、リリアムによる報復だったのだ、と。

十四　悪い噂

無責任な噂は、人伝《ひとづた》えにどんどん尾ひれがついた。

最終的には『リリアム・バレーに関わると怪我をする』などともっともらしく語られる始末である。

この噂に、生徒たちの一部が震えあがってしまった。

特に反応が大きかったのは、まだ寮生活に慣れない新入生たちだ。不安を訴え、中には泣きだしてしまう子もいる。監督生も私も、その対応でいきなり忙しくなってしまった。

彼女たちを落ち着かせようとなだめたりすかしたりしながら、私はどうしてもリリィが心配だった。

結局私は、申し訳ないが新入生たちの世話を監督生たちに任せて抜け出した。早足でリリィの部屋に向かうと、案の定こちらはこちらで問題が起きていた。

「魔法を私欲《しよく》のために使って人に怪我をさせたのなら、それはこの学園の生徒にあってはならないことだわ」

部屋の外まで響く声には聞き覚えがあった。私と同年、つまり最高学年のウィオラという生徒だ。昨年度、私と一緒に監督生を務めた人でもある。

彼女はわりと負けず嫌いなところのある、向こう気の強い女性である。そう言ってしまうと監督生に相応《ふさわ》しからぬ人物のようだが、ウィオラは同時に、真面目で努力家、面倒見がいいという側面も持ち合わせている。

彼女のお祖父《じい》様が大富豪で、男爵位《だんしゃくい》を授かっているが世襲《せしゅう》ではないいわゆる一代貴族。身分だけでいうなら学園の中ではけして高いほうでない彼女が監督生となったのは、彼女自身の才覚と人望によるところが大きい。

一緒に監督生を務めた昨年度は、私も頑張り屋の彼女にいろいろと触発《しょくはつ》されて、とても有意義な時間を過ごさせてもらった。

私はこの場にウィオラの声を聞いて、少しホッとした。相手が彼女であれば、興奮で話が通じないなどということにはならないだろう。

リリィの部屋の入口は野次馬に塞《ふさ》がれていたが、中の様子はかろうじて見ることができた。部屋の主――リリィに対するのは三人、ウィオラとその友人二人だ。ウィオラよりも一歩後ろからリリィに厳しい視線を送るこげ茶色の髪の女生徒は、たしか妹がアルトの取り巻きをしていた。妹が怪我をして、いてもたってもいられずということなのだろう。

「……私は、あの時魔法なんて使いませんでした」

小さな声ではあるが、はっきりと言い返したリリィの言葉に被さるように、ウィオラの友人が声を上げる。

「信じられるわけがないでしょう！　あそこにいた全員が怪我をしたのよ？　リリアム・バレー、あなた以外の全員がよ！」

興奮気味の声は甲高《かんだか》く、聞く耳を持たない様子だ。ウィオラはともかく、こちらの女生徒は難物《なんぶつ》かもしれない。

「失礼。通していただけるかしら」

私が声を上げると、全員がこちらを見た。野次馬たちは一様に『しまった』という顔をして申し訳なさそうに道をあけてくれる。

部屋に踏み込んだ私と目が合うと、リリィは複雑そうな顔をして俯いてしまう。その反応は切なかったが、今はとにかくこの騒ぎをなんとかしなければ。

「まずは、最上級生たるあなた方がこんなところで騒ぎを起こした理由を教えていただきたいわ」

私はリリィを背に、ウィオラたちに向き直った。

三人の力関係と性格を鑑《かんが》みるに、ウィオラを説得するのが一番効果的だろう。

入浴の前にここに訪ねたのだろう。彼女の金髪は日中とまったく変わらず一分《いちぶ》の隙もない縦ロールである。もう一回言っておくが金髪で縦ロールだ。もう一回くらい言っておこうかな金髪・縦ロール。

彼女は魔法学園一のゴージャス美人である。黒髪に比べたら絶対に主張が弱くなるはずの金色のまつ毛はしかし、ただでさえ大きな紫の瞳を際立たせて余りある。マッチ棒が五本くらい乗りそうなので、いつかぜひ試してみたい。

ツンと尖《とが》った鼻が印象的で、気が強そうな表情と合わさって可愛い系の顔立ちを勝気に見せている。身長は高くないが、堂々とした立ち居振る舞いのために存在感がある。

ウィオラは凛《りん》とした立ち姿で私と対峙した。

「わたくしは最上級生として、この学園にいらして間もないリリアムに魔法を使うことの意義を説《と》こうと考えただけですわ」

「それならなにも、三人がかりでいらっしゃることはなかったのでは？」

ウィオラは痛いところを突かれたという顔をして、自分の背後に目をやった。

彼女には少々猪突猛進《ちょとつもうしん》のきらいがあるが、もともと徒党《ととう》を組んで誰かを貶《おとし》めるような人ではない。おそらく友人に泣きつかれて、義憤《ぎふん》に駆られてしまったのだろう。

「それは……確かにその通りだわ。このようなやり方は良くありませんでした」

ウィオラは早々に我が身を省《かえり》みてくれたようである。

うんうん良かった良かったと私がほくほくしていると、なぜかウィオラにキリッと睨まれた。

「ですけれど、寮長であるあなたを差し置いてわたくしがここに来た理由を、リコリスさんはきちんと把握してらして？」

「え？」

「寮内の噂ですわ」

「リリアムに関する噂なら知っています。根も葉もないことだわ」

「それだけではありません。寮長に関する噂もありましてよ。わたくしに言わせれば、そちらのほうが深刻かもしれないわ」

私が驚きに目を見開くと、ウィオラは我が意を得たりと頷いた。

「ご存じ無いようね。噂はこんなものです。『リコリス寮長は、リリアム・バレーとごく親しい友人であるために彼女を庇《かば》っている。贔屓《ひいき》があるから、リリアムに公正な処断はくだされないだろう』」

私は苦々《にがにが》しい思いでその言葉を聞いた。

野次馬たちはウィオラの言葉に私がどう答えるかと固唾《かたず》を飲んで見守っている。その様子を見れば、ウィオラの言う噂が彼女たちの共通認識として広がっていることが分かる。

もちろん、思い当たるフシはある。私は今日のガラス落下事故の時、『リリィ』と口にしてしまった。そうでなくとも、もしかしたら寮の図書室でリリィと私が会っていることに気づいていた者がいてもおかしくはない。

彼女たちは、『えこひいき』という言葉に敏感なのだ。そして私を頼れないと判断したために、ウィオラが担《かつ》ぎ出されたということだろう。

「どうなんですの？」

ウィオラに促されて私はリリィを見たが、彼女は何か思いつめた様子で顔を伏せたままだ。私はひとまず、寮長として言うべきことを伝えることにした。

「……わたくしとリリアムとの友情にかかわらず、『疑わしきは罰せよ』という態度を改めていただきたいわ」

私は周囲を見回した後、ウィオラの後ろに立つこげ茶色の髪の生徒に視線をやった。

「リリアムの魔法適性は治癒に特化しています。彼女に窓ガラスを割ることができたとは思えませんし」

「そ、それは……リリアムの魔法は、特殊だから……」

それですべてに説明がつくのだと言わんばかりに、彼女はそれだけ口にした。妹を心配する気持ちは分かるが、すなわちリリィを責めていいということにはならない。

「だからリリアムに罪を押し付けるのだと言うなら、まさしく『疑わしきは罰せよ』という考え方ではないかしら。それこそが、魔法学園の生徒として相応しからぬ行動だとわたくしは考えます。それでは、魔力所有者にすべての不幸の原因を押し付けた、歴史上の人々と変わりがないわ」

古い歴史の話、今のこの国ができる以前の話ではあるが、魔力所有者が迫害された過去がある。魔力を持つものとして、それはけして他人ごとでは済まされない話である。

野次馬をしていた女生徒たちもあわせて、私の言葉に俯いた。しかし、ウィオラだけは別だった。

「おっしゃることは分かりましたわ。わたくしも、下級生の部屋に突然押しかけるなど浅慮《せんりょ》だったと思います。でも、一つ答えを聞いていませんわ。結局、リコリスさんとリリアム・バレーの間に友情はありますの？　下手に隠し立てなさるから、このような噂が立つのではなくて？」

（うっ……）

痛いところを突かれて私はうろたえた。確かに、ここまで来たら下手に隠すほうが怪しい。

「確かに、リリアムは――リリィは私の友人です」

私の言葉に、生徒たちがざわつく。……いや、ここはそこまで驚くところではないと思う。私に友達がいたらそんなにおかしいの？

「大切な友人だから、私は彼女を信じます。でも、同じ思いをあなた方に強要などしません。ただ、冷静になってほしいと思うだけです」

言ってから、リリィの反応が気になってそちらをちらりと見た。怒っていたら誠心誠意謝ろうと思ったが、彼女は若葉色の目を見はってこちらを凝視《ぎょうし》していた。そこに怒りは見てとれない。困惑と、そして私の自惚《うぬぼ》れでなければ、喜びの色があった。

彼女とはっきり目があうのは本当に久しぶりだ。

困った騒動ではあったが、久しぶりに彼女と心が通じたような思いがして私は嬉しかった。

そんな、油断に弛緩《しかん》した私の心臓に冷水を浴びせるように。

変化は起こった。


何の前触《まえぶ》れもなく唐突に、リリィの目の色が変わったのだ。

比喩《ひゆ》ではない。リリィの虹彩《こうさい》の色が、明るい若葉色から色素《しきそ》が凝《こご》ったような濃い緑色へ色を変えたのだ。

驚く私の前で、リリィは自分の目を両手で押さえるようにして蹲《うずくま》った。

「……やめて！　来ないで！　い、いやぁぁ!!」

尋常《じんじょう》ならざる声で、リリィが叫ぶ。野次馬たちも、ウィオラもぎょっとしてリリィを注視する。

「逃げて！　リコリス！」

リリィに必死な声で懇願されるも、この状況で彼女を置いて逃げられようはずがない。

何かが起ころうとしていることは分かった。でもそれが何なのか分からない。

分からないままに私は、生徒たちに部屋から出るよう指示した。厳しい声で一喝《いっかつ》すれば、状況が呑《の》み込めないながらも各自足早に散っていく。

「ウィオラさん、お願い！　誰か先生を！」

私の言葉に、ウィオラははっきりと頷いて走りだした。

それとほとんど時を同じくして、ガシャンとリリィの部屋の窓ガラスが割れた。私は日中の事故を思い出して身構《みがま》えたが、ガラス片がこちらへ降り掛かってくることはなかった。

かわりに、こちらの動揺などまるで意に介《かい》さないとばかり優雅に部屋に飛び込んできた、小さな瑠璃色の影があった。窓の外、夜目《よめ》がきかないはずの小鳥の背後には、たしかに深い闇が広がっている。

訝しく思う私の目の前で、それは不意に姿を変えた。

瞬《まばた》きの次の瞬間にそこに立っていたのは、真っ青な髪の、人にあらざる美貌《びぼう》の主。

瞳の色は黒に近いほど濃い緑色。先ほどリリィの目が変化したまさにその色だった。身にまとう服はどこか時代錯誤《さくご》で、その横顔の作り物めいた造形と合わさって彩色《さいしき》がされた彫刻を見ているような気分になる。

しかし何より異質なのは、彼の向こうの景色が透けて見えることだ。彼は半透明だった。

だが、幽霊ではないのだ。私はこの男の正体を知っている。いや、正確には、たった今思い出した。

背筋を伝う悪寒《おかん》とともに、私は心のなかで呟いた。

（か、隠しキャラ……）

十五　最後の攻略対象

隠しキャラ。隠れキャラクターともいう。ゲームで一定の条件を満たすと登場するキャラクターのことである。

例のゲームにおける隠しキャラの名前は、ギフトという。イメージカラーは青。

可愛らしい名前に不相応な過去と性格を備えたキャラクターだ。

ギフトはいちおう、種族的には人間である。ただし、その年齢は少なく見積もっても百は軽く超えている。

魔力暴走の最悪の例として、私たちは学園で彼について学ぶ。

ギフトの魔力の暴走によって、過去に彼の郷里《きょうり》である山間《やまあい》の村が一つ消えた。

何が起こったのか正確なところを把握できず、当時の王はその地に軍隊を差し向けた。そして村の唯一の生き残りである子供を保護した隊は、その子供――ギフトによって全滅させられた。

この先は歴史の授業ではなくゲームの知識だが、彼の言い分はこうだ。

『生きている人間は何をするか分からなくて怖い。だから殺した』

その後多くの犠牲《ぎせい》を払って捕縛《ほばく》されたギフトはしかし、最終的に殺されることはなかった。攻撃魔法のみならず治癒魔法にも絶後《ぜつご》の才能を発揮《はっき》した彼を殺す方法がなかったとも言われるが、彼の才を惜しんだ研究者が協会にいたのも確かなようだ。

ギフトは、死にもっとも近い形で幽閉《ゆうへい》された。封印と言い換えてもいいだろう。大掛かりな魔導装置によって、つねに魔力が枯渇した状態になるようにして、地下深い場所に眠ることになった。時折、ギフトのもとに研究者が訪れては実験が繰り返される。

その場所こそが『迎賓館』なのである。

つまり、『魔王のミイラ』と噂される存在こそが彼なのだ。司書の老ヘムロック氏は、実はギフト封印の守番《もりばん》である。

国の未来を担《にな》う人間が集う学び舎の下に、そんな地雷《じらい》を埋めておかないでと言いたい。心の底から言いたい。

迎賓館には魔導書を門外不出《もんがいふしゅつ》にするために、国随一《ずいいち》複雑で強固な結界がある。だから他の場所より安全と判断されたとゲームの中でヘムロック氏が説明していたが、いざこんな状況になってみるとやはりまったく納得がいかない。

つまり国の偉い人たちには、想像力が足りなかったのだ。学園に、ヤンデレに惚れられることにかけては超一流、ヒロインことリリィが入学してギフトが暗躍《あんやく》し始める可能性を考えてもみなかった。ぜひとも考えてほしかった。

リリィがヤンデレに惚れられるだけの無力な女の子なら、それでも良かったのかもしれない。だがリリィは、規格外の治癒魔法を携《たずさ》えていた。それはたとえば、ミイラ同然のギフトを回復させてしまうくらいの能力だったのである。

規格外の能力ゆえの孤独を分かち合える、稀有なる二人。その恋は、ともすると物語を恐ろしい展開へと導いてしまう。例のゲームの中でも私がプレイしたことを一番後悔させられたルートだった。『学園崩壊ルート』と呼ばれている。

なんといってもギフトは、極端に人間を恐れている破滅思考のキャラクターだ。例外はたった一人、ヒロインであるリリィだけ。

『世界がまっ平らになって、そこにお前と俺しか立っていなかったら。きっと俺ははじめて心の底から安堵できるだろう』とは、作中の彼の台詞である。


と、そんな恐ろしい地雷原《じらいげん》を前に、本来ならば私になす術《すべ》はない。けれど、さいわいにして私には現状についての『知識』があった。前世におけるゲームの知識、そしてこの『魔王』をつなぎとめる魔導装置に関する知識である。

数日前、ヴォルフとシェイドとともにリリィの記憶の空白について話をした時、図らずも私が話題に出した魔導装置がそれである。

大規模で複雑な魔導装置を必要とするわりに、魔力対効果の低い、『他人の魔力を使う』魔法実験。一見して、意義の見出《みいだ》しにくい実験だ。シェイドも言っていたが、『強大な魔力をいただいても、たいしたことができない』ということである。

けれど今、ゲームの知識とより合わせることで、国と協会が行ったこの実験の意図が分かった。対象者から強大な魔力を奪うこと、それ自体もこの魔法の目的だとしたら。たとえば、危険人物ギフトの大きすぎる魔力を吸い上げ、それを結界の補強などに使用する。一石二鳥の発明だ。

私は半透明の魔王を見据えながら、リリィに声をかけた。

「リリィ、心を強く持って。彼は魔導装置から解放されたわけじゃない。強大な魔力が彼の身に戻ったわけではないわ。自由に力を振るうことはできないはずよ」

身体が半透明なのがその証拠だった。彼の身体は今も迎賓館の地下にある。

リリィの全面的な協力を得て復活した後はもはや止める術のないギフトだが、今はまだその段階ではない。

頭ではそう思いながらも、私の声は震えた。

目の前の彼の存在は儚《はかな》く、そのくせその身に秘めた才能のなんと恐ろしいことか。彼の魔力を探れば、それがほとんど空であることが分かる。そして同時に、その空洞の大きさがおぼろげながら理解できてしまう。

永遠の暗闇。そんな言葉が脳裏に浮かぶ。彼の抱えた虚《うつ》ろに、本能が恐怖を感じていた。

私よりも、リリィの方が果敢《かかん》だった。彼女は私の言葉に力を得たように頷くと、私を庇うように前に出た。

その小さな肩は震えている。何かの重みに耐えるように。

「……リリィ。彼のことが、好きなの？」

場違いな質問だと後になって思ったが、この時は時間稼《かせ》ぎの意図すら無く、私はこれをリリィに尋ねなければならないと思ったのだ。

リリィは視線をギフトに据《す》えたまま答えた。

「……とても強く、惹かれました。彼がどうしようもなく孤独だと分かったから。毎晩部屋を抜けだして、会いに行ったんです。いろいろな話をして、共感したし、してもらった。二人でいる時間は、楽しかった。私だけを必要としてくれる人だって。でも……」

リリィが言葉にできなかった部分が、私には分かる気がした。ギフトとの恋愛はまるで、二人きりで深淵《しんえん》に落ちてゆくような恋だ。でもリリィはおそらくその深淵の縁で思いとどまったのではないだろうか。

ヴォルフとシェイドと四人で、楽しく過ごした昼食会が思い起こされた。あの時私は、彼女が声を上げて笑うのを聞いた。間違いなく、幸福そうだった。

「ギフト。これ以上あなたに、誰かを傷つけさせるわけにはいかないわ」


『誰かを、ではない。その女を、だろう？』


声ならぬ声を響かせながら、ギフトは言った。

そしてこの場に現れた瞬間から片時もリリィ以外を映さなかった瞳で、リリィを通り越して私を見た。

その瞳の色を、なんと形容したらいいのだろう。

濃い緑色の眼差しから、まるで嫉妬が滴《したた》るようだった。

『女、俺に力はないと言ったな。その通りだ。たいした魔力はない。だが、それでも俺はお前を殺すことができる』

「……リコリスを傷つけたら、許さない」

リリィの声がどこか遠くに聞こえるほど、その時私は闇の如き緑色に捕らわれていた。

ギフトの目が自分を見ているというそれだけで、恐怖に全身が強張《こわば》る。

私は自分の身を守るための魔法を模索《もさく》したが、混乱に拍車《はくしゃ》がかかるばかりだった。

ギフトに打ち勝つどころか、彼の前から逃げ出す術さえないように思えた。

自分は彼の意思一つ、指先の動き一つで簡単に命を奪われてしまうに違いない。そんな妄想《もうそう》が頭を埋め尽くす。

恐怖にすくんだ私が、思い浮かべた相手はただ一人。

その時、凍りついた空気を動かすように廊下から足音がした。

「リコリス！」

頼もしい声に名前を呼ばれて、私は泣き出しそうなくらいに安堵した。彼にこそ来てほしいと思った時に、本当に現れるのがヴォルフのすごいところだ。

それからは、あっという間の出来事だった。

ヴォルフが部屋に踏み込んだのと時を同じくして、ギフトの手から黒い霧《きり》のようなものが吹き出て私を襲った。ヴォルフは素早い動きで私を腕の中に庇う。

『呪《のろ》いあれ』

ギフトがそうつぶやくのが聞こえた。

そしてリリィに向けて、まるで睦言《むつごと》を囁《ささや》くように甘い声で言う。

『お前が心を寄せる者が、身に巣食《すく》う闇に囚《とら》われ果てたら。その時こそ再びお前を迎えに来よう』

そんな言葉を残して、彼はこの場から煙のごとく消え去った。

黒い霧もまた、辺りの空気に溶けこむように霧散《むさん》して——見えなくなった。

十六　呪い

私はその夜、夢を見た。

ギフトの言葉が——『呪いあれ』という言葉が耳に残っているというのに、気持ちのよい夢など見られるはずもない。見たのは悪夢だ。

夢のなかで『リコリス・ラジアータ』は、嫉妬に狂った醜《みにく》い女だった。

ヴォルフが信じてほしいと言葉を重ねても。

リリィが涙を流して、あなたを裏切ってなんかいないと言っても。

見ているこちらの胸が痛くなるほど真摯《しんし》な言葉だったのに、『リコリス』は信じなかった。

『ひどい！　愛していたのに！　信じていたのに！』

そんな独善に満ちた言葉で、ただ二人を責めるばかり。

二人を責めさいなむために、思いつく限りのことをしようと『リコリス』は考えた。自分が傷ついても、二人だけでなく周囲を傷つけてもそんなことは構わなかった。

手に入らないのなら、できるだけひどく壊してしまいたい。自分を差し置いて二人が幸せになるという未来だけは許せない。

やがて誰も彼もが側から離れていってしまっても、まだ『リコリス』は認めなかった。自分が結局、誰のことも愛していない、信じていないのだということを。


目が覚めてからもしばらく、私は呆然としていた。

「ちがうわ。私、そんなことはしない。ぜったいしない。ほんとうよ……」

寝台《しんだい》の上に半身を起こして、誰に言うともなく私は弁明し続けた。

夢というのは安堵するために見るものだという説を聞いたことがある。良い夢は『良い夢を見られてよかった』と思うために。悪い夢は『こんな恐ろしいことが現実でなくてよかった』と思うために見るのだと。

すくなくともこの悪夢に関しては、そんなのは嘘だった。


また、夢を見た。

夢のなかで私は、例のゲームをプレイしていた。

ヴォルフのルートだ。

トゥルーエンドを目指してプレイした。選択肢を一つも間違えられないから気はぬけないが、私のお気に入りのストーリーだ。

彼は女嫌いだから、初めはいつも不機嫌そうな顔をしている。

ゲームのヴォルフの言動は、今のヴォルフとはかなり違う。どこか無理をしている感じというか、肩肘《かたひじ》を張っているようなところがあって刺々しい。

けれど関わりを深めていくことで、少しずつ彼の、生来の生真面目な性格が見えてくる。

彼を苦しめているトラウマを、一緒に乗り越えていく。亡くなった父親について語る彼の姿には胸が締め付けられるようだ。

そうして物語はハッピーエンドを迎える。画面の向こうで、恋人たち——リリィとヴォルフが幸せそうに微笑み合い、キスを交わした。


目が覚めて、私は「馬鹿みたい」と呟いた。馬鹿みたいな妄想だと思わなければ、心が折れてしまいそうだ。

そして今度こそ、もう眠るまいと決心した。

決意は固かったはずなのに、私は明け方近くにまた夢を見た。

それは一番短くて、一番恐ろしい夢だった。

一人の女性が立っていた。

黒く長い髪。黒い瞳。美しいけれど、表情はどこか冷たい。

私は彼女について、覚えていないけれど知っていた。

「かわいそうな子」

聞いたことのないはずの、彼女の声が響く。声は私によく似ていた。

「あなたはきっと、誰かを正しく愛することはできないのでしょうね。あなたは私の子で、ほんとうに、私にそっくりだもの。壊れているのよ。嫉妬に狂う血筋なの」

彼女が私の頬に手を伸ばした。その手はひどく冷たく、彼女が生者《せいじゃ》でないことは明らかだ。ぞくりと鳥肌が立った。

「誰かを好きになど、なってはいけませんよ。それが相手の、あなたの不幸に繋がってしまうから」

やめて、と私は叫んだ。

お母様、やめて！

その叫び声で、目が覚めた。

ひどく汗をかいていて、体にべったりとまとわりつく髪や服が不快だった。

そしてそれ以上に、身体に昨夜の黒い霧がまとわりついているような気がして恐ろしかった。悪夢の原因に見当はついている。これはまさしく『呪い』ではないか。

昨夜医師の診断を受けはしたが、それで必ずしも安心というわけではない。ギフトは稀代《きたい》の天才で、黒い霧の正体は結局分からなかったのだから。

私はハッとして寝台から体を起こした。

（ヴォルフ！）

私をかばって黒い霧を浴びたヴォルフが気になった。

私はあわてて男子寮に向かったが、結局ヴォルフに会うことはできなかった。他ならぬ彼自身が、私と会うことを強く拒否したからだ。

十七　覚めない悪夢〈シェイド視点〉

「姉上」という呼びかけに振り返ったリコリスは、俺の顔を見て少し不安そうな顔をした。俺が笑いかけると初めて、少し安らいだ様子で口元にあるかなきかの笑みを浮かべる。

ふだんから彼女を高嶺《たかね》の花扱いしている同学年の男どもになど、絶対に見せられない姿だった。

姉の体調不良を理由に女子寮の医務室に出入りしているが、男子寮に帰るたびに様子はどうだったとうるさく聞いてくる友人が引きも切らない。

俺のほうが誰かに詰め寄りたい気分だ。これはいったい何事《なにごと》か、と。


又聞きだが、リリアムが語った話によるとここ数日に起こった事の次第はこうだ。

アルトに嫌がらせをされたその日、リリアムは鳥を追いかけた。その青い影を追ううちに足は迎賓館へ、そしてその地下へ地下へと進んでいったという。鳥の目という特性を考えればまずこの時点でおかしな話だが、おそらく彼女はすでに何らかの魔法にかかっていたのだろう。

この青い鳥については、魔人がほぼ無意識の下で放ち続けていた探査《たんさ》の魔法の一種だろうとは、その監視役を担う迎賓館の司書ヘムロック氏の言《げん》だ。

ともあれリリアムはこれを追い、地下最奥《さいおう》の部屋でわざとらしくも力なく墜落した鳥にありったけの力で治癒魔法をかけ、結果そこに眠る魔人を回復させることになった。以降このギフトという名の魔人は、リリアムの目を通して外界《がいかい》を見ることを始めた節《ふし》がある。

この先は推測が混じるがこんなところだろう。

リリアムに対してとち狂ったらしいそいつは、起きると早速行動を開始した。あまり大規模な魔法は使えなかったようだが、なにせ魔法の天才だそうで、少ない魔力を駆使《くし》して学園に、リリアムの周囲に干渉《かんしょう》した。

まずは愛《いと》しの彼女を苦しめようとしたアルトを、おそらくは精神操作の魔法を用いて階段から落とした。その後アルトの取り巻きたちがリリアムを呼び出すのを見て、その頭の上にガラス片を注いだ。

あげくご丁寧にも人の姉に、挨拶代わりの魔法を放って去ったというわけだ。

リコリスは――ヴォルフもだが――昼夜《ちゅうや》にかかわらず悪夢に苛《さいな》まれている。不安や恐怖を凝縮《ぎょうしゅく》した夢を、眠れば必ず見る。これはもはや立派な精神攻撃だ。協会の擁《よう》する魔法体系の知識の中にはない魔法で、対処方法が分からない。

姉は眠ることを極端に恐れる傾向にある。その結果は徐々《じょじょ》に体調不良や精神不安定といった、目に見える形であらわれてきている。

もちろん学園側も手をこまねいて見ていたわけではないが、実質有効な手を打つことはできていない。

ギフトが現れたその日のうちに、ヘムロック氏をはじめとする数人が迎賓館の地下へ向かったらしいが、そこで見たのはリコリスとヴォルフを襲った黒い霧。これになす術なく引き返してきた。

この黒い霧はまた、学園内にすくなからず影響を及ぼし始めたようだ。精神魔法への適性のせいか俺にはそれらしき兆候《ちょうこう》はない。しかしその分、学園内の不穏《ふおん》な空気を肌で感じる。

男子寮では、ささいないざこざが頻発《ひんぱつ》していた。お坊ちゃん育ちとはいえ同じ年頃の男を集めれば、喧嘩自体は珍しいことではない。それでも今日起こった騒ぎの数は異常だった。

リコリスやヴォルフほど顕著な症状を示すものはいないが、先は分からない。末は悪夢の蔓延《まんえん》だろうか。

とりあえず、『騒乱《そうらん》の元』の代名詞であるアルトについては、ベッドにでも縛り付けておく必要があるだろう。

「シェイド、リリィは？」

寝台の上、背をクッションに支えられた体勢でリコリスが聞いてきた。

「駄目です。まだ目が覚めないそうで」

リリアムは事情を話すだけ話した後から、力尽きたように昏睡状態に陥《おちい》っている。

こんなことを姉の前で言う気はないが、魔人が残したという言葉から推察するに、彼女は地下からの迎えが来るその日まで眠り続けるのではないだろうか。

「そう。でも、リリィは悪い夢を見ている様子ではないのよね？」

心配ならご自分で見に行かれては、などと言えなくさせる不安げな声である。

「大丈夫ですよ。ところで姉上。今日あなたの自宅療養《りょうよう》の手続きをしましたから」

「……え？」

リコリスに一度も相談せずにしたことを告げても、彼女の反応は鈍《にぶ》い。どこか呆《ほう》けたような様子が彼女らしくなくて、こちらはいっそう不安にさせられるばかりだ。

「その状態でここにいても、なんの役にも立たないでしょう？　今はとにかく学園から離れたほうがいい」

少し厳しく諭《さと》すと、その黒い瞳が潤《うる》んだ。

やめてくれ。本当に頼むからやめてくれ。

「リーリア公自ら迎えに来るそうですよ。心配していました」

「お父様が……」

泣き所を突いてみれば、心がそちらに傾《かたむ》いた様子でホッとする。

「シェイドも、一緒に帰る？」

「……俺は帰りません。これでもいちおう監督生ですから、こんな時くらい仕事をしますよ」

「私、寮長だわ」

「基本的に寮の運営は監督生の仕事です。寮長の仕事は上でふんぞり返っていることですから、いてもいなくても変わりません」

「……ヴォルフはどうするのかしら」

そこが、頭の痛いところなのだ。


姉に『ヴォルフが会ってくれないの』と泣きつかれたのは、例の魔人がリリアムの部屋を襲撃した翌朝のことだ。

まだ起き抜けで事態を正確には把握していなかった俺は、なぜこの二人の取り次ぎなどを自分がせねばならないのかと不満に思いながらも、朝っぱらから訓練場に入り浸《びた》っているらしいヴォルフのもとに姉を連れていった。

ヴォルフには煮詰《につ》まると訓練場でひたすら身体を動かすという癖があるので、何かあったのだろうとは思ったのだ。しかし事態は想定をはるかに飛び超えて複雑だった。

まず、ヴォルフは姉を背後に従えた俺を見るなり、射殺さんとばかりの凶悪な眼差しでこちらを睨んできた。顔色が悪いのも相まって、ものすごい凶相《きょうそう》だった。

出会った当初であれば睨みつけられることも珍しくなかったが、最近はあまり見ない顔である。

何があったか知らないが、リコリスの顔を見れば機嫌を直すだろうと思ったのだ。しかし姉はなぜかおかしなほど遠慮して、あまりヴォルフのもとに近寄ろうとしない。

その姉の態度を見てますますヴォルフは表情を硬《かた》くし、さらに姉は萎縮する。長年この二人の側にいたが、この二人が一緒にいることで悪循環にはまっていく様子を見るのは初めてだ。逆ならともかく。

傍《はた》で見ているだけの俺でもそうなのだから、本人たちの困惑はいかばかりか。

あげくヴォルフがまるで激痛に耐えるような顔をして吐いた言葉が。


『……すまないリコリス。私の側に来ないでくれ。今の私はたぶん、君を傷つける』


そんな言葉を吐いておきながら、相手を焼き焦《こ》がしそうな目でリコリスを見つめるのだ。あまりにギラギラした目をするので、状況が許せば『欲求不満ならてきとうに女でも抱いて来ればいい』と冗談の一つも言ってやっただろうが。まあ、言わなくて正解だった。

とりあえず俺は、ヴォルフがこれ以上なにかリコリスを傷つけるような言葉を言う前にと、姉の手を引いて踵を返した。もちろん、背中に突き刺さる視線が痛かった。

それから、リコリスはヴォルフに会いたいとは言い出さない。二人が見る悪夢の内容については本人たちが口を割らない以上推測するしかないが、二人共がおそらく互いの夢を見ている。

「とにかく、姉上は実家で十分に静養してきてください。その間なんとか持ちこたえてみせますから。ヴォルフはいざとなったら鈍器《どんき》で頭でも思いきり殴ってやれば眠れるでしょうし。リリアム嬢には一度、王子様のキスで目が覚めないか俺が試してみましょう」

「……シェイドは大丈夫？」

不謹慎《ふきんしん》な言葉に怒るでもなく、リコリスが不安げに見上げてきた。

「あなたってば、背が伸びるのと一緒に可愛くなくなって。……追い詰められている時ほど、不謹慎な冗談がひどくなるのよね」

不意打ちのように彼女の口元に浮かんだ優しい笑みに、俺はうつむかざるを得なかった。

「……とりあえず、帰省の用意をしてください」

それだけ言って、姉を医務室から追い出す。

俺は、無闇に壁を殴りつけたい衝動に耐えた。

魔人だかミイラだか知らないが、手前勝手な色恋沙汰《いろこいざた》に姉が巻き込まれるなど冗談ではない。

リコリスを家に帰すという、この選択が正しいのかは分からない。彼女が離れれば、おそらくヴォルフの精神状態は悪化する。

それでも、今彼女を救う手立てがない以上、リコリスをこの不穏な場所から一刻も早く引き離したい。父の元でなら、少しは安らげるだろう。

俺も悪夢に囚われるとして。

俺が見るのはきっと、あまりに無力な自分の夢だ。

十八　母の肖像

ヴォルフに、君を傷つけるから側に来るなと言われて。

私の喉《のど》から『傷つけられてもいいから側にいたい』という言葉が出かかった。けれど、言えなかった。

だってヴォルフは、私が傷つかないようにずっと側で守ってくれた人だ。

私が言おうとした言葉は、彼のこれまでの誠意を、そして私を愛してくれる家族を裏切る言葉でもある。

それでもなお、私は言うべきだったのだろうか。

そうしたら今、ヴォルフの側にいられただろうか。

リリィならどうするのか、私はその答えを聞きたかった。彼女がそれどころではないと分かっているはずなのに、気づけば私はそればかり考えていた。

だって彼女の答えこそが、一番正しい解答だから。

ヒロインはリリィなのだ。彼女だけが、物語を幸せな結末に導く力を持っている。

私の出した答えでは、きっと正解にはたどり着けない。誰もが幸せになる道を選びとる力は、私にはないのだ。


学園に、父がやってきた。

父と顔を合わせるのも、じつは少し怖かった。父には何度も諭され、叱《しか》られ、最後には見捨てられてきたから。……ああ、違う。それは、夢の中の話だった。

とても機微《きび》に敏《さと》い父に、自分が見ている悪夢を知られてしまうのではないかということも恐ろしかった。

けれど実際には、父は私にとても優しく笑いかけ、ただ、「一緒に家に帰ろう」とだけ言った。

私は嬉しくて気が緩《ゆる》んだのか、帰りの馬車の中でうとうとと微睡《まどろ》んだ。やはり、悪夢は追いかけてきたけれど。

家に帰ってからも、父は私に何も聞かなかった。

何も聞かず、けれどしょっちゅう寝台の上の私の顔を見にきた。それがなんだか、少し可笑《おか》しい。

「お父様、お仕事は大丈夫なの？」

気を遣ったつもりだったが、私の言葉は父に悲しい顔をさせてしまった。

「……ごめんなさい」

「いや、君が悪いのではないよ。君に今まで何度その言葉を言わせたのだろうと思ったら、自分が情けなくなっただけだ」

「お父様は、情けなくないわ」

「いや、情けないよ。じつはね、リコリス。私にはいま君が、どんな悪夢に苦しんでいるのか分からない。君にどうしてあげたらいいのか、分からないんだよ」

父はどこか頼りないような顔をして、寝台の端に腰を掛けた。

「お父様でも、誰かの心が分からなくて困惑したりなさるのね……」

言ってから、ふと強い既視感に襲われた。以前にも、こんなことを父に言った気がする。

そう、ナーシサス叔父《おじ》について話していた時ではなかっただろうか。

そして父は、いったいなんと答えただろうか。

記憶力が頼みのはずの私の頭は、どこか霧がかかったようにはっきりしない。けれどさいわいに、父がその答えらしき言葉を続けてくれた。

「それはそうだよ。そもそも私はずっと昔から、娘が本当にほっしているものも、私のことをどう思っているかも、ぜんぜん分からなかったんだ」

「え……？」

「本当に、情けない父親だ。君は小さい頃からとても大人びた子で、わがままを言う前に自制を覚えてしまった。いや、私が側にいなかったせいで、そもそもわがままを言う機会を与えてあげられなかったのかもしれない」

「そんな……ことは……」

かつて私は、確かに父に対して心の壁のようなものを築いていたと思う。父のことが分からなくて、寂しく思ったことも、不安に思ったこともあった。父もそうだったというのだろうか。

とにかくこれだけは言っておかねばならないと、私は身を起こして言葉を重ねた。

「私、お父様のことを情けない父親だなんて思わないわ。ランクラーツ邸の時だって、お父様が駆けつけてくれて、ナーシサス叔父様のことをやっつけて、私のことを抱きしめてくれた。私、お父様の腕の中にいるうちは、何も恐ろしいことはないんだなって思ったわ」

父がその大きな手をゆっくりと伸ばしてきて、私はその温かさに包まれた。

父に抱きしめられるのは、いつ以来だろう。学園に入学してしばらくは、家に帰るたびに抱きしめられていた気がする。私はその時よりもずっと大きくなっているはずだけれど、この安心感はぜんぜん変わらない。

そしてこのぬくもりは、私の中にまだほんの少しは残っていたらしい勇気に力を与えた。

「お父様。私、昔からずっと、お父様に聞きたいと思っていて、でも聞けなかったことがあるの」

「なんだい？」

「……お父様は、お母様のことを愛していた？」

私の言葉に、父はとても驚いたようだ。

「どうしてそんなことを？　……誰かに、何か言われたのかい？」

「ずっと前のことなのだけど。ナーシサス叔父様に」

「ナーシサス？」

父の声に険《けん》がこもって、私は少し身を震わせる。

「ああ、すまない。君に怒ったわけではないよ。だが、そうか、ナーシサスが……」

私は父の声に少し不穏なものを感じる。

ナーシサス叔父は、シェイドが我が家に引き取られた後に叔母《おば》様とクリナムから絶縁状《ぜつえんじょう》を叩きつけられ、領地管理の仕事もやめさせられている。私が最後に父に彼の消息を聞いた時には、ただ外国にいるとだけ聞かされた。

「……まあ、今は奴のことはどうでもいい。『お母様のことを愛していた？』か。それは少し、違うかもしれないな」

父の言葉に、私の心臓がドクリと嫌な音を立てた。それを押さえるように私を強く抱きしめて、父は言った。

「……今でも、愛しているんだよ」


それは、切なる声だった。

私は父のこんな声を、きっと生まれてはじめて聞いたのだ。

「本当は幼い君には、母親代わりの女性が必要だったのかもしれない、私は再婚すべきだったのかもしれない。でも、できなかったよ。どうしても私の妻は、彼女一人だと、そうでなければ嫌だと思ってしまうんだ」

そうだ。父は、数ある後添《のちぞ》えの話をすべてはねのけてきた。それは、私だって側で見て知っていたはずなのだ。

「……でも、お母様は、とても嫉妬深かったって」

「情熱的な人だったよ。そういうところも好きだった」

本当に？　と首を傾げる私に、父は照れくさそうに笑って言葉を続けた。

「彼女の愛情は、燃え上がる炎のようだとよく思ったよ。確かに私は、少し不安に思うこともあったな。もっと穏やかで、長く続くものを彼女に求めたいと思ったことが。でも彼女は、病気の床《とこ》にあっても変わらなかった。彼女は最後まで、彼女のままだった」

「……素敵な人だった？」

「ああ。素敵な人だった。素晴らしい恋だった。だからその恋は、君というもっとも素晴らしい結晶になった」

誇らしげな父の言葉に、私は目の前の霧が晴れていくような心地がした。

「ナーシサスが君になんと言ったかは知らない。でも、そんなものは忘れてしまっていいんだよ。他人が私たちの恋をどう見たかなど、たいした問題ではないよ。……そうだ。いいものを見せよう」

そう言って部屋を飛び出した父は、すぐに布にくるまれた何かを持って戻ってきた。

「これを君に見せるのは、さすがに恥ずかしいんだが」

そう言ってはにかんだ父が布を取り払うと、現れたのは一枚の絵だ。


小さな赤ん坊を腕に抱いて、微笑む女性の絵。


「――私が、描《か》いたんだ」

「え？」

「この子は君だよ、リコリス。生まれてすぐの頃だ」

それでは、赤ん坊を腕に抱くこの人が、私の母親だというのだろうか。

やわらかなタッチで描かれた女性。確かに黒い髪。黒い瞳。でもその表情が、私の知る母の顔とはあまりに違う。

彼女の顔には、愛情があふれんばかりだ。腕に抱いた子供に頬を寄せて、それをこちらに見せびらかすような雰囲気がある。

「君のお母さんは、あまり誰にでも笑顔を向ける人ではなかったよ。警戒心が強いというか……周りにも、よく誤解されていた。姿絵を頼んで描いてもらう時も、いつも硬い顔で……。もっと早くこの絵を君に見せればよかった。ただ、こう……なんとも、恥ずかしくてね。でも特にこんな表情は、私にしか描けない彼女の顔なんだよ。私にしか見せなかった、彼女の……」

俯いた父は、泣くのをこらえているようだった。

そんな父を見て、絵を見て、私ははっきりと理解した。悪夢の中の母の姿は、私の勝手な妄想にすぎなかったのだと。

おそらくはナーシサス叔父の言葉と、私の不安とを混ぜあわせた偽物《にせもの》。

母に申し訳ない気持ちで、私は胸がいっぱいになった。私を苦しめていたのは母でもその血でもない。私の中にある不安と恐怖、ただそれだけだったのだ。

「……お父様、愛した人を亡《な》くすって、きっととても、辛《つら》いことよね。それでも、お母様を愛したことを後悔はしない？」

「しないよ。もっと長かったらと思うことはあっても、別のものだったらなんて、考えたくもない」

「そういう恋を、私もできるかしら」

「もちろんだ。だって君は、私と彼女の子供なんだから」

父は何を当たり前のことを聞くのかと、そんな顔をしていた。

それに背を押されて、私は一つの決意を固めた。

「……お父様、私、学園に戻りたい。戻らなくちゃいけないの」

父はしばらく私の目をじっと見つめて、やがて諦めたように、私を甘やかすように笑った。

「………そうか。では、これからちゃんと眠って、この頬に赤みがさしたらそうしなさい。君が眠っている間に、私は一つ学園に持っていく手土産《てみやげ》を用意しておくよ」

「？」

「おやすみ、リコリス」

優しい声と柔らかい布団《ふとん》の誘惑に勝てず、私はあっけなく眠りについた。

夢も見ない、深い深い眠りだった。

十九　侵食〈シェイド視点〉

その日は朝からろくなことがない一日だった。

男子寮内の騒動は増えるばかりで、俺はまだ朝日も登ったかどうかという早朝に戸を叩く音で起こされた。結局朝食の前だけで二つ喧嘩の仲裁《ちゅうさい》をするはめになる。

ヴォルフの状態も悪い。

リコリスが学園を出たということを事後報告で伝えた時。奴は、その場では俺に礼を言った。だがそれを機会に、おそらく悪夢はひどくなったのだろう。気を紛らわすために訓練場で体を動かすことさえしなくなった。

今はもう何も口にすることなく、部屋から出てもこない。あの優等生が教師の来訪を無視するというのだからそうとうのことだ。

そして極めつきは夜。

俺はその日の真夜中に、ついに悪夢にうなされる羽目《はめ》になったのだ。


夢の舞台は、ランクラーツ邸だった。

館《やかた》の背後に広がる鬱蒼《うっそう》とした森。あまり手の入れられていない、伸びっぱなしの木々が視界を塞ぐ暗い家。

しかし初めてその建物を見た時には、立派な家だと、そう思った。ただ建物の大きさと庭の広さだけを見ていたからだ。将来はこの家を自分が手に入れるのかもしれないと、一人前に野心のようなものもあった。


そのランクラーツ邸の庭に、九歳の俺がいた。うそ寒い笑みを浮かべて、十歳のリコリスに話しかけていた。

『話を聞くくらいしかできませんが、たぶん話したほうがすっきりしますよ』

上辺《うわべ》ばかり心配そうな声を聞くのは、ひどく不快だ。

他ならぬ俺自身が一番よく知っているのだ。あの時——リコリスと初めてあの館で出会った時の自分に、リコリスを心配する思いなど一欠片《ひとかけら》もなかったということを。

当時の俺は、貴族社会の人間への不信で頭がいっぱいだった。

いや。正直に言うならば、血の繋がった父親に初めのうちは愛情を、そうでなくとも庇護《ひご》を期待していたはずだ。けれど、あの男の自分への無関心はすぐに知れた。継母は、俺を憎いと思っていることを隠そうともしなかった。

そんな時に、実父から紹介されたのがリコリスだ。初対面のその瞬間から、信用などするものかと決めていた。出し抜いて、利用してやる。それしか考えていなかった。

そのために魔法を使うことも厭わない。当時の俺はその決意を、自分の身を守るためだったのだと弁明するだろう。

だが今の俺に言わせれば。俺が無防備な彼女に対して振りかざした魔法という力。それはまさしく、暴力だ。魔法の知識すらなかった彼女に、俺は自分に力があるという傲慢《ごうまん》ゆえに暴力を振るったのだ。

目をそらしたくとも、そんな自由はきかなかった。夢の中で俺は、ただ過去の記憶通りに振る舞う自分を見ているしかなかった。

『すべて話し終えたら、あとは僕に任せていいんです。休みたいでしょう？　とても、疲れた顔をしている』

そんな言葉とともに伸ばされた手。それが無遠慮にも、幼いリコリスの頬に伸びる。

それが振り払われる瞬間を、俺は待った。

羞恥《しゅうち》と苛立ちは強かったが、俺はこの出来事の結末を知っている。リコリスの強さを。そして後に彼女がその寛容《かんよう》さで俺を許してくれるのだということを。

（とっととそいつをぶん殴ってくださいよ）

そんな風に考えていた油断が悪かったのか。

俺は、目の前で実際の過去と筋を違えた展開に、強く動揺した。

『……ええ。そうね。とても、疲れた……。もう何も……叔父様の言葉も、母のことも、考えたくないわ』

魅了の魔法に必死に抗おうとしていたリコリスは、その頬に伸ばされた侵略者の指を、震えながら──受け入れてしまったのだ。それは彼女が、魅了魔法に敗北したということだった。

(そんなはずは……)

うろたえる俺の目の前で、リコリスの強張った体から、だんだんと力が失われていくのが手に取るように分かった。

過去の出来事を俯瞰《ふかん》していたはずの俺の視点が、いつの間にか九歳の自分に重なっていたことにも、この時は気付く余裕はない。

最後まで抗うようにこちらを見据えていた彼女の黒い目。それがいよいよ恐怖に捕らわれ、大きく開かれた。そこに溜《た》まっていた涙が頬を伝う。

──他ならぬ、俺自身のせいで。俺自身がかけた魔法のせいで。

(待て……やめろ……)

とっさに手を伸ばそうとしても、体の自由はきかなかった。彼女の目から光が失われるのをただ、見ていることしかできなかった。

そして、その結果を見届けた俺は、笑いだした。

自分の口が、勝利に対してはっきりと笑みを形作るのを感じた。

今この瞬間に自分が手に入れたものが、どれほど空虚《くうきょ》なものなのか。

失ったものが、どれほど大きなものなのか。

何一つ理解できない子供が、滑稽《こっけい》にも強者のつもりで、勝者のつもりで笑うのだ。その子供の暗澹《あんたん》たる未来が、俺には容易に想像できる。それに沿うように、現在の自分の中身までも作り替えられていくような気がした。体内を何かが這《は》い回るような不快感。


声にならない叫びとともに、俺は悪夢から覚めた。


（なんて、やっかいな）

この上なくたちの悪い魔法だった。人が心の奥に抱え込んだ恐怖を引きずり出し、眼前にまざまざと見せつけるような。これにリコリスも、ヴォルフも苦しめられているのだ。

（はじめは、「これは夢だ」と思っていた。だが……最後は呑まれたな）

対抗策を見つけるどころではない。どっぷりと呑み込まれないよう逃げ出すのがせいぜいだ。今もまだ、夢で最後に感じた不快が体に残っているような気がする。

「……姉上」

こぼれた声は思った以上に弱く、我がことながらうんざりした。しかも、続いてあふれる愚痴《ぐち》を言わず留める気力もなかったのだ。

「――早く、帰ってきてくださいよ」

二十　ヴォルフガング・アイゼンフートの見る夢は

ほとんど丸一日眠り続けた私が父とともに学園に戻ったのは、ちょうど太陽が沈んでいく頃合いのことだった。リーリア公爵領へ向けて出発した三日前とはまったく違う気持ちで、私は王立魔法学園の敷地に足を踏み入れた。

出迎えてくれたのはシェイドだ。なんでもないような顔をつくろっていたけれど、目元に表れた疲労は濃かった。学園のことも大変だっただろうし、私自身とても心配をかけたのだろう。

シェイドは私の顔を見て、詰めていた息を吐くように笑った。

「すこしはマシな顔色になりましたね」

「ごめんねシェイド。あなたに負担をかけて」

「……そんな殊勝なことを言って、これから弟を放ったらかして婚約者のところに行くんでしょうに」

シェイドは苦笑して、しかし道すがら父と私にヴォルフのことを話してくれた。

ヴォルフは今、食事も取らずに自室に籠《こも》りきりだという。

私同様ヴォルフにも自宅療養の話は出たが、本人が固辞《こじ》したそうだ。

ヴォルフには、お父上であるラナンクラ公の前で自分の弱さが露見《ろけん》するのを、極端に嫌がる傾向がある。

私は、ヴォルフと公の親子関係が悪いものだとはけして思っていない。けれど、「そんな肩肘張らなくとも……」と思うことはある。男親《おとこおや》と息子の関係というものは、やはり私とお父様の関係とは違うのだろうけど。

折にふれて、もう少しお父上に甘えてみたほうが公も喜ばれるのではと言ってもみる。ヴォルフは苦笑して、そうかもしれないが難しいなと言う。

ヴォルフの短所というと私はあまり思いつかないのだけど、しいていうなら彼は人に甘えるのが苦手だ。

ヴォルフの部屋の扉を見つめて、私は思った。彼はこの部屋の中で今もたった一人、誰に頼ることもなく悪夢と戦っているのだ。

「じゃあ、少し話をしてきます」

私は厨房で受け取った水と流動食の載ったお盆を左手に、ことさら軽く父と弟に告げてから取っ手に手をかけた。


ヴォルフの部屋は、静まり返っていた。

後ろ手に扉を閉めた音がとても大きく、重く響く。

そして、暗かった。

窓には重苦しいカーテンがひかれたままで、外からの光を完全に遮っている。

暗闇の中ただひとつ浮かび上がる、小さな魔法灯の灯《あか》りもどこか心もとない。

昼に陽光の下に置くことを怠《おこた》っているのだろう。もうほとんど消えかけの光が、寝台をわずかに照らしていた。

ヴォルフは、寝台の上にいた。

布団はすべて床に落ちてしまっているが、当人が気にかける様子はない。ひどく皺《しわ》になったシーツの上、ヴォルフは静かに横たわったままだ。

両手で目元を覆っているせいで、彼の表情は分からない。

「……ヴォルフ？」

私が声をかけると、少し腕が揺れた。眠ってはいないようだった。

「あの。許可もなく部屋に入ってごめんなさい。話したいことがあって……」

しばらくの沈黙。

咎められないのをいいことに、私は少しずつ寝台に近づいていった。

近くまで来ると、ヴォルフが苦しげに息をついていることが分かった。私はだんだんと闇に慣れてきた目で見つけた、腰の高さほどのチェストにお盆をのせる。

「ヴォルフ、お水と食事を持ってきたの。まずは水を……」

緩慢《かんまん》に伸びてきた腕に手首をとられて、私は言葉を途切れさせた。

「リコリス……帰ってきてくれたのか？」

声はひどくかすれていて痛々しかった。それでも、声が聞けたことが嬉しい。

「ええ。ついさっき戻ったところなの」

答えて、ヴォルフの目を覗きこむ。しかしその青紫の瞳はどこかぼんやりとしていて、焦点が合っているのか疑わしい。

「……ヴォルフ？」

いぶかる私の前で、ヴォルフの表情が歪《ゆが》んだ。

皮肉げに釣り上げられた口元も、険のある眼差しも、ヴォルフとは思えないような表情だ。強い青紫の眼光に、私は射すくめられてしまった。


「それで？　君は、今度はいったい誰を愛していると、私に告げに来たんだ？」


言われて身体を引いてしまったのは、ただ思わぬ言葉に驚いたから。それだけだ。

けれどヴォルフは、逃さないというように、痛いほどの力で私の手首を引く。私は抗うこともできず寝台の上に倒されてしまった。

私を寝台の上に縫《ぬ》いとめたヴォルフは、また表情を歪めた。今度は苦しげに眉をひそめ、絞りだすような声で私に懇願した。

「……言わないでくれ。頼むから、もう、私を狂わせないでくれ」

胸が苦しくなるような声と、言葉だった。

「君に捨てられるのも、嫉妬に狂って誰かを殺すのも。……そのせいで君に恨まれて、泣かれるのも。父に見捨てられるのも。もう、嫌なんだ」

ヴォルフの見ている夢の内容。その一端が知れた。やはりひどい夢を見ているのだ。彼は誰の助けもなく、それと戦っている。

力なく首を振るヴォルフの額を、いつもは隙なく整えられた前髪が隠す。そうするとその顔はどこか幼くて、私はなおのこと胸を締め付けられた。

「……君は今にも、私を捨てて、行ってしまうんだろう。私の、手の届かないところに。二度と、会うことのできない場所に。嫌だ……。嫌だ。君を、失いたくない……。頼む……」

私は、なんとか彼を悪夢から引き離したいと思った。

「それは夢よ、ヴォルフ」

掴まれていない方の手で、彼の頬に触れる。ヴォルフはその瞬間、驚いたように一瞬目を開いた。

「ただの夢よ。こちらが現実」

私の言葉に、意外にもヴォルフは素直に頷いた。それでも、目には怯えを宿《やど》したまま。

「……そう、かもしれない。だが……」

「何？」

「ただの夢では、ないんだ」

「どういうこと？」

ヴォルフは必ずしも、夢に囚われたまま話をしているというわけではないようだった。

おそらくは夢と現実の間を行き来して、境《さかい》が分からなくなっている。すくなくとも今は、現実寄りの意識で話をしていると感じる。その証に、青紫の瞳と視線がかみ合っていた。

「頭から離れない、悪夢がある。君からすべて奪って、すべてを壊し尽くして……それは間違いなく悪夢のはずなのに、夢の中で私は安堵している。私から離れることがもうできなくなった君に。もう変わりようがない、君の心に」

「夢が願望の現れ、なんて説はこの場合は当てはまらないわ。ただ、恐れを具現化《ぐげんか》した悪夢を見せられているというだけなのよ」

「悪夢を見るという、それだけならまだいい」

ヴォルフの言葉は、私には思いがけなかった。

「本当に恐ろしいのは、この悪夢が私に見せつけるのは、現実の君を傷つけるかもしれない自分の弱さなんだ」

「…………え？」

「目が覚めてからも、私は考えている。君はこれから社交界に出る。そうしたら君だって、誤解しようもないほどはっきりと気がつくはずだ。自分が魅力的な女性だということ。私以外の男を愛する選択肢に。そうして君はきっと目が覚める。私から離れていってしまう。それくらいなら」

ヴォルフの手が、今度はそっと私の首に伸びた。

青紫の瞳が私を捉《とら》える。真摯《しんし》な顔は、私の見慣れたヴォルフの顔だ。彼が今、正気なのだと分かる。

「……いっそ君を、殺してしまいたい」

驚く私の前で、まるでヴォルフ自身も自分の言葉に驚いたかのように、青紫の瞳からポロッと涙がこぼれた。

その言葉を聞いて、涙を見て。

私の胸の中に、温かい気持ちがあふれたと言ったら――おかしいだろうか？

私はこの時、もう言い逃れのしようがないくらいに、ヴォルフのことを愛しいと思ったのだ。彼

の強さも、弱さも、苦悩も、人の愛し方も。

だから私は、その気持ちがありったけ伝わるようにヴォルフに笑いかけた。

「大丈夫よ。こわがることなんてない。ヴォルフが私を傷つけるはずないじゃない」

首に添えられただけの大きな手をとって。私はそこに頬をすりよせる。

「ヴォルフはきっと、私のことがすごくすごーく好きなのよ。……私も、私もあなたが好きよ。とても、とても好き。大好き。だからヴォルフはもう少し、私に甘えてみたらいいんじゃないかしら」

呆然とした様子のヴォルフは、しばらくしても何も言ってくれなかった。

私の顔はどんどんどんどん赤くなっていって、自分の自意識過剰かもしれない台詞が頭のなかでリフレインする。

もう何でもいいから何か言ってよ！　と私が爆発する前に、ヴォルフが私の耳元で、熱い吐息とともに囁いた。

「君が好きだ。……もう離せないから、覚悟してくれ」

ヴォルフはそのまま私の頭を抱え込むように抱きしめた。

聞こえる鼓動につられるように、私の心臓もドクドクと音を立てる。血の巡《めぐ》りが良くなったからというわけでもないだろうに、私は今になって自分たちの体勢が恥ずかしく思えてきた。私たちは二人で、一つの寝台の上にいるのだ。距離が近いどころの話ではない
おそらく訓練場で剣を振るった格好のままなのだろうヴォルフは、彼にしては珍しくラフな格好だ。腕まくりをしてボタンを二つも外したシャツ越しに、彼の体温が感じられる。それだけではな

くて、衣擦《きぬず》れの音とか、熱い息とか。

今の今まで『ヴォルフの手』という記号として受け止めていたものが、急に体温を備えた実体なのだと思い知らされた。背中を這う大きな手の、剣を扱う彼らしく硬い皮膚《ひふ》が、私の肌をざわりと粟立《あわだ》たせる。

一度身体を離したヴォルフに安堵したのもつかの間、あろうことか彼が私の首元にキスをするように顔を埋《うず》めてきたので、動転した私は大きな声を出してしまった。

「ちょっと！　ヴォルフ⁉」

バタン！　と、扉の開く音がした。そして父が、続いて父とまったく同じ凍りついた表情の弟が部屋に飛び込んでくる。

ヴォルフはというと、そのまま意識を失うように眠ってしまったのだった。

二十一　悪夢に勝つ方法

室内に人の気配が一気に増えても、私がもぞもぞと体の下から抜けだしても、なかば昏睡状態のヴォルフが目を覚ますことはなかった。

『聞き耳を立てたりはしていませんよ。というか、そもそも扉が厚くて聞こえませんでした。ただ悲鳴に驚いて……』などと、語るに落ちた弟。そして困ったようにごまかし笑いをする父を、私は胡乱《うろん》な目で見た。しかし心配をかけたのは確かなので、怒ることもできない。

いたたまれない空気を感じてか、父はそそくさと逃げていった。いちおう、学園長先生に用事があると言い置いていったのは嘘ではないはずだ。

シェイドのほうは私を女子寮まで送るつもりのようで、これもまたすたすたと歩き出してしまう。

「シェイド、あなた休んだほうがいいわよ。顔色が悪いわ」

「俺はもともと白皙《はくせき》の美青年なんですよ」

「……白皙の美青年が扉に耳を押し付けて聞き耳を立てているところ、さぞや絵になったでしょうね」

皮肉を込めて言い返したのに、シェイドはなぜか嬉しそうに微笑んだ。

「やっぱりあなた、そうとう疲れているんじゃないの？」

本気で心配して言ったが、「失礼だな」と返ってくる声もどこか弾んでいる。

「本当に元気になったんですね、姉上」

あげく『ホッとした』という顔でそんなことを言うものだから、私は返す言葉をなくしてしまった。ヴォルフも時々恥ずかしいことを言って私を無言にしてしまうのだけれど。シェイドのこういう素直な態度もまた、これはこれでどう反応をしていいか困るのだ。

「ええと、今回はご心配とご迷惑をおかけして……」

「らしくないのでやめてください」

一刀両断《いっとうりょうだん》である。私は話題を変えることにした。

「悪夢の被害者は、結局どのくらいになるのかしらね」

「さあ。自己申告を信じるにしても、ただの悪夢と魔法による悪夢の差も分かりませんし」

「シェイドは悪夢を見たりしなかったの?」

「ええ、鍛《きた》え方が違いますから」

鍛えるも何もないじゃないと言い返そうとして、シェイドがこちらを見ていないことに気がついた。まっすぐに前を見つめる頑《かたく》なな横顔に、なんとなく違和感があった。

「ねえ、本当に……?」

今度は返事自体がなかった。それきり口をつぐんでしまったシェイドに、私はため息をつく。

シェイドは悪夢を見たのだ。しかしこの様子では、素直に夢の内容など教えてくれそうにない。

今のところ、はっきりと体調に表れるほどではないようだが。

「強情《ごうじょう》っぱり」

呟くも、無視された。

シェイドはヴォルフと比べたらまだ人に甘えるということをする人間だと思う。それでも、私になにもかも相談してくれるかといえばもちろんそんなことはない。矜持《きょうじ》とか、男のプライドとか、たぶんそういうものなのだろう。

シェイドが足早に進んでいってしまうので、女子寮はもうすぐそこである。

「シェイド、なにか質問はないの?」

「質問?」

「そう。私は悪夢に打ち勝った先達でしょう? だから、なにか質問があれば答えてあげるわよ」

「じゃあいちおう聞いておきましょう。悪夢に打ち勝つ秘訣《ひけつ》は?」

相談をしてほしかったのに、必勝法を聞かれただけだった。とかくこの世はままならない。それでも私は真面目に答えを返した。

「それはね……愛よ！」

どーん、と。

これだけいいことを言ったというのに、あろうことかシェイドは、一拍置いてお腹を抱えて笑い出したのだ。

「笑うなんて失礼でしょう!?　私は真剣に……！」

「すみません、なんて含蓄《がんちく》深いお言葉だろうと思ったら……」

神妙な顔で取り繕って、その後結局吹き出してしまう。

「何も取り繕えていないわよ！」

「い、いえ、本当に、文句は、ありませんよ。ただ、不意を突かれたので……」

「……そんなに笑えるほど元気なら、大丈夫そうね」

「そうかも、しれません。思ったより、俺は強いのかも。なにせあなたの弟ですからね」

「そういうことにしておいてあげる。……男子寮も大変だったみたいだけど、あなたがすごく頑張っていたって聞いたわ。いろいろありがとう。お疲れさま。心配かけてごめんね。……え～と。さすが、私の弟！」

言っているうちに少し恥ずかしくなって茶化したら、シェイドはなんだか、とても複雑な顔をした。ただ安堵したというには、切実に過ぎる表情だ。

「……シェイドが見た夢って、やっぱり、叔父様のこと？」

思わず口に出してしまって、私は少し慌てた。しつこいと怒られるかもしれないと思ったが、シェイドは観念したように口を開いた。

「俺も、そうかと思っていましたが。違いました。ナーシサス・ランクラーツは、俺の悪夢には出てこなかった。……でも、なるほどと思いましたよ。俺にとっての『恐怖』は、もうあの父親じゃない」

そこまで言ってシェイドは口をつぐんだ。あくまでも、夢の内容について教えてくれるつもりはないらしい。でもそこまで聞いてしまったら気になって仕方がないし、心配でもある。

「分かりやすく不満そうですね。……では、一つだけ。先達に相談にのっていただいても？」

「いいわよ！」

「俺の場合、事実とは違う過去を夢に見るんですよ。それで、なかなか頭が切り替えられない。現実であるはずの今までが、すべてなかったことになったら……そういう、馬鹿げた不安が付き纏《まと》って鬱陶《うっとう》しい……」

なによそんなの、と私は胸を張った。

「だったら私に会いに来なさいよ。いくらでも昔語りをしてあげるから」

前言を撤回しなければいけないだろう。ヴォルフだけでなくシェイドだって、人に甘えるということはあまり上手《うま》くないようだ。

私は、自分よりもずっと背の高いシェイドの頭に手をかざして言った。

「大きくなったわよね、シェイド。会った時は私より小さかったのに」

「……そりゃあ、そうですよ」

「あなたがここまで大きくなるためにね、口にしたもの、目にしたもの耳にしたもの。それには私やお父様や、ヴォルフや、ばあやたちだってたくさん関わっているじゃない？　だから、なかったことにしようとしてももう、無理よ」

シェイドはびっくり顔だ。そして「かなわないな」という敗北宣言。その頬には少し赤みがさしていた。

「今夜はしっかり眠れそう？」

「もともと大丈夫だと思っていましたが」とやっぱり可愛くないことを言ったシェイドは、次いでこちらをからかうように笑った。

「でもいちおう念のため、俺にも姉上の愛をくださいよ」

「ふん」と、私は鼻で笑ってやる。

「何をいまさら。たった一人の大事な弟のこと、愛していないはずないでしょう？」

「……どうだか」


シェイドは頑なに私を部屋まで送り届けると言ったが、私は固辞した。寮の手前で別れて「絶対に休みなさいよ」と念を押したが、聞く気があるのかどうか。

素直でない弟の様子は後でお父様に見に行ってもらおうと決めて、私は続いてリリィの元へ向かった。

リリィは自分の部屋ではなく、女子寮の医務室に寝所《しんじょ》を移されていた。

彼女は昏睡状態にあるが、悪夢を見ている様子はない。単に相手を眠らせる魔法というだけなら対処方法はあるはずなのに、現在まで魔法の解呪《かいじゅ》には至っていない。ギフトの魔法というのは、とにもかくにも規格外なのが厄介だ。

「でも、今日は少し様子が違うみたいなの」とは、医務室の先生の言葉である。

「容態が悪化したということですか？」

私は焦ってリリィの表情を窺《うかが》ったが、特に悪い兆候は感じられない。

「いいえ、その逆。意識があるみたい。周囲の音に、反応しているわ」

先生が「リリアム」と呼びかけると、幾度目かの呼びかけに反応してリリィのまつげがピクリと動いた。

「リリィ？」

私も呼びかけてみると、まつげだけでなく指先も少し動いた。

「リリィ！　聞こえるの？」

そうして呼びかけを続けていると、今度はうっすらとだがまぶたが開いたのだ。

リリィの細い手がまるで助けを求めるようにふらふらと伸びてきて、私はとっさに彼女の手をとる。

「……リ、コリス？」

若葉色の瞳が、ぼんやりとだがたしかに私を映した。

医務室はにわかに騒がしくなった。リリィの目が覚めたのは朗報だが、原因も分からなければギフトの動向への警戒も必要である。

結局、学園内に変化はないと判断されるまでしばらくの時間を要した。

その際に、鋭敏《えいびん》な感覚の生徒が幾人か『ここしばらく学園に漂っていた霧のようなものが薄れている』と証言したことから、一つの仮説が立てられた。

黒い霧の被害にあったのは主には私やヴォルフ。その他にも悪夢を見た、体調が悪いと訴える生徒はたくさんいた。リリィの症状はそれらと一線を画していたものの、昏睡の原因はやはりあの黒い霧だったのだろうという説だ。

つまり主な被害者である私やヴォルフがあの霧に打ち勝つことで、魔法の効果自体が薄れてリリィも目を覚ましたのだろうと推測された。

迎賓館の地下で進路を阻《はば》んでいた霧も、薄れているということだ。それはすなわちギフトが、他者の侵入を阻む盾を失ったということである。彼が次にどんな手を打ってくるか分からない。一つ確かなことは、彼を放置したままでは学園は危険に晒《さら》され続けるということだ。

おそらくこちらから、攻めに出ることになるだろう。

二十二　闇の中から〈リリィ視点〉

私が一人うずくまっていた闇の中。

そこは、安らかで静かな場所だった。

誰の姿も見えず、誰の声も聞こえず、煩《わずら》わしいことは何もない。ここには私を傷つける人はいない。

それがとてもさみしい場所であることには、彼女に「リリィ」と名前を呼ばれた時に気がついた。

冷たい場所であったことには、彼女の手を握った時に気がついた。

そこには心を動かすものが何一つなかったのだと、不安から喜びに鮮やかに移り変わる彼女の目を見た時に気がついたのだった。


目が覚めた時に驚くほどの日数が経過していて、私は不安と焦燥《しょうそう》に襲われた。眠っていた間のことを聞いて、元凶でありながら事態の解決のために何もできていないことを知った。

だから、リーリア公爵様からの提案は、本当に私にとっては渡りに船だったのだ。


医務室で目が覚めて、周りの慌ただしさが一段落した頃に、その人はやってきた。

入学前に一度会ったきりの学園長の後ろから、その人――リコリスのお父上――が現れた時には、自分を断罪《だんざい》する人がついにやってきたのだと誤解して取り乱してしまった。

けれど実際のところは、公爵様は私に一つの提案を持ちかけにきたのだ。

公爵様はまず私に、自分は国王陛下の意を受けてここにいると前置《まえお》いた。それに震え上がった私に、なだめるように優しい声で言った。

「君は学園の庇護下に置かれる生徒であり、今回の一件において、大勢《たいせい》では被害者だと我々は考えている。これから私が言うことは、命令ではなく提案だ。君には拒否する権利があるから、どうか落ち着いて聞いてほしい」

それでも私は恐ろしくて身体が震えた。

「……大丈夫。君の行動にまったく間違いがなかったとは言わないが。それでも子供の過《あやま》ちの尻《しり》拭《ぬぐ》いは、大人の役目なんだよ」

不意に私は、目の前の人がたしかにリコリスのお父上なのだと合点《がてん》がいった。そうすると不思議なほど恐怖が薄れていく。私は何度も頭を下げ、今度は公の言葉を聞き漏《も》らすまいと身構えた。

一つ、私がギフトを治癒魔法で回復したことは、故意ではなく過失であるという可能性も把握されていること。

一つ、私がその後誰にも秘密でギフトに会っていたことについては、罪とは言えないものの事態を深刻にした原因であるとみなされていること。

そして私は学園——ひいては国と協会に、おおいに危険視される立場にあるということだ。

公爵様は、この王立魔法学園が国の出資のもと協会が運営する組織であるといった体制の説明なども交えながら、私に分かりやすく説明をしてくれた。

危険視の内容はもちろん、ギフトと通じる人間であるという疑惑。そして私の魔力自体が今後もこのような事態を引き起こす可能性について。

「現状は、君にとって大きな不利益と考えていいだろう。その上で提案したい。迎賓館の地下に赴《おもむ》き、ギフト・アシスを再度封じる任を受けてもらえないだろうか。それによって君にかけられた共謀者《きょうぼうしゃ》疑惑を払拭《ふっしょく》できるし、君自身の有用性を示すことができる。もちろん、助力《じょりょく》は惜しまないよ」

ギフト・アシス。

それがあのギフトのことだと気がつくのに少しかかった。私は彼の家名は知らなかったし、そんなものがあるとも思い至らなかったのだ。

「ギフトを、封じるのですか？　殺すのではなく？」

「そうだ」

表情を変えない公爵様の真意は分からないが、すくなくともそれが国と学園とで出した結論なのだろう。

「でも、私にギフトを封じることなんてできるでしょうか？」

「方法はある。君が一番の適任なんだよ――」

公爵様がその方法について説明し終える頃には、私の答えは決まっていた。

「……はい。私、やります」


下へ。下へ。

冷たく湿《しめ》った匂いのするほうへ。

それは、とてもではないが気持ちのいい行程ではなかった。

それでも急がねばならない。ギフトが次に何をしてくるか分からないから。

はじめてここ――迎賓館の地下へ続く通路を通った時、私は何かを考える余裕もなくひたすら小鳥を追いかけていたように思う。

二度目以降は、小鳥の道案内を受けながらここを通った。

ギフトは、自身の魔力の強さ故に不幸な人生を送らざるを得なかった人。私がはじめて会った、その辛さを共有できる人だった。

自身の魔力の暴発。その耐え難い恐怖について語り合える相手がいるだなんて、私はそれまで思ってもみなかった。

ある意味での『仲間』を得て、浮かれていたのだ。

言い訳にしかならないが、その時の私はやはりギフトの魔法の影響下にあったのかもしれない。深淵へと潜《もぐ》っていくようなこの行程を恐ろしいと思ったことはなかったし、今となっては不可解なことに、学園に彼の存在を報告しなければという考えにも至らなかった。

そして今、私は学園の年輩教師の案内を受けて、震える足が階段を踏み外さないよう細心の注意を払いながら歩いている。

まったく思いがけないことだったが、同行者となったリーリア公が私の足元を気遣ってくれていた。

その前後を守るように、学園の先生方が魔法灯を手に辺りを警戒しながら進んでいる。

まさか公爵様本人が同行するとは思わず最初は焦ったが、この集団の中でも一番落ち着いた様子なのが彼だった。目から受け取る情報があまりに少ないせいで、永遠に続くかのように錯覚させられる道のりにも、堪《こた》えた様子がない。

やがて私たちは、地下室の最奥――ギフトの元にたどり着いた。

黒い霧が立ち込めていたという場所には、その名残すらない。心理的に重々しく感じられる扉を開け、私たちは目的の部屋に足を踏み入れた。

幽鬼《ゆうき》の如き姿のギフトが、部屋の中央にいた。

彼の実体は棺《ひつぎ》のような箱に入っていて、半透明のギフトはその脇《わき》に立って私を迎える。私にとってはいつもの光景だった。

狭く暗い部屋に棺が一つ。

初めてこの部屋に来た時。それは私の目に、彼の孤独を示しているように感じられた。

けれど今の私は知っていた。この棺のような箱が、巨大な装置の一角に過ぎないことを。この部屋の下には、この棺の数百倍に及ぶ大きさの装置が設置されているのだそうだ。ギフトの無尽蔵《むじんぞう》の魔力を吸い、それをこの地の結界強化に使っている。

床下からは確かに、とても複雑な魔力の動きが感じられた。

意識を集中させると、棺の中のギフトの体から地下に流れ行く魔力の波動がぼんやりと感じられる。延々と、途切れることなく流れていく。それはぞっとするような量だった。

その本来の所有者たるギフトはというと、静かな眼差しで、同行者を引き連れた私を見ていた。

多くのことを悟ったであろう彼は、けれど私から視線を逸らすことはなかった。

すくなくとも、この真っ直ぐな眼差しに惹かれたのは、精神操作の魔法による作用ではないと思う。彼の外見的特徴の最《さい》たるものは鮮やかな青い髪なのだろうけれど、私にとってはその闇を映したように深い緑の瞳だ。

先生方からかけてもらった防護の魔法をまとう私が近づいても、ギフトは好戦的な反応を見せはしなかった。もはやそんな力がないのでは、と私は思った。

もちろん油断はできないけれど、ギフトの姿は以前よりさらに透明度が高くなって、いつ消えてもおかしくないほど希薄《きはく》に感じられる。

『……なぜあいつらに加担《かたん》する？　そちらにあの女がいるからか？』

相変わらず喉を通さない『声』で話しかけられたが、私は応《こた》えなかった。

ギフトの言う『あの女』がリコリスを指すと分かったのだろう。私の背後で、公爵様の纏う魔力が少し不穏に揺れたが、ギフトはそれを意に介さない。

『なぜ、あれほど自分と違う者に心を許す？　憎くはないのか？　あの女はお前が持ち得ぬものをすべて持っている。家族や、恋人を、安寧《あんねい》の地位を、お前が喉から手が出るほどほしがっているものを、当たり前のように手にしている』

ギフトは的確に私の心を知り、弱さを知り、嫉妬や羨望《せんぼう》を知る。

けれど、今の私には分かっていた。彼の操る言葉は結局彼の主観であって、かならずしも真実ではない。彼は私と似ているけれど、決定的に違うところもある。

「……あなたは差し伸べられた手を、取ってみたことがないんだと思う」

『何？』

「差し伸べられた手がなかったのか。それとも、あったけど取らなかったのか。それは分からないけど……。私のところには、優しい手が差し伸べられた。私はそれを取ったの。もう、その手の暖かさを知っているの。だから拒否するよりも、嫉妬するよりも、それが失われてほしくないと、放さずにいたいと思うんです」

ギフトが私に与えようと差し出してくれたものもある。無二《むに》の渇望《かつぼう》。それは私がかつて確かに求めたものだ。

いつか見捨てられるのではという不安がいつも胸の奥にあった。母のように、友のように。すべては私を見捨てて遠のいていくのではないかと。

そして父によって、ただの一人も話す相手がいない生活を強《し》いられる中で、強く強く私を責め苛《さいな》んだ孤独感。

私は、不安を感じる間もないくらい私を求めてほしかった。誰にも制御できないほどの強い想いで、私を呑み込んでしまってほしかったのだ。そのためには私の自我なんて、なくしてしまってもかまわない。そう思っていた。でも。

私は胸元のペンダントを握って心を決めると、懐から一つの短剣を取り出した。

柄《つか》に飾りはなく、刀身《とうしん》は細くて腕の半分ほどの長さがある。それは一見すると何の変哲もない短剣で、幽霊のようなギフトに危機を招くことはできそうにない。けれど、私が魔力をみなぎらせると、一点の曇《くも》りもなかった刀身にじわりと模様が滲む。

身の危険を感じたらしいギフトが、私と距離を置こうとする。でもこの魔道具は、相手の身体に突き刺すといった使い方をするものではないのだ。私は自分の胸の前に短剣を上向きに携え、魔法を発動した。

『これは……』

ギフトの体から不可視の何かが失われていく。それが手に取るように分かった。

私が使っているのは、私が唯一自在に使える魔法、回復魔法だ。そして私が手にしているのは王家の秘宝の一つ、『逆行』の力を備えた魔具だった。

それを私に貸してくれた本人――公爵様は警戒した様子でギフトを注視している。先生方も結界を張ってギフトの最後の抵抗に備えていた。

けれどギフトはただ惑うように私の目をじっと見つめて、そしておそらくは、そこに私の確固たる拒絶を見つけたのだろう。

『お前も私を否定するのか』

強い落胆と絶望のこもった言葉に、何も感じないわけではない。

けれど私は、心を決めていた。

ギフト・アシスが恐ろしい人であることを、生まれ育った村を魔法の暴発で滅ぼしたというだけでなく、自分の意思でたくさんの人間を殺した人であることを、私は医務室にいた医師から聞かされた。

それがはたして事実なのか。私が生まれるずっと前にその小さな村でいったいどんなことが起こったのか。私には分からない。

でも一つだけ、今の私にとって確かなことがある。

「私を不実と責めても構いません。でも、私は言ったはずです。――リコリスを傷つけたら、許さないって」

私は左手で再度胸元のペンダントを握った。

祖母から母に、母から私にと持ち主を替えたペンダント。こんな力を得る前はたしかに愛されていたのだという証拠だ。

かつて私はこのペンダントを握り締めるたびに、これを私にくれた時の母の顔を想像した。

私はもう、昔の母がどんな顔で私を見ていたのかよく思い出せないのだ。最後に私を拒絶した時の、強い恐怖に苛まれた母の表情ばかりが、私の中であまりに鮮明すぎて。

けれど、想像するのは自由だった。優しい顔をしていたはず。記憶にある母よりも少し若くて、溌剌《はつらつ》と明るい表情をしていたはず。私を愛情深い眼差しで見ていたはず。

でも今は、ペンダントを握り締めると別の顔が浮かぶ。

目に涙を浮かべた、彼女の顔。

このペンダントの話をした時の、リコリスの顔だ。

あの人は能力を発現させる前の私を知らず、身分もまったく違う。

でも、私を庇い、私のために心を砕《くだ》いてくれた。綺麗な夢の話を信じてくれた。優しい声で私に語りかけ、楽しい時間をくれた。幾度となく。私のせいで騒動に巻き込まれても、私を見捨てようとはしなかった。

ギフトが彼女を傷つけようとした瞬間、その時にはもう私は選んでいた。ギフトよりも彼女を。

許さないと言ったのは、けして方便《ほうべん》ではない。

二度とギフトに、彼女を傷つけさせるわけにはいかない。

「さようなら。私はもう、あなたを求めずに生きていきます。そうしたいんです」

ギフトの姿が霞《かすみ》のように消えかける間際。

最後に彼が、私に何かを言った。呪いの言葉だったのか、別れの言葉だったのか、もしくは愛の

言葉だったのかもしれない。あまりにも希薄なそれは、私に届く前に暗い暗い地下の空気に溶けて
——消えた。

結界の修復などは先生方に任せ、私は一足先に学園へ戻った。

闇に閉ざされた地下から、星のあかり降る地上へ。

そして真っ先に私の足が向かったのは、女子寮のリコリスの部屋だった。時間はすでにかなり遅く、定められた就寝時間を過ぎた寮の廊下は静まり返っている。

ただし、最高学年生と監督生は就寝時間を自分で決めることができるそうだ。彼女はもう眠ってしまっただろうか。扉を軽くノックして。それで返事がなかったらとって返すつもりだった。

「……はい、どうぞ」

大きな声ではないが明瞭な返事がすぐにあって、私の心臓はドクンと跳《は》ねた。

「失礼、します」

訪問者が私だと分かると、リコリスはパアッと表情を明るくした。彼女はいつもそうだ。それがこれまで、どれだけ私を励ましてくれたことだろう。

「リリィ、体調はどう？」

「リコリスこそ、眠らなくても大丈夫ですか？　もしかしてまだ……」

「違うのよ。むしろ家でたくさん眠ったせいで、眠くならないの」

「……では少し、話をしても？」

「もちろんよ」

嬉しそうな彼女に促され、私はリコリスの部屋に足を踏み入れた。

この部屋に入るのは初めてだった。女子寮の中では、寮長である彼女の部屋にはみだりに訪れてはいけないという不文律《ふぶんりつ》があるようだ。何かの用事で彼女の部屋に入ったことのある生徒が、それを自慢気に語っているのを聞いた。

今日の私の行動が知れたら、その生徒はどんな反応をするのだろうか。怖いような、少し楽しみなような。

リコリスの部屋は大きな本棚があるのが印象的で、それ以外の大きな家具は寮長といえど普通の生徒の部屋と変わらない。けれど壁掛け鏡の縁取りが花環《はなわ》のように凝《こ》った装飾だったり、寝台の上の布団に精緻《せいち》な刺繍が施されていたり。それに部屋全体が古色《こしょく》でまとめられて上品だ。……と、第一印象では思った。

「……リコリス、これは、誰かからの貰い物ですか？」

持ち上げてまで聞いてしまったのは、それがあまりに異彩《いさい》を放っていたからである。

「ああ、それは事情があって昨年末までで学園を出て行った子がくれたの。とても器用な子なのよ。上手くできているでしょう？」

たしかに、上手くはできているのかもしれない。

縫《ぬ》い方も丁寧だし、細かく仕上げてある。でもなぜ、こんな子供っぽい――よく言えば可愛らしい柄の手刺《てざし》パッチワーク・キルトを、リコリスにプレゼントしようと思ったのだろう。そしてなぜ、リコリスもそれを何の疑問もない様子で枕カバーに使っているのだろう。

そう考えながら部屋をよくよく見回してみると、彼女の趣味ではないであろうものが散見《さんけん》される。

花の刺繍がなされたクッションは、丁寧に作られているようだがどことなく子供っぽい。想像するに、幼い頃からリコリスを知っている人からの贈り物、とかだろうか。

精緻を尽くしたような茶器の下に敷かれているのは、木製のどこか無骨《ぶこつ》なコップ受け。これもおそらくは、誰かからの贈り物なのだろう。

ここは確かに、彼女の部屋だ。

公爵令嬢らしさとらしくなさが混在した、ちぐはぐな印象。でもそのいたるところから、彼女が周囲の人を愛し、愛されているのだということが伝わってくる。

彼女は基本的におおらかだ。いろいろなものを受け止めてしまう人で、だから彼女の周りには少し癖のある人間が集まるのではないだろうか。

リコリスをじっと見つめると、彼女は『どうしたの？』という風にほんの少し首をかしげてみせた。

一見すると、切れ長の目と目尻のほくろが色っぽい美人。その実《じつ》、隙がないと見せかけて隙だらけだったりするのも、近づいてみなければ気付けない彼女の魅力である。

肩の力が、抜けていくのを感じた。

なんだかとても、ホッとしたのだ。

過去のことを話すには、少し勇気がいる。でもいつかは、彼女に聞いてほしいと思う。

まずはそう、謝罪をしなくては。彼女と彼女の婚約者を巻き込んだこと、学園を危険に晒したこと。

それから、今日のことを話そう。

もうギフトは封じてしまったのだと言ったら、彼女はそれは驚くだろう。リーリア公が『私はあまり役にたたなかったね』なんて笑った顔がとても気さくで優しくて、あなたにとても似ていたと言ったら、リコリスはどういう反応をするだろう。

そしてできるなら、未来のことを語り合いたい。

私はまだ、この先も、あなたの側にいてもいいですか。

二十三　平穏と……

学園に平和が戻ってから、初めての休日。その昼さがりのことだ。

私は寮に戻る道すがら、柔らかい木漏《こも》れ日がゆらゆらと揺れるのをぼんやりと眺めていた。

平和が戻ったと言っても、すぐに何もかも元通りというわけにはいかない。

アルトの怪我から続いた学園内の騒動を受けて、私が家に戻っていた間にも帰省した生徒は幾人もいたそうだ。そしてそのほとんどは、いまだ学園に戻っていなかった。家族にしてみても、心配して引き止めるのは当たり前のことだろう。

この状況で授業を再開するわけにはいかないので、学園側は明日から臨時休校の措置《そち》をとることを決めた。その間おそらく学園長や先生方が、王都や保護者の元を訪ねて説明をして回ることになるのだろう。

私は家にトンボ返りということになるが、前回と今回では心のありようがまったく違う。今回はリリィを家に招くことが決まっているので、帰路はシェイドとリリィ、途中まではヴォルフも一緒だ。

休暇の二日目がちょうど私の誕生日なので、内輪《うちわ》で誕生パーティーを開く予定もある。とても楽しい休暇になりそうなので、今からすごくワクワクしているのだ。

休暇のことを思えばひとりでに弾む心。

さわやかな風と、やわらかな木漏れ日を肌で感じる。

訪れた平和を甘受《かんじゅ》しながら、私はふと『例のゲーム』のことを考えた。

(ゲームの時間軸は、もうほとんど終わっているはずなんだわ)

結果として、ヒロインであるリリィが辿《たど》ったのは隠しキャラ――ギフトのルートである。

でもリリィがギフトを選ばなかったことで、ギフトのトゥルーエンドにはたどり着かなかった。

つまり、バッドエンドの扱いになるだろう結末を迎えたのだ。

バッドエンドといっても、誰も死ななかった時点で私にとってはハッピーこの上ないエンディングである。

もちろんエンドロールが流れるわけではないから、はっきりとしたことは分からない。この後リリィが誰かと恋に落ちて、別のルートが開かれる。そういう可能性も、ないではない。

しかし、すくなくとも私が知っている限りのゲームのイベントは、もう起こらないのではと思う。私の知る展開で恋に落ちるならば、いくつかのイベントがすでに起こっていなければつじつまがあわないのだ。そのことを私は今日確信した。


リリィが私に、『とある報告』をしに来てくれたのはつい先ほどのこと。

私たちは今回のことで開き直って以降、誰はばかることなく一緒に食事をとっている。だいたいはヴォルフやシェイドも同席するのだが、今日は二人とも朝から忙しそうだった。

今、男子寮は大掃除という一大イベントの中にあるのだ。

女子寮では年に一度しか行われない部屋チェックが男子寮では年に四、五回行われるのは、単純に汚部屋《おべや》騒動がたまに起こるからである。

なんでも今回の『呪い』騒動で、汚部屋問題が喧嘩の種になることが重なったそうだ。そのため事態が収束した今がチャンスと、現在学園にいる生徒だけでも一斉掃除をさせるそうである。部屋が片付かなければ休暇も先延ばしと言われては、男子生徒も必死になる。

ともあれ、私たちは「男ってしかたないわね」などと微笑みあいながら昼食を済ませ、その後リリィが私にこっそり打ち明けてくれたのである。

「リコリス、じつは私、治癒以外の魔法を使えそうなんです」

「え？　本当？」

素晴らしいニュースだと思うが、リリィは少々複雑そうな表情で頷いた。

「私の魔力の高さを怖がっている生徒はまだたくさんいるから、しばらくは伏せておこうと先生にも言われたんですけど……」

それは、賢明な判断かもしれない。

今回の件で、犯人が別にいたということは学園側からきちんと説明がされた。しかし、やはりまだ生徒たちの中には、リリィを恐れる子がいるのだ。こういうことはたぶん、理屈ではない。時間をかけて、ゆっくりと理解を求めてゆくしかないのだろう。

「でも私、この力は絶対に誰かを――私の大切な人を守るために使います。そうし続けていたらきっと、この力も含めて私のことを認めてくれる人が増えてくれるんじゃないかって思うんです」

そのあまりにも健気《けなげ》な決意に感動した私は、ひしと彼女を抱きしめた。

と、この時は感動が先に立って思いつくこともなかったのだが。

一つの大きな問題、というか。

リリィは魔法の天才なのである。そんな彼女がめきめき力をつけて、攻撃魔法なんか覚えてしまった日にはは。それだけならともかく、彼女の魔法適性がどれほど広範に及ぶのかは未知数だ。いうなれば、ヤンデレが包丁を持ちだしたその時に、ヒロインがもっと火力のある武器を持っていた、みたいな。

もしくはヤンデレによる、汚い手を使ってでも拉致《らち》監禁してやろうというその企みを、ヒロインが簡単に看破《かんぱ》してしまったら、みたいな。

ヒロイン無双《むそう》が始まりそうだ。

（ヤンデレ系乙女ゲー敗れたり。……でもそれって、ゲーム的に——というかこの世界的にどうなんだろう）

ギフトについて思い出したのが遅くてかなり驚かされたが、ゲーム時間が終わりそうな今、私はたぶんゲームについてほとんどのことを思い出している。

その上で考える。この世界のこと。ゲームのこと。ゲームとこの世界の関係について。

いくつものゲームとの共通点から、私はこの世界＝《イコール》ゲームの世界なのだと思った。

でも、そうだとしたらなぜ、この世界はゲームと違う部分を持っているのだろうか。

バグ？

だとすると私の存在は、バグの塊みたいなもの？

……あまり楽しい想像ではない。

それともたとえば、ここがゲームそのものではなくて、ゲームを下敷きに作られた世界だという仮説はどうだろうか。

しかし『作られた』のだとすると、『創造主』がいることにならないか。その創造主に意思はあるのか。あるとしたら、ゲームの趣旨《しゅし》とずれつつあるこの世界をどう思うのだろうか。

（私は自分の人生において、創造主が定めていた運命を覆《くつがえ》したことになるの？）

それはずいぶんと大仰で、少し怖い想像だった。

私はその時その時を、私なりの精一杯で生きてきたつもりだし、後悔はしていないけれど。

いや、そもそもこれは仮定の話で、確証はどこにもない。想像して悩むだけ損だ。でも……。

私が尽きぬ物思いに足を踏み入れたその時。

視界の端を、不審な人影が横切った。


大きな荷物を大事そうに抱えて歩いているのは、ひょろりとした青年――オリアだ。

ルイシャンの凛とした立ち姿は近くに見えない。あのエキゾチックな貴人《きじん》の警護兼お付き役として学園にいるオリアが、一人で歩いているのは珍しかった。布に包まれた荷物を抱えこんで、どこかピリピリと周囲を警戒するような様子である。

舗装《ほそう》された煉瓦《れんが》の道をあえて無視して、木陰に隠れるように歩いているのも怪しい。今日男子寮で大掃除が行われていると知らなければ、夜逃げでもするのかと思うところだ。

そうでなくても私は、彼に不審の念を抱いている。理由が理由だけに誰かに相談するということもできないのが難点だった。

理由というのが、『なぜか彼がゲームに影も形も存在していないから』という、他人からすればわけの分からないものなのだ。

その事実を除けば、オリアは好意を持つに値する人物である。

彼は自分よりも『身分は高く年齢は下』の人間たちの中にあって、少々気の弱いところが見えるも卑屈《ひくつ》ではない。なによりルイシャンの護衛という任にあたる態度は真面目だ。

ひょろりとした体つきといい、控えめな物腰といい、あまり頼りになる年上の男性という感じではない。でも温和《おんわ》なところがいいのだと、女生徒からも一定の人気を集めている。

実際彼は、鳶色《とびいろ》の長めの前髪がどうにも陰気な印象を与えるのがもったいないくらい、優しげな顔立ちをしている。

私は気を取り直し、つとめて友好的な笑みを浮かべて彼に声をかけた。

「こんにちは、オリア」

「ヒィッ！」

しかし声をかけただけでまるで首でも絞められたかのような声を上げられたとあれば、私の微笑みも引きつろうというものだ。

「リ、リコリス寮長！　す、すみません。驚いてしまって……」

オリアは慌てた様子で謝罪すると、それでは、と言ってそそくさと立ち去ろうとする。ご丁寧に抱えた荷物をぎゅっと抱き直して、それを私の視界から遠ざけるように体をひねる。

「……待って」

引き止めたのは当然のことだと思う。

オリアは死刑宣告でも受けたような青ざめた表情で立ち止まり、あげく言った。

「私はなにも……怪しいものなんて……」

完全にアウトな発言だ。

逆に、ここまで不審な行動をされて疑念を抱かない人間などいるのだろうか。

「その荷物は、何？　あなたの荷物？　それともルイシャンの？」

ルイシャンの名を出した時に、オリアの肩がビクリと揺れた。この人は私よりも一回りほど年上のはずだが、こんなに分かりやすくて世間をわたっていけるのか。

さて、と私は腕を組んだ。

男子寮の寮長であるヴォルフならばともかく、私にはルイシャンの荷物を検分《けんぶん》する権限はない。

しかし見過ごすのはどうもひっかかる。よって私はゆさぶりをかけてみることにした。

「荷物、重そうね。よろしければ運ぶのを手伝うわ」

「めめめ滅相《めっそう》もない！　これは私一人で運ぶようにと言いつかっておりますから！」

「あら。そう言われてしまうと、なんだか中身が気になるわ」

「ええええええええ⁉」

オリアの反応はいちいち大きい。

「中身は何かしら？」

「そそそそれは、申し上げられません！　た、ただのゴミです！」

「でも、男子寮にも捨てる場所はあるでしょう？　わざわざ自分で捨てに行かなければならないものなのね」

オリアが目指していた先には、学園内のゴミが集められる集積所《しゅうせきじょ》がある。生徒がわざわざそこまでゴミを捨てに行くのは、粗大《そだい》ごみか、もしくは出処《でどころ》を知られたくないゴミが出た時である。

「それは、その……大きなゴミですから」

「そうかしら？」

私はジロジロと『ゴミ』を包んだ真っ黒の布を見つめる。

布にはデコボコと不自然なでっぱりがあった。ある程度硬く、不規則な形のものを包んでいることが分かる。布が何重にも重ねられていて、いかにも中の物がなにか悟られたくない様子である。

「形からして、本の類でないことは確かね……」

「探ろうとしないでくださぁい」

オリアはあまりにも情けない声で言うと、あたふたと自分の上着を脱いで私に背を向けてしゃがみこんだ。芝生の上にべたりと自分の上着を広げ、それで荷物を包みはじめる。

それがあまりに必死な様子なので、私もなんだか自分が弱い者いじめをしているようないたたまれない気分になった。

私が視線を外そうとしたちょうどその時。

オリアの腰のあたりから、ポロリと何か物が落ちた。

ほとんど反射的に拾い上げたそれは、黒革の手帳のようだった。

大きさは現代日本でいう新書サイズほど。しかし厚さは、これで剣先でも遮るつもりなのかと思うほどに厚い。中の紙にはしっかりと書き込みがされているようで、紙の一枚一枚が少しずつよれてなおのこと厚みが感じられた。

使い込まれて、しかし大事に使われている様子である。

「オリア、これ落とし……」

「うわあぁぁあああぁぁあぁ」

動揺そのままのドップラー効果のような悲鳴を上げたオリアは、それまでいちおう保っていた折り目正しさすら捨て去って私の手からその手帳を奪おうとした。

私はそれを反射的に避ける。べつに返すつもりがないわけではない。驚いたし、私はわりと運動神経はいいほうなのである。

少し落ち着いてちょうだいと言おうとした私の前で、オリアが地面に膝《ひざ》をついた。

「え？」

「すみませんすみませんすみませんすみません……」

本人にそのつもりはないのだろうが、私の足元にすがりつくように身体を丸めたその姿はまさしく『土下座《どげざ》』のようである。

「こ、怖いからやめて」

「ごめんなさいごめんなさいごめんなさいごめんなさい……」

「な、何を謝っているの？」

「悪気はなかったんです！　出来心で……」

会話にならない。

「オ、オリア、大事な荷物を放り出してしまっているじゃない」

ルイシャンの荷物は、オリアの上着につつまれて芝生の上に放置されている。だから立ち上がって、というなかば懇願のような私の言葉に、オリアは斜め上の返答をした。

「こ、これをお渡ししますからどうか！　そちらは中を読まずに返してくださいお願いします」

オリアは自分の上着をばっさと例の荷物から剥《は》ぎ取ると、黒い布の塊を私に向けて捧げ持つようにして哀願《あいがん》してきた。

（なんという変わり身の速さ……）

つまり主の秘密（?）を犠牲にしても、自分の秘密（?）を知られたくないということだろうか。

私は呆れたが、とりあえず荷物の中身は気になる。手帳と交換でその荷を受け取ると、固結びにされた布の結び目をほどいた。

まるで暗幕《あんまく》のように厚く大きな布を、慎重に開いていく。

そこからポロッと顔を出した白い塊を目にした瞬間、私の喉は引きつるような音を発した。


「……ッ‼」


まるで明るい日差しが私の周りだけ遠のいたような。

真冬の凍れる息吹《いぶき》が私の背中にだけ吹きかけられたような。

そんな心地がした一瞬だった。


布の中から現れたもの。

それは白くて華奢《きゃしゃ》な、子供のものとしか思われない『腕』だったのだ。

二十四　黒い手帳

手首から十数センチほどの場所で切り落とされたその『腕』は、しかし恐怖にすくんだ私の手から転げ落ちて厚布の上に転がる際、ガシャンと硬い音を立てた。

「……つ、作り物？」

「はい。そうです」

私は転がり落ちた『腕』をつついてみた。

冷たく硬いその感触は、まさしく磁器《じき》のものだ。一点の曇りもない、白磁《はくじ》のような肌という表現があるが、これはまさしく白磁による肌だったわけである。

私は脳裏を埋め尽くす疑問符に追い立てられるように、さらに荷をほどいた。

出てくるわ出てくるわ。結局腕が合わせて六本。はじめの腕同様、思春期を迎える前くらいの少女を思わせる細さだ。

「私もどうかと思いますよ。十代もなかばに差し掛かった主《あるじ》の趣味が人形作りだなんて」

「人形、づくり……」

「学園に入ったら諦めてくれるものと思っていたのに！　美術の先生が『これは芸術だ！　ぜひ作り続けるべきだよ私も協力を惜しまないぃ！』なんて余計なことを言ってくれたものだから、ひどくなる一方です！」

「つ、つまりこれは……ルイシャンが？」

「はい！」

「趣味で？　人形を作っているの？」

「はい！　気に入った女性の子供時代を妄想して人形にするのが、主の趣味なのです。いや〜形が気に入らなかったものをこうやって処分に行かされるのも大変ですが、何よりヴォルフガング寮長やシェイド監督生が所用で部屋に来た時なんかもう。いつ隣室の人形部屋が見られてしまうかとヒヤヒヤもので。その度に私の寿命は丸一日分くらい縮んでいるに違いないと――」

ペラペラと愚痴りだしたオリアの頭が、ガクンと前のめりになった。私が無意識のうちにツッコミ裏拳《うらけん》を入れてしまったのかと思ったらそうではなく、オリアの頭を急襲《きゅうしゅう》した物体――男性物らしき靴――が芝生の上にポトリと落ちた。

「ル、ルイシャン……」

黒髪の佳人《かじん》は、片方の足に靴を履いていなくても、あくまで優雅な歩みで近づいてきた。そのまま芝生の上の靴を拾うと、パタパタと叩いて何事もなかったかのようにそれを履いた。そうするともはや白い異国風の服に一筋の乱れもない、凛とした立ち姿である。

私は、どんな顔をしていいものか分からず俯いた。

今のオリアの話からすると、ルイシャンは男子寮の自室の一方――ふつう寮の部屋は一部屋だが、ルイシャンはどうやら二部屋続きで利用しているらしい。ルイシャンはこの学園でも扱いが明らかに特別なので、そこはいまさら驚くことでもない――に趣味で作った人形を飾っている。しかもそれは、ルイシャンが気に入った女性の子供時代の姿を模《も》している。

かつて職人大国日本に生まれ育った者として、男だから人形を作るのはおかしいなんて言うつもりはない。雛《ひな》人形とか、実際芸術だと思う。しかし、実在モデルのいる人形である。もちろん相手に承認を得てはいないだろう。

これをセーフかアウトかで言うなら……セウトくらいだろうか。誰かに明確な害をなす行為というわけでも……ないようなあるような。

ルイシャンに潔癖《けっぺき》なところがあるのは知っていたけれど。そういう方向に行っちゃったのね、というのが正直な感想である。ゲーム内では彼の趣味についての言及はなかった。

「リコリス先輩……」

名前を呼ばれて顔を上げると、ルイシャンがその端整な美貌を悲しげに歪めていた。母性本能を備えた女であれば、やめてそんな顔しないでと思わずにいられない表情である。

「聞いてしまったんですね……」

「え、ええ。ちょっとだけ、その……」

ルイシャンは、けぶるまつ毛を悲しげに伏せた。普段は涼やかな黒い瞳に、大粒の涙が溜まっている。

そっとためらいながら伸ばされた手が、懇願するように私の手に重ねられる。その手は少し冷たくて震えていた。

「理解してくれなくてもいいんです。でもできれば、嫌わないでください……」

…………うん。

まあ、本人に隠す気があるあたり、誰かに迷惑をかけるつもりはないのだと思うし。アルトなんかに比べたらぜんぜん可愛い後輩だ、と言ってしまっても間違いではないのではなかろうか。

そう思いながら私がコクコクと頷くと、ルイシャンの表情がパアッと晴れやかなものになった。まさしく白磁の頬に、ほのかな赤みがさす。

「良かった。このことは誰にも言わないでいただけるのですね。本当に、ありがとうございます」

――あれ？

わりとがっつり要求を重ねてきた？

私はどこか釈然としないものを感じながら、しかし言いふらすつもりなど元からなかったので再度頷いたのだった。

「よ、良かったですね！　ルイシャン様！」

私とルイシャンが話す間、どこかハラハラした様子で見守っていたオリアが感動したように声を上げた。

さきほど自分の主の秘密をあっさり暴露《ばくろ》した従者《じゅうしゃ》とは思えない、晴れやかな笑顔である。

ルイシャンはオリアの言葉には応えず、スッとオリアに近づくと、オリアがその手に握りしめていた手帳を無言で取り上げた。

「あ――――‼」

オリアが叫ぶが、ルイシャンは気にとめる風もなくその手帳を私に向けて差し出す。

「あなたのご厚意《こうい》に報《むく》いるためにも、どうぞ受け取ってください。中を見て先輩がお怒りを感じたなら、この者をいかようにも始末していただいて構いません」

ルイシャンは静かに怒っていたようだ。

私は心のなかで二人を『似たもの主従《しゅじゅう》』と名づけながら、ありがたくその手帳を受け取った。

どうしてこの手帳を私に渡すことが『ご厚意に報いる』ことになるのか気になったというのもあるが、なかば以上は『もうどうにでもして』という心境だった。

手帳に何が書かれていたとしても、包みの中から人の腕が出てくるほどの衝撃はないだろう。そんな軽い気持ちで私はそれを開いた。


手帳の中身は、小説のような形態の文章だった。

細かい字で、びっしりと書かれたそれを読むのは集中力を必要としたが、私はすぐにその文章に引き込まれた。

なぜなら、その話の主人公の名前は、『リリアム・バレー』。

リリアム――リリィは魔法学園に編入し、そこで一人の青年と出会い、恋をする。ヒーローの名前は『ヴォルフガング・アイゼンフート』。

小説の中身は、まさしく『例のゲーム』におけるヴォルフルートそのものだったのだから。

二十五　運命と可能性

私はまるで頭を物理的に振り回されたような心地だったけれど、さいわいにして今は疑問をぶつける相手が目の前にいた。

「……これを書いたのはオリアなの？」

私から頑なに目を背け沈黙《そむ》で通そうとしたオリアは、しかしルイシャンに「質問に答えなさい」と穏やかに諭されて（脅されて？）頭《こうべ》を垂《た》れた。

「は、はい。そうです……」

「これは、いったい……」

聞きたいことが言葉にならず、私は口ごもった。

「説明しなさいオリア」

「あ、あの、つまり、小説です。学園にいらっしゃる方々をモデルにした……」

それだけでないことは明白だった。それは、私の記憶の中の『例のゲーム』とのあまりにも顕著な類似性の理由にはならない。

「オリア、あなた前世の記憶があるのではない？」

「……えっ？」

「違うの？　じゃあいったい……」

「僕……いえ、私は、その、実は、少し変わった魔法適性を持っていまして……」

「魔法？　では、もしかして、あなたは『運命』を知ることができるの？」

「？」

オリアはきょとんとした顔で、おそらくはひどくこわばっているだろう私の顔を見返した。

「運命、ですか？　いえ、そういう魔法では……」

「でも、ここに書かれているのはあなたが魔法で知り得たことなのね？」

「は、はい。そうです」

「それはつまり『運命』ではないの？　呼び方はいろいろあるかもしれないけれど、本当はこうあるべきだった筋書きというか……」

「い、いいえ、そんな大げさなものでは……」

「でも……」

私は自分の思いつきにとらわれて冷静さを欠いていたのだろう。我ながら詰め寄るようだった迫力に、オリアは完全に押されていた。

「リコリス先輩、少しいいでしょうか」とルイシャンに横槍《よこやり》を入れられて、私はようやくそのことに気がついた。

「ああ。……ごめんなさい」

「先輩がなぜこの内容を『運命』と称したのかは分かりませんが。すくなくともこの内容が今、実現していないのは確かです。それでは『運命』とは呼べないと思いますが」

ルイシャンの整然とした言葉と穏やかな声に、私も少し落ち着くことができた。

「ええと、それはたぶん、わた――いえ、その、運命に抗った人間がいた、から」

「しかし、運命とは抗うことのできるものでしょうか?」

「…………ごめんなさい。混乱してきたわ」

実際、手帳を読み進めたあたりから私の頭はひどく混乱している。

「オリアの魔法は、その人の人生における『可能性』を見るものなんです」

「可能性……?」

「はい。主には過去を、時には未来も見ることができますが、過去視や未来視とは厳密には違う。いくつもの異なった可能性を見るのです。リコリス先輩が目を通されたのは、手帳に書かれた一つ目の話ですね。次の話も読んでみてください」

ルイシャンに促されて、私は再度手帳を開いた。

リリィとヴォルフの物語。その次に書かれていたのは——なんと、アルトと私の恋愛ストーリー? ざっと目を通しただけだが、そうとしか読み取ることのできない話だった。

「え? なに、これ」

こんな話はゲームにはもちろんない。その後のページを読み進めてみると、今度はリリィと私の友情物語。とおもいきや、なんだか雲行きが怪しい。リリィが私にキスをするというシーンで私は手帳を閉じ、頭を押さえた。

「?.?.?.?.?.」

私がパラパラと読んだのは、おそらくは全体の二十分の一にも満たないページだったが、その破壊力たるや。

今私の手に収まっているこの手帳。

これは明らかに、私が今まで生きてきた中で一番『得体の知れないモノ』だ。手帳の表紙はどこにでもありそうななめし革《がわ》で、その言語に絶《ぜっ》するほど混沌《こんとん》とした中身を匂わせる部分はどこにもない。

「あの……」と、このカオスの創造主が声を上げた。

「すみません……。その、悪気はないんです！　この選び取られなかった可能性たちが、何も形を残さず消えてしまうのはどうしても不憫《ふびん》に思えて……！」

言い募るオリアの背をルイシャンがその細腕でドンと突いた。

「すみません趣味です！　僕の趣味なんですやめられないんです！　ヴォルフガング寮長とリリアムさんとのお話はその悲劇性がじつに僕好みでして……。あと、アルタードさんとリコリス寮長のお話は、年上の包容力のあるお姉さまとそれに甘えてしまう子供っぽい子というのがすごくいいなぁって……。リコリス寮長とリリアムさんの話はなんというか、男の夢と申しますか……」

夢見るような眼差しで自分の幅の広すぎる嗜好《しこう》について語った後、オリアはどこか遠い目をして言った。

「昔から周囲の人の『可能性』を見ては、気に入った話を書き留めるのが好きだったんです。それが見つかる度に、どれだけ真面目に仕事をしていても追い出されて、職場を転々として……」

「懲《こ》りなさいよ」

私の的確なツッコミにオリアは目元に涙をためたが、そうしますもうやめますとは言わなかった。

これは駄目だ。

「そもそも、これは魔法の濫用《らんよう》ではないの？」

「いちおう、オリアの魔法使用については協会から指導が入っています」

ルイシャンが苦笑しながら説明してくれたことには、オリアはルイシャンの護衛に関わる部分でのみ魔法の使用を許されているとのこと。

ただしオリアの出身国――ルイシャンとはまた違う、小国の出身らしい――では、協会のような組織、この学園のような施設がないらしい。そのためオリアは魔法の制御が危《あや》うく、自分の意思と無関係に魔法を発動させてしまうことがままあるそうだ。

すみませんと申し訳なさそうに俯くオリアの態度は一見殊勝だが、『カオスの体現』ともいうべき手帳の存在を思えばあまり寛容な心は湧かない。

「……とにかく、オリアの見るものはそれぞれが同時には起こり得ないものばかりですから、『可能性』ではあってもただ一つの『運命』ではあり得ないんです。むしろ確実な過去や未来を見る魔法能力者だったら、これほど自由に生きることはできなかったでしょうね」

ルイシャンの言葉になるほどと思うのと同時に、私は掴みかけた糸がするりと手から滑り落ちていくような思いがした。

可能性を知る。それはたとえば、並行世界《パラレルワールド》における出来事を知るということだろう。

たとえばヴォルフが毒殺事件でお父上を亡くしていたら。シェイドがナーシサス叔父の元で育っていたら。今となってはとても恐ろしく感じるそんな可能性の世界についても、オリアは知りうるのかもしれない。

彼の変わった魔法についてはなんとなく分かった。しかし私の『この世界とゲームの関係について』という疑問を解く鍵になると思ったその期待には届かなかった。

「……オリア、『ヤンデレ』とか『パソコンゲーム』とかいう言葉に覚えはない？」

「？　いいえ」

屈託なく首を振ったオリアが興味を示したので、私は少し説明をしてみることにした。

パソコンについては説明自体が難しかったので適当に、ヤンデレとはどういうものか、ゲームとはどういうものかに重点を置く。『フラグ』や『分岐《ぶんき》』『マルチエンド』といった説明は難しかったが、いわゆる選択式の分岐小説を例にした。

オリアはたくましい想像力でもってなんとか理解に及んだようで、私の説明を聞く彼の瞳はだんだんと輝きを増した。

「すごい！　すごく楽しそうです！　その『分岐』という発想がいいです！　それなら普通の小説と違ってたくさんの可能性を一つに織り込むことができます！　『ヤンデレ』というのも素敵です！」

嬉しそうなのは結構だが、この様子では『例のゲーム』のことをオリアが知っているとは思えない。

拍子抜けする私を前に、オリアは興奮気味に続けたのだ。

「僕、来世はきっとその『ゲーム』がある世界に生まれ変わりたいです!!　そしてこの書きためた可能性たちを盛り込んだ『ヤンデレ』の『ゲーム』を――」

大切そうに手帳を掲げながら言う、懲りないオリアの言葉にルイシャンは従者の鳩尾《みぞおち》にとても見事な肘《ひじ》打ちを打ち込んだ。

そして私は、呆然と呟いた。

「生まれ、変わり……？」

「ああ、この国ではあまり馴染みのある思想ではありませんね。我々の国には転生思想というものがあって……」

ルイシャンは説明をしかけてふと首を傾げた。

「でも先ほど、リコリス先輩は『前世』とおっしゃいませんでしたか？」

私は、頷いた。

もちろんのこと、人に聞くまでもなく、私は転生について知っている。むしろ、その生き証人が自分自身である。

そうだ。

生まれ変わりは、ある。

オリアが地球に、日本に生まれ変わる可能性だって、私の例を考えればないとはいえない。

その際、私が死ぬよりも前の日本にオリアが生まれ変わることだって、絶対にないとはいえないのでは？　だって、生まれ変わりが必ず時間軸に沿っているなんて保証はない。そしてオリアが前世の記憶を頼りにゲームを作る？　それを私がプレイする？

ゲームとこの世界の出来事の類似性は、オリアが自身の魔法——過去視もどき——によって知り得たことを下敷きにしているから？

それが正しいよと誰かがささやいたかのようなタイミングで。まさにこの瞬間に私は、『例のゲーム』のタイトルを思い出した。

ゲームタイトルは、『Deja《デジャ》 Vu《ヴ》』だ。

幼い頃何度も思い浮かべた言葉だったのに、今この瞬間までゲームタイトルとは結びつかなかった。

デジャヴ。既視感。

それは誰にとっての既視感なのか。

ファンの間での定説は、幾度か繰り返しプレイしなければハッピーエンドに辿りつけないというゲームシステムにちなんだ名前、ということだった。

ゲームの中で、たとえば一周目は回避できなかった悲劇を、二周目では新しく現れた選択肢によって回避することができる。それはまるで、ささやかな既視感がヒロインの未来を助けてくれるような、そんなシステムだった。

ハッピーエンドだけ見られればいいというユーザーには不評だった仕様《しよう》が、私はわりと好きだった。悲しい、つらいエピソードを知ることで、幸せなエンディングをより深く楽しむことができると思っていた。

でも本当は。

『Deja Vu』は、ゲーム製作者にとっての既視感。つまり前世の記憶なのだろうか。

今この世界に生きる私たちこそがオリジナルで、ゲームのキャラクターはそれをモデルに作られたもの？

荒唐無稽だ。

それを実証する術はない。

けれど、否定する術もないのだ。


「……生まれ変わったら、前世のことは忘れてしまうのではないかしら」

「そこは、根性で！　思い出します！」

無茶苦茶な言い分である。

でも、前世の記憶を思い出すのは、私の経験からすると前世と現世の知識が繋がった時。私の場合はそれが『ヴォルフ』だった。オリアの場合はもしかして、私が今彼に語って聞かせた『パソコンゲーム』や『フラグ』や『ヤンデレ』だとしたら？

黙り込んでしまった私に、オリアはなにか誤解したようだった。

「あの、すみません。はしゃぎすぎました。……その、誤解しないでいただきたいのですが、僕は現実がこうだったら良かったな、なんて思っているわけではないんです。僕は様々な表情を持つ『可能性の世界』が好きですが、それは現実の人生で手にしているものの価値をより鮮明に知ることができるから、なんです。……うまく言えませんが」

オリアは少しもどかしそうにはにかんだ。

私には、彼の言うことが少し分かる気がした。なぜなら私は今幸せだからだ。ヴォルフがいて、シェイドがいて、リリィがいて、お父様がいて、お母様の笑顔を知って。

ラナンクラ公にだって会おうと思えばいつだって会える。クリナムや叔母様も、元気でやっていると手紙をくれる。

今私が手にしているものの価値は、それが手に入らなかった可能性を考えた時により重く、鮮明に感じられる。たとえばゲームのハッピーエンドは、バッドエンドを見た後のほうが素敵に見えるように。

私はやっと、オリアに向けて微笑んでみせることができた。

答えは、分からないのだ。私は答えと思える可能性に思い至っただけだ。真実を知る術はない。

でも、できることは一つだ。懸命に、生きていくこと。

エピローグ

その後のことを、少し話そう。

最後の最後で私に特大の衝撃をプレゼントしてくれたルイシャンとオリアの主従は、この休みは我が国の王宮に滞在するようだ。

二人とはまだ話してみたいことがたくさんある。学園での再会が今から楽しみである。

アルトは自宅でいちおう療養中。

でも驚くべきことに、帰省の前にリリィに謝罪の手紙を残していったそうだ。私も見せてもらったそれは確かにアルトの直筆で、彼なりに今回の出来事についていろいろと考えたことが分かる内容だった。

ただし、手紙最後の一文がこうである。

『ぼくがすごく反省しているってことを、しっかりばっちりリコリスに伝えて』

これがなければ素晴らしかった。でも、これまでのアルトを思えば、手紙を送ってよこしたという一点だけ見ても成長は明らかだ。

アルトには、わりと鉄拳制裁《てっけんせいさい》が効くのかもしれない。


リリィはこの休みはずっと我が家に滞在してくれることになっている。

一緒に料理をする、乗馬を教える、ヴォルフのところに遊びに行く。予定はぎっしりと詰まっているので、一日たりとも無駄にはできない。


シェイドはこの帰省で、お父様と将来のことについていろいろと話し合っているようだ。

つまり具体的には、リーリア公爵位をシェイドが継ぐかどうかということ。

お父様はすでにシェイドがどちらの選択もできるように根回しをほぼ済ませているそうで、後はシェイドの心次第。

姉の欲目《よくめ》かもしれないけれど、私はシェイドなら立派に公爵としての責務を果たせると思っている。

ヴォルフは帰省してすぐラナンクラ公から愛あるお説教をくらった様子。

ギフトの一件で頼られなかったことが、やはりラナンクラ公としては切なかったのだろう。親心というものである。

ヴォルフはそれを照れた様子で私に報告してくれたので、このお説教は親子の距離を縮めるものだったのだと思っている。


私は身支度を終えると、枕元に置かれたお母様の姿絵を見つめた。

姿絵のお母様は、相変わらずツンとすました冷たい表情のまま。でもいいのだ。私はもう、その表情の奥に隠れた心を知っているのだから。

私は、私をこの素晴らしい世界に産んでくれた女性に感謝のキスを捧げた。

少し歩きまわって暇をつぶそうと決め、ばあやに断って自室を後にする。

今日は私の誕生日だ。

突然の帰省だから、パーティーはささやかなもの。参加者はリリィとシェイドとお父様、それにヴォルフ。なんとラナンクラ公も短時間だが参加してくれる予定だ。

クリナムと叔母様からは、今朝《けさ》のうちにお祝いの品が届いた。他にも親類や学園の生徒たちから贈り物が届いているけれど、それを開ける楽しみは後にとっておくつもりだ。

私は今、パーティーの企画者であるシェイドから待機を命じられているのだった。

私の足は、特に目的もなくふらりと図書室へ向かった。

小さい頃はとても長い時間を過ごした場所で、馴染み深い場所なので時間が空くと足を向けてしまう。けれど、学園に入ってからはさすがに訪れることが少なくなり、調度《ちょうど》などが記憶よりもずいぶんと小さく感じられた。

踏み台に乗っても一番上には手が届かなかった本棚。

危ないからとごく小さい頃は使用を禁止されていた梯子。

ページをめくるのもひと苦労だった大判の辞典。

この独特の埃《ほこり》っぽい匂いの中、眉間にシワを寄せながら必死の表情で難解な本を読み進める当時の自分は、今思うとやはり寂しい子供だったのだろう。

「リコリス？　いるかい？」

廊下から父の声が聞こえて、私は図書室を飛び出した。

「ここです、お父様」

私の姿をみとめた父は、驚いたように目を見開いた。

「リコリス！　……素晴らしく可愛らしいよ、私のお姫様！」

いつもと雰囲気の違うドレスに身を包んだ私の不安を、父が甘い言葉で取り去ってくれる。

「いや、可愛いと言うよりも綺麗だ。とても素敵だよ」

「お母様と同じくらい？」

「ああ、その通りだ」

優しく優しく目を細めた父の腕に、私は白に近いピンクの長手袋をした手を重ねた。

私の今日の装いは、アンティークピンクを基調にした柔らかいラインのドレスだった。落ち着いた色合いではあるけれど、臙脂と黒のドレスばかり着ていた私にとってはものすごい冒険だ。

いつもは背中に垂らすだけの髪も、今日は耳のあたりでまとめて前に垂らしている。リリィが器用にも手作りしてくれた生花《せいか》の髪飾りが、私の真っ黒の髪に文字通り華を添えてくれていた。

どうしても臙脂色しか自分には似合わないような気がして、生地に一目惚れしてドレスに仕立てたきりクローゼットの肥やしになっていたドレス。それを思い切って着てみると決めたのが昨夜のこと。

リリィは庭の花を使ってそれに合う髪飾りを自作し、まごつく私の背を押してくれたのだ。


私は父にエスコートされて広間へ向かう。

扉を開けると、色とりどりの光が、花びらが私に降り注いだ。地面につく前に役目は終えたとばかりに消えてしまうそれらは、魔法によるものだ。

次いで、皆の視線が私に集中する。

近くにいたシェイドが、驚いた様子で目を見開く。次いで高い口笛の音で称賛の意を示した。無《ぶ》作法《さほう》だけれど、内輪の席だし弟を叱るのはやめておこう。

リリィは共犯者の微笑みで私と視線を交わし、秘密の合図のようにリリィの金の髪を飾る緑の薔薇の髪飾り——もちろん私と色違いのおそろい——に触れた。

ラナンクラ公は、挨拶をする私の手をとって賞賛の言葉と優しいキスをくれた。灰色の口ひげで手の甲がくすぐったくて、面映《おもは》ゆくて、そしてやっぱりとても嬉しい。

そしてヴォルフは。

私のうぬぼれでなければ、なんだが眩《まぶ》しそうに目を細めた。それからとても恭《うやうや》しい態度で、父から私のエスコートを引き継いだ。

ヴォルフが私をじっと見つめるばかりでいつまでも口を開かないので、私は照れくさくなって自分から話しかけた。

「私、じつは可愛らしい女性を目指そうと思って」

ヴォルフは青紫の瞳を細めて、珍しく少し声を上げて笑う。

「私は寡聞《かぶん》にして、君よりも可愛らしい女性を知らないな」

彼がそれは嬉しそうに言うので、私は照れるよりもまず『幸せだな』と思った。

鏡を見るまでもなく分かる。今の私はゲームの中のリコリス・ラジアータがしなかった顔で、笑っていた。


ゲームの時間は終わり、これから先は未知なる世界。

もっと友人ができるように、努力しよう。

アルトの教育だって諦めない。

残りの学園生活、最大限に楽しんで、最大限に学ぼう。

将来のこともしっかり考えなくては。たとえば、リリィにいろいろと教えるのはとても楽しく、やりがいを感じた。公爵令嬢という身分を考えると学園の教師になるのは難しいけれど、ボランティアで似たようなことができるだろうか。

それから、花嫁修業だって頑張る。ヴォルフよりも美味しい料理を作って、まずは父やシェイドをうならせてやるのだ。とても手先が器用だと判明したリリィから、ぜひとも髪飾りの作り方を教えてもらおう。

ヴォルフとラナンクラ公の、もっと親密な親子の会話をとりもつ手伝いだってできるはず。

未知なる時間への恐れはある。

けれどそれ以上の希望で胸を満たして、私は歩き出すのだ。

〈学園編・了〉

番外編「リコリス・ラジアータは孤高の人か、否か」

序

ウィオラ・アトレイドは商家の娘である。

ウィオラの祖父《そふ》は大きな商会の頭《かしら》を務める人物である。

アトレイド商会は、もともとウィオラの曽祖父《そうそふ》の代までは、王都の一商店でしかなかったそうだ。

ある時。当時まだ若かったウィオラの祖父が、普段使いの石鹸《せっけん》に、ある花の香りをつけて売るということを始めた。同時に売りだした、同じ花から取れる化粧水の素晴らしい香りと効能が合わせて話題になり、アトレイド商会の名は一躍《いちやく》王都に響きわたったとのことである。

『淑女《しゅくじょ》への贈り物ならアトレイド商会』を売り文句に、以後様々な商品を売り上げ、今では王都では知らぬものがないというくらいの大商会だ。扱う商品も日用品から希少品《きしょうひん》まで多岐《たき》にわたっている。

現在の会長である祖父は、孫娘ウィオラに対しても、商会発展のきっかけについてただ『幸運だった』と述《の》べるのみである。だからといって彼が格別謙虚《けんきょ》な人間であるかというとそうではない。その後には必ず、『しかしその機を逃さずアトレイドをこれほど大きく発展させたのはわしの才覚だ。ウィオラちゃん。お祖父ちゃんのことをおおいに誇りに思っていいのだよ』と続くのだから。

こんな人であるから、男爵位を金で買ったと噂されても何のその。羨《うらや》ましければお前たちもそれだけの金を稼いでみろというのが祖父の考えであろうと、ウィオラは確信している。わざわざ敵をつくるようなことを明言しないというだけのことだ。

そんなアトレイド商会会長のことを、誰かが『男爵』と呼ぶ時。ウィオラにはそこに、ちょっとしたからかいとか、悪意とか、そういうものが込められている気がしてならない。実際、きちんと祖父のことをまっすぐに見ながら呼びかける人はみな、『会長』と呼ぶのがほとんどである。

そんな祖父の一人娘が、ウィオラの母だった。幼い頃から人形遊びよりも『お店ごっこ』を好んだという母は、若い頃から商売というものに格別の興味をもっていたそうだ。

祖父の方針で、若い女性の身ながら商売に関わってきた母は、今も商会では重要な役職について精力的に仕事をしている。

しかしこの国では、女性は家の跡継《あとつ》ぎとして認められない。祖父から仕事を叩きこまれ、その意味では自他ともに認める『祖父の後継者《こうけいしゃ》』たる母でも、その細い肩に『アトレイド商会』の名前を負うことは体面上できなかったのだ。

そんな、一般的には変わり者の女性と言われても仕方のない母は、貴族の血に連なる父と出会い、身分の差を越えて恋に落ち、結婚した。

そこにどんなロマンスがあったのか、詳細はウィオラの知るところではない。しかし、けっこうな大恋愛の末、父が婿養子《むこようし》に入るという形で二人は結ばれたのだ。

ウィオラの父は、穏やかな人物である。人と接するよりも研究に没頭《ぼっとう》することを好むいかにもな学者肌《はだ》で、植物の品種改良研究を仕事にしていた。

血筋としては伯爵《はくしゃく》家の傍流《ぼうりゅう》の中でも隅《すみ》っこのほう。そんな風に父親に言われても、幼いウィオラにはどの程度の家柄なのか分からない。

しかし、父が祖父や母とはすこし違う生まれであり、そのために両親の結婚が時折『損得《そんとく》ずく』と噂されていることは、幼いながらもウィオラにはしっかりと分かっていた。

ウィオラ自身は、両親が愛情によって結ばれた夫婦だと確信している。広範な知識と穏やかで深い愛情を持った父のことを、母が敬愛しているのも。商才に恵まれ男性顔負けの功績をあげる母を、父が支えているのも分かっている。

ただ、父は体が弱いこともあり、表立って動きまわるには向いていない。その分も母が外で働いている。ウィオラにとってはそれだけのことだ。

父方《ちちかた》の親族についてのウィオラの印象は、薄い上にあまりいいものではない。

父親の両親。つまりウィオラにとって父方の祖父母《そふぼ》は高齢で、ウィオラが物心つく前に亡くなっていたというのも大きな理由だろう。

とにかくウィオラは、自分のことを貴族の血に連なるものであるとは思っていなかった。ただ大きな商家の娘だと、それを誇りに生きてきたのである。

しかし残念ながら、家族を除《のぞ》いたウィオラの周囲の考えはそうではなかった。

幼い頃から、明らかに貴族の血が表に出たような容姿をからかわれるのはしょっちゅうだ。

金の髪と紫の瞳。ウィオラの金髪はひじょうに目を引く、鮮やかで色の濃い金色だ。紫の目と相まって、同年代の子供の中にいても埋もれるということができない。

初対面の人間が、髪と目に視線を彷徨《さまよ》わせなかったことはほとんどない。続いて、『かわいらしい』とか『美人だ』とかいう言葉が続く。

祖父や母は濃い茶色の目と髪をしていて、父でさえ金髪というほど色素の薄い髪色ではないのだ。そしてウィオラの顔立ちである。ウィオラは、両親のどちらにも、まして祖父にもあまり似ていない。父方の祖母《そぼ》に似ているそうだが、ウィオラにとってはあまり馴染みのない相手だ。娘の容姿について人に聞かれるたびに、ウィオラの父と母はその祖母について、もしくは『父方の親族には幾人かウィオラと同じ髪の色、目の色を持つものがいるのだ』と説明することになった。それをわずらわしく感じて、髪を必ずひとまとめに結い上げて、つばの広い帽子をかぶるのでなければ外出しないと駄々をこねたこともある。

けれどそれも、結局のところあまり意味のあることではなかった。それで隠れるのは髪の色だけ。ウィオラの容姿はその色彩を抜きにしても、他とは一線を画していた。

わざと乱暴な口を利《き》いてみると、周りはこぞって『似合わない』と言った。父の言動にならって丁寧な言葉を使えば、『やっぱりそこらの平民とは違うな』と線引きをされた。

ウィオラにはあまり、心を許せる友人はできなかった。

その点については、自身の性格も一つの要因だっただろう。家を出入りするたくさんの大人たちに構《かま》われることに慣れていたウィオラは、自分から遊びの輪に入っていくということは苦手な子供だった。

もっと言うならば、ウィオラは同年代の少年たちのことを毛嫌《けぎら》いしていた。

いつも不潔にして、無神経で、徒党を組んでウィオラをからかってくる。知性にあふれ穏やかな父親を理想としていたウィオラにとって、彼らは関わり合いになりたくない人種の筆頭《ひっとう》だった。

ウィオラのことが気に喰《く》わないのなら無視すればいいものを、そんなことも思いつかないくらいに頭が悪いのだ。そう思っていた。

かといって、女の子たちと特別うまくいったというわけでもない。

向こう気が強く比較的早熟だったウィオラは、口喧嘩《くちげんか》が強かった。女の子たちはウィオラを頼りにしてくれたが、それも『無神経で乱暴な男の子たちに対抗する戦力』のように思われていたふしがある。

そういうことは、わざわざ言われるまでもなく伝わってきてしまうものなのだ。

そんなウィオラにとって一番心躍《おど》るのは、自室でひとり愛読書を読み耽《ふけ》る時間だった。


（やっぱり『黒薔薇《くろばら》の君《きみ》』はすてき……）


ウィオラは「ほぅ」と感嘆のため息をこぼした。

愛読書であふれた書棚の中でも、ひときわ目立つ赤い背表紙。それが、今王都の若い女性たちを魅了する連続小説『赤き薔薇のさだめ』である。

十歳にも満たないウィオラが読破《どくは》するには、なかなか大変な文量だ。それでも難しい言葉を母や教師に聞きながら読み進める手が止まらないくらいに、ウィオラを夢中にさせた本だった。

主人公は、ごく普通の生活を営《いとな》んでいた少女だ。それが実は王家の血をひく落胤《らくいん》だということを、育ての親に告げられる。そこから、この波瀾万丈《はらんばんじょう》の物語は始まる。

作者が外国に長く移住していた経歴から、実在の国を題材とした異国情緒《じょうちょ》あふれる描写に定評がある。主人公の人生が怒涛《どとう》の如き転落、失意、それを乗り越えてつかむ栄光にあふれて読者の心を離さない。

ウィオラもまた、主人公の危機には手に汗握る読者の一人である。

しかし、天賦《てんぷ》の輝きによって人々を惹きつけ動かす主人公を応援しながらも、実はウィオラは、その美しい好敵手である『黒薔薇の君』と呼ばれる女性にこそ夢中なのだ。

黒薔薇の君は、物語の中でもっとも美しく、強い心を持った女性であるとウィオラは考えている。片田舎の町から王宮へと足を踏み入れた主人公。そこで起こる数々の事件と新たな出会い。黒薔薇の君は、きらびやかな王宮を象徴するがごとき人物である。

当初、王宮の右も左も分からぬ主人公に対する彼女の言動は厳しい。しかし、主人公が必死に学び、王宮にて自分のするべきことを考えるようになると、彼女は裏で手を回し、主人公に悪辣《あくらつ》な嫌がらせをはたらこうとした令嬢を止めてくれたりもする。

最新刊ではついに、主人公に恋する男たち顔負けの活躍で主人公を危機から救ってくれたのだ！

ウィオラはここにきて、完全に黒薔薇の君の虜《とりこ》になっていた。


『女性にしては背が高く、つねに凛とした立ち姿』

『豊かな黒髪がその白皙の美貌を際立たせる』

『――彼女は言った。「わたくしに膝をつかせることができるのは、真に王族たる一握りの方々だけ。あなたに、その覚悟があって?」威厳《いげん》に満ちたその眼差しには、相手の心臓をすくませる力と魅力があふれていた――』

「はぁ」と、ウィオラはため息をついた。

黒薔薇の君の容姿、立ち居振る舞い、あくまで誇り高い言動と揺るがぬ精神の強さ。そしてその中に垣間見《かいまみ》える、公正な優しさ。

それらすべてがウィオラにとって理想の女性像そのものだった。時に両親が心配するほどに、ウィオラはその物語の登場人物に入れ込んでいたのだ。

本の影響を受けて、ウィオラは少しだけ黒薔薇の君の口調を真似《まね》てみた。一人称は「わたくし」で、言葉遣《づか》いはあくまで丁寧に、そしてどこか格調高く。

髪型だって黒薔薇の君を真似、コテできっちり巻いてみる。

髪を巻くコテは、特注品の魔道具である。

ウィオラはどうしても自分の手で髪型を整えられるようになりたい理由があった。そのため、祖父に頼んで子供にも扱いやすい小型化された巻きゴテを発注したのだ。

初めの頃は勝手が分からず綺麗に髪を巻くことができなかった。鉄製の棒部分に触れてやけどをしたことも数知れず。

それでもくり返すうちに慣れてきた。今日の髪型はなかなかいい出来栄えだ。

（本当は、私の髪がつややかな黒髪だったら一番いいのだけど）

実際、この髪型がそれなりに様になるのはあきらかに優れた容姿のおかげだったのだが。ウィオラは自分の金色の髪では、同じ髪型をしてもどこか重厚さが足りない、と。そんな贅沢《ぜいたく》なことを考えていた。

この髪型をしている時。ウィオラは黒薔薇の君から少しだけ力を借りて、強い、毅然とした自分でいられるような気がするのだ。

ウィオラは『自分の理想に近い自分』を確立させるつもりでいた。きたる『王立魔法学園』入学の時に向けて。

そうして学園という晴れの舞台に、『無敵の令嬢』として華々《はなばな》しく登場するために。


自分に王立魔法学園で学ぶ資格があると知ったのは、ウィオラが五歳の時だった。

ウィオラはその日、父親と二人きりで外出した。そしてはじめて、魔法協会へと足を踏み入れたのである。

といっても、当時のウィオラは魔法協会の何たるかを理解していたわけではない。立派な建物に堂々とした足取りで入っていく父親を格好いいと思ったとか、そんなことばかり覚えている。

そこでウィオラは『封じ』を受けた。その時初めて、自分に魔法の才があるかもしれないということ。また魔力の多寡《たか》にかかわらず、自分に王立魔法学園で学ぶ資格があるのだということを知ったのだ。

ウィオラはその『自分の秘めたる可能性』に夢中になった。

魔法というものに、子供らしい憧れを抱いたということもある。

近所のいじめっこも、偉ぶっている背の高いガキ大将も持ち得ない力を、自分が持てるかもしれない。その可能性に惹かれた。

そしてもう一つ。これは誰にも秘密だけれど、ウィオラには『素晴らしい思いつき』があったのだ。

ウィオラの父は、魔法学園に行きたいというウィオラの言葉に難色《なんしょく》を示した。学問を修《おさ》めたいなら家庭教師で十分だと、魔法学園に行けばウィオラは一人で頑張らなければいけないのだと言って彼女を諦めさせようとした。

けれどウィオラは折れなかった。

魔法について学べるのは魔法学園だけだったし、我《が》の強いウィオラはむしろ『一人で頑張らなければ』などと当たり前のことを言われて、子供扱いだと憤慨《ふんがい》した。

そしてウィオラにとってありがたいことには、魔法学園への入学に意欲を示した孫娘のことを、祖父が全面的に支持してくれたのである。

アトレイド商会会長、そして男爵としての伝手《つて》を駆使して、ウィオラのために優秀な家庭教師が揃えられた。そうしてウィオラは、淑女のマナーや歴史などを学べることになったのだ。

王立魔法学園に行く。そう決めてから、ウィオラにはたくさんの目標ができた。

まずはやはり、入学までに様々なことを学ばなければいけない。

それから、これまでの自分を知るものがいない環境を絶好の機会とみて、『自分改造計画』をたてた。つまり、なりたい自分になりきるということである。

その際、参考文献《ぶんけん》としたのはもちろん、『赤き薔薇のさだめ』だ。

ウィオラはこれまで、胸を張って友人と呼べる相手を得られなかった。

貴族と平民、そのどちらともつかないところが悪かったのだと自己分析を行ったウィオラは、いっそのこと貴族的な容姿に相応《ふさわ》しい令嬢になりきろうと決めたのである。

それが、ウィオラが自分自身の手で髪を整えられるようになりたかった理由である。学園では寮生活を余儀《よぎ》なくされるため、自分一人でいろいろなことができなければいけない。

不安はあるが、希望もあった。

たとえ一人でも、毅然として美しく。

そしてできるならば、素晴らしい友人に出会いたい。

そんな目標を胸に、ウィオラは王立魔法学園の門をくぐったのである。

そうして魔法学園に入学したウィオラが運命的な出会いを果たす相手。それこそが、リーリア公爵家令嬢リコリス・ラジアータである。

一

リコリス・ラジアータは公爵令嬢である。

そして、ウィオラたち新入生の誇りだった。

王立魔法学園の入学式。

この式に参加するのは新入生と学園関係者の他には、保護者たちだけだった。在校生はごく一部の代表生徒を除いては参加していない。

保護者とともに講堂に入ってきた新入生たちは、教師の指示に従い保護者とは別の席につく。そして、後ろの席から保護者が見守る中で、学園生活の心得や、おおまかな年間行事についてなど説明を受ける。

その式典の中。新入生の代表を務め壇上に上がった生徒こそが、リーリア公爵家令嬢、リコリス・ラジアータその人だったのである。

名前を呼ばれ「はい」と応える声が意外なほど近くから聞こえ、ウィオラは思わず他の生徒とそろってそちらに視線を向けた。

そこに、大人びた容姿の背の高い少女がいた。


（く、黒薔薇の君……‼）


思わずウィオラが瞠目《どうもく》したのも仕方のないことである。

ウィオラの視線の先、すべらかな動作で立ち上がり丁寧に礼をして歩き出した少女は、あまりにも『黒薔薇の君』に似すぎていた。

正確には、黒薔薇の君の幼少期を描いた番外編に登場した、十四歳の黒薔薇の君にそっくりだった。ウィオラには、まるで挿絵《さしえ》の人物がそのまま抜け出してきたように見えたのだ。

もちろん実際には、差異《さい》を探すことも容易にできたはずである。

一番の違いは髪型で、黒薔薇の君がコテでしっかりと縦に巻いた髪型であるのに対し、リコリス・ラジアータはゆるやかに波打つ髪を背中に垂らしている。顔を見れば、黒薔薇の君にはない泣きぼくろが彼女にはあった。年齢も、ウィオラと同じく十二歳であるはずだ。

しかしそのような冷静な視点を、この時のウィオラは持たなかった。

リコリス・ラジアータはその一身に数多《あまた》の視線を集めながら、颯爽《さっそう》と壇上へ向かった。さきほど挨拶を終えた学園長がエスコートを買ってでたのは階段を昇るその時だけ。その後は丁寧な礼を残してまた一人毅然と壇上を歩く。

老紳士によるゆっくりとした話しぶりの挨拶に眠気を誘われていた生徒や保護者たちが、目がさめたような顔をして壇上に立つ少女を見る。新入生代表を務めるのは男子生徒であろうとみなが思い込んでいたのである。

そんな視線にさらされた、臙脂色のドレスを纏うスラリとした立ち姿。つややかな黒髪と、はっとするほど白い肌。なによりその、凛としたまなざし。

「新入生を代表し、ご挨拶を申し上げます。本日は……」

鮮やかに赤い唇から、この歳の女子にしては落ち着いた声がこぼれ出すのを聞きながら、ウィオラはほとんど恍惚《こうこつ》としていた。

（ああ、きっとこの声も、黒薔薇の君に似ているに違いないわ……）

ウィオラは根拠の危うい確信に至る。

今眼前に実在する『自分の理想像』たる少女を脳内で褒め称《たた》えるという点においてのみ、この時ウィオラの頭はしっかりと稼働《かどう》していた。

（新入生代表ということは、入学試験の成績最優秀者ということだわ。並みいる男を押しのけて、女子がその頂点にいるだなんて……。すごい）

ウィオラはけして女は男に劣るもの、などと考えているわけではない。しかし、学問は男のものという風潮が貴族社会にあることは知っていた。

今の王妃様は比較的進歩的な考えを持った人物で、サロンには女性の作家なども多く招いていると聞く。しかしたとえば、歴史や数学といった分野で活躍する女性はまだいない。

王立魔法学園は国内で唯一、男女同じ教育課程でもって歴史や数学、語学を学ばせる学園なのだが、そもそも保護者が女生徒のそれらの授業成績を重視しないのである。

頭の固い親であれば、『男の方と争うような真似はおよしなさい』などと言って、娘の好成績をとがめる可能性すらあった。

女子の教育に求められるのは何よりも、学園卒業後の社交界でできるだけ好ましいデビューを果たし、素晴らしい伴侶《はんりょ》を見つけるための礼儀作法であり、その場所で話題に困らない程度の教養なのだ。

女生徒が新入生代表を務めるという快挙《かいきょ》は、おそらくこの歴史ある学園においてもあまり類を見ない……ひょっとすると、その長い歴史の中でも初めてのことではないだろうか。

ウィオラはわくわくと心が弾むのを感じていた。自分は今、すごい場面に立ち会っているのかもしれない。そう思った。

特に男嫌いの気があるウィオラにとって、これは格別の出来事だったのだ。ウィオラ以外の生徒も――特に女生徒は、似たような高揚を感じている様子だった。新入生たちの、リコリスを見つめる目は熱い。

こうしてリコリス・ラジアータは、本人図らずしてウィオラの心のなかに鮮烈なデビューを飾ったのである。

閑話《かんわ》『入学式の後』

「き、緊張した～～」

リコリスは、両手で自分の頬を押さえながら身震いした。

「私、おかしくなかった？　顔がひきつっていたの、分かった？」

リコリス観察に慣れたヴォルフガングにとって、それらはたしかに一目瞭然《いちもくりょうぜん》だった。しかし、初対面の人間に分かるような異変ではない。なので、ヴォルフガングは愛すべき婚約者の心の平穏のために首を振った。

「そう？　良かった！　両手と両足が一緒に出ないようにと、それだけは気をつけたの。でも不思議と、気をつければ気をつけるほど『普通に歩く』ということがどういうことか分からなくなるのよね。私、なんだか哲学者になったような気分だったわ。『歩く』とは何か？　『前に進む』とは何か？『前』とは何か？　昔からばあやに頭でっかちだと——ああ、もちろんばあやはこんな言葉を使ったわけではないけれど、そういう意味のことをね、言われてきたけれど今回ほどそれを……」

リコリスは緊張が解けて緩んだ気持ちのままにまくしたてる。それを、ヴォルフガングは幸せな思いで見つめた。

このとき、多くの人間が見てもそうとはまったく気付かなかったに違いないのだが、ヴォルフガングは浮かれていた。

今日から、毎日リコリスに会えるという生活が始まるのである。

二

ヴォルフガング・アイゼンフートは、リコリス・ラジアータが大好きである。

これは学年の生徒全体の、共通認識だった。

入学式を終えてウィオラがまず考えたのは、黒薔薇の君——もといリコリスと友達になりたいということであった。

そのためにウィオラは、勇気を振り絞ってリコリスに話しかけることを決めた。

男女別の授業が終わって教師が退出したタイミングをはかり、ウィオラは教室移動のために立ち上がったのだという顔をして、廊下側に座っていたリコリスに話しかけた。かける言葉は何度も脳内で繰り返して、実際その通りに口にだすことができた。

「あの、リコリス・ラジアータ様。新入生代表のあいさつ、堂々としていらして素晴らしかったですわ」

むしろ『拝聴《はいちょう》できましたこと、身に余る光栄にございます』などと言ったほうがウィオラの心情には近かったのだが、そこまでかしこまった言い様は逆に壁を作りかねない。苦悩の末に『普通が一番』と結論を出したゆえの言葉である。

緊張のあまり上手に息ができず、言葉の最後の方は声がか細《ぼそ》くなってしまった。しかしリコリスはそんなことには頓着《とんちゃく》しない様子で、にっこりと友好的に笑ってくれた。

「ありがとう。ウィオラさん。わたくしのことはよろしければリコリスと呼んでください」

「はい。そうさせていただきます。リコリスさん」

決まった形のあいさつを終え、以降はこの学園内ではウィオラはリコリスのことを『リコリスさん』と呼ぶことができる。

そしてウィオラは、クラス内での自己紹介の後とはいえ、リコリスが自分の名を覚えていたということに感動した。

実はウィオラはその美貌のために、目立つこと、相手に一度で名前を覚えられることはさして珍しくなかったのだが。それはそれ、これはこれである。

「大役《たいやく》を終えて、心から安堵しているところなのです。緊張いたしましたが、転んだりしなくて良かったわ」

笑顔になると、リコリスの印象はがらりと変わった。ことに、きつい印象の目元が緩むことで格段に柔らかい雰囲気になる。

リコリスの物言いは、ウィオラが想像したよりも気さくだった。

しかしこの時ウィオラの感覚器にはすでにいくつものフィルターがかかっており、このリコリスの言葉を額面《がくめん》どおりには受け取らなかった。

（転ぶだなんて、そんな心配はまったくいらなかったはずなのに！）

会話ができたということに有頂天《うちょうてん》になったウィオラは、その笑顔を前に固まった。その後どう話を続けるか、まったく考えていなかったのである。

さいわいにも、というべきかどうか。

ウィオラが話しかけてリコリスが応えたことで、この場に『リコリスに話しかけてもいいのだ』という空気が出来上がった。女生徒は、我も我もと声をかけはじめたのだ。

もう少し話をして成果を得たかったという気もするが、とにかく滑《すべ》り出しは好調。そうウィオラは自身を褒め称えた。

とにもかくにもリコリスに友好的に話しかけるという偉業《いぎょう》を達成できたのは、新しい生活、新しい自分の第一歩としてこの上ない成果である。

ウィオラはくっきりと綺麗にカールを描いた自分の髪にそっと触れ、満足感を噛み締めた。

しかしその後は、ウィオラはリコリスと親しくなるという目標に対し、なかなか成果をあげられなかったのである。

男女合同の固定した席での授業においては、ウィオラとリコリスの席は遠かった。

さらに残念だったのは、作法のクラスが分かれてしまったことだ。

作法の授業開始にあたっては、学年に一クラスしかない教室内でさらに組分けがされた。そして学園縦割りで上級生と一緒のクラスをつくるのだ。

学科に比べて格段に友達と会話する機会が多いこの授業でクラスが分かれてしまったということは、ウィオラにとっては痛恨《つうこん》の出来事だった。

滑り出しは好調と見たものの、その後が続かない。

ウィオラはままならない思いを抱えていた。


そんなウィオラの目にいやが上にも飛び込んでくる、ある人物の姿があった。

ヴォルフガング・アイゼンフートである。

ラナンクラ公爵家の嫡男《ちゃくなん》。十二歳という年ですでに子爵位《ししゃくい》を持って王宮にも出入りしているという、国王陛下や皇太子殿下の覚えもめでたい高貴の人。王宮に出入りして王族の方々と親交を持つなど、ウィオラからすればほとんど雲の上の出来事である。

この学園には同年代の貴族の子女がほぼ一堂に会しているとはいえ、生徒自身が爵位を持っているのはこのヴォルフガング・アイゼンフートだけだ。

学園内で起こった生徒同士の揉《も》め事《ごと》に関しては、できる限り学園内で、本人同士の間で決着をつけるというのが不文律《ふぶんりつ》である。生徒間の揉め事にあまり生家《せいか》がでしゃばれば、それはことによっては魔法協会の、もしくは国王陛下の顔に泥《どろ》を塗《ぬ》るということにもなりかねない。

しかしそこは何事にも例外は存在するというわけで、魔法協会にとって敵に回したくない家もある。

我が身のためにけして逆らうべきでない相手を、この学園の生徒の中から選ぶとすれば。もしかすると第一に名が上がるのは、齢《よわい》十二歳のヴォルフガング・アイゼンフートその人であるかもしれない。

ヴォルフガングはまた、彼を見かけた上級生のお姉さま方が、端から黄色い声をあげたという容姿の持ち主でもある。

それらの情報にもましてウィオラにとって重要なのは、彼がリコリスの婚約者であるということだ。

初めて聞いた時は、複雑な思いがした。

ウィオラは正直に言って、『黒薔薇の君』には恋人は作らないでほしいと思っている読者の一人だった。

恋は素晴らしいもの。それを否定するつもりはないのだが、黒薔薇の君にはいつまでも、凛と咲き誇る瑞々《みずみず》しい一輪花《いちりんか》であってほしい。手折《たお》られてほしくはないのである。

しかし同時に、現実の人であるリコリスには、ヴォルフガングのような頼れる男性がいて良かったとも思う。

リコリスが新入生代表を務めたことに対して、女らしさがどうの慎《つつ》ましさがどうのと言う生徒がいたそうなのだ。それを黙らせたのはこのヴォルフガングだというのが、学園内の多くの生徒における共通の認識である。

その『黙らされた』生徒の中にはやはり上級生もいたそうなので、ヴォルフガングのような権力を持った人でなければ太刀打《たちう》ちするのは難しかったかもしれない。

（権力はともかく、やっぱり人格も重要よね。それに、本人の能力も）

当初ウィオラはなんとなくヴォルフガングの『粗《あら》』を探していたのだが、これがなかなか見つからないのである。

頭はいい。それは学科の授業の様子を見ていれば一目瞭然だった。教師たちが難しい質問の回答者に指名する相手は、ほとんど必ずと言っていいほどリコリスかヴォルフガングかの二択《にたく》だった。リコリスが新入生代表でなければ、おそらく彼がその役を務めることになったのだろう。

剣術においては、学年の生徒の中で敵はないという。

これで性格的に軟派《なんぱ》なところでもあればまだ可愛げがあった、というのがウィオラの感想だ。ヴォルフガングの言動は、なれない環境に浮き足立っている男子生徒の中では格段に大人びて逆に目につくくらいである。

女性の扱いについても一貫《いっかん》していた。まず婚約者であるリコリスの前ではよく笑うし、話す。婚約者に対する丁重《ていちょう》な扱いは、傍で見ているこちらが恥ずかしくなるほどだ。もっとも、ウィオラ以外の多くの女子生徒はこれを『見ていてため息がこぼれてしまうくらい』と評する。

その他の女子生徒への対応も、どこか事務的ながらも粗雑《そざつ》ではないあたり完璧である。

女子寮の談話室《だんわしつ》で彼が話題に上る時は、ほとんど必ず『無愛想』よりも『どこか静謐な』と称される。そして、『婚約者に対して愛情深いところもすてきよね』という賛辞《さんじ》が続くのである。

（隙がないわ……）

ヴォルフガングの、婚約者リコリスに対する姿勢は一貫していた。つまり、最大限、いられる限りは側にいる、という態度である。

そして当然ながらこの姿勢は、ウィオラの『リコリスと友人になる』という目標をものすごい勢いでもって妨《さまた》げているのだ。

ウィオラは思う。

リコリスがいる時といない時で、愛想どころか顔つきからして違ってもかまわない。

男子生徒がリコリスに話しかけようと近寄るたびに、眼光鋭く威嚇《いかく》したってかまわない。

でも、ウィオラたち女生徒がリコリスと話をする時間的余地を、少しだけ残してくれるくらいはいいじゃないの。

ウィオラの、リコリスと仲のいい友人になるという目標が達成される日は遠そうだった。

閑話『提案』

「ヴォルフのこと、怖がっている生徒がいるみたい。だいたい男子生徒なんだけど」

「そうか」

「……なんという超然《ちょうぜん》とした態度。ヴォルフは、怖がられても悲しくないの？」

「べつに」

「なんなら、私が仲を取り持ってあげてもいいのよ？」

「……いや、いい」

「遠慮しないで。ヴォルフの良さを分かってくれる人はきっといると思うわ」

「……本当に、いい」

「完璧な作戦があるの！」

「…………」

「人目につかない校舎裏とかでね、ヴォルフが小動物に餌《えさ》をあげるの。雨の日に、小動物に向けて傘《かさ》を差し出すとかでもいいわ！　そこに私が偶然を装って男子生徒をひっぱって行くから……」

「やめてくれ。いろいろな意味で」

三

ソレイナ・ブルグマンシアは優雅で自由で……。

そして、厄介な先輩である。

ソレイナ・ブルグマンシアがウィオラの……いや、リコリスと仲良くなりたいと考えるクラス女子全員の前に立ちふさがったのは、入学からほどなくのことだった。

ソレイナは、リコリスと同じく五公家の令嬢である。現在の王立魔法学園には公爵令嬢の地位にある生徒はこの二人だけ。学園の生徒で彼女のことを知らない者はいないだろう。

彼女が目立つのは、なにも身分が高いからというだけではない。

ソレイナは現在第五学年に在籍《ざいせき》し、二人しかいない女子寮監督生の一人である。そしてなによりもその美貌だ。

豊かなピンクブロンドのつややかな輝きは、それだけでため息が出そうなほど美しい。陽光の下に晒したことがないのではないかというほど肌が白く、頬は透き通るようなベイビー・ピンク。淡い茶色の大きな瞳と小さな唇のせいか、表情はいつもどこか幼く見える。

育ちがいいこともまた、一目瞭然だった。いつも朗《ほが》らかに笑っていて、声を荒《あら》らげるところなど想像もつかない。

争いや騒動といったものとは無縁の人。砂糖菓子でできていると聞いても驚かない。

それが、ソレイナに対する一般的な人物評である。

しかしウィオラは知っている。

ソレイナはけして、甘いばかりの人ではない。ソレイナの周りで諍《いさか》いが起こらないのは、彼女が唯一絶対の独裁者《どくさいしゃ》として、その場に君臨《くんりん》しているからなのだと。

ソレイナが初めてリコリスを訪ねて第一学年の教室に訪れた時のことを、ウィオラはよく覚えている。

入学式や新入生歓迎会といったもろもろの行事が一段落し、新入生たちがやっと一息ついた頃のことだった。

午前の座学の授業が終わり、その日ももちろんヴォルフガング・アイゼンフートはリコリスを独占して昼食を食べるのだろうなと思いながら。しかし一縷《いちる》の望みを捨てきれずに、意識をリコリスのほうに向けつつ教材を片付けていた。そんな時である。

昼の自由時間開始とあってざわついていたはずの廊下が、にわかに静まりかえった。どうしたのだろうと思う間にも廊下側のドアが開いて、見慣れぬ一団が教室に入ってきた。

見慣れないのも仕方のないことで、それは上級生の男女だった。しかも第五学年の生徒である。魔法学園では、第一から第三学年の教室は校舎を正面から見て左側に、第四から第六学年の教室は右側にある。行動範囲の異なる学年の生徒を見知る機会はそう多くはない。

その一団は教室の中に視線を彷徨わせ、すぐに目当ての相手を見つけてそちらに足を進めた。目当ての人――リコリスは驚いたように立ち上がって、困惑した様子ながらも丁寧に礼をした。

「こんにちはリコリスちゃん。昼食のお誘いに来てしまいましたわ」

ソレイナ・ブルグマンシアが、自身のとりまきたちの中からひょいと顔を出してそう言った。その華やかな美貌と甘い声、楽しげな笑顔を前に、ほとんど教室に残っていた級友たちは男女の別なくぼうっと見とれた。

ウィオラも例にもれなかった。ソレイナの美貌は、『どこか浮世《うきよ》離れしている』と感じるほどのものである。

「ヴォルフガング様もこんにちは。よろしければあなたも昼食をご一緒いたしません？」

ソレイナはヴォルフガングにも愛想よく微笑んだ。

直接的にその花の如き微笑みを向けられたにもかかわらず、ヴォルフガングの態度は常と変わらず。いや、むしろ少し冷淡《れいたん》なくらいである。挨拶に対しては挨拶を返すが、その後の誘いについては『まずはリコリスの意見を聞く』という態度で自分の婚約者へと視線を流すのみ。

なるほど信奉者とはかくあらねばならぬ。ウィオラは先達を見習い気を引き締めた。

「リコリスちゃんはきっとお誘いにのってくれますわ。ね？」

少し子供っぽい口調で重ねて誘いをかける様子も愛らしく。リコリスはニコッと笑ってそれに二つ返事で頷いた。

「はい。もちろんです。さっそくまいりましょう」

リコリスの言葉に、ウィオラは少し急《せ》かすような響きを感じとった。

リコリスが機敏に動いて、先輩のために扉を開ける。それにある者は恐縮し、ある者は喜んで、一団はぞろぞろと教室を出ていった。最後にリコリスがさっと教室の中に向けて頭を下げたので、ウィオラにもリコリスの意図が分かった。

なるほど、上級生の一団が教室の一角を占拠していれば、新入生が自由に振る舞うことは難しい。彼女はそれを憂慮《ゆうりょ》したのだろう。

一団の中には、それなりに背の高い男子生徒も混じっていた。べつに筋骨隆々《きんこつりゅうりゅう》というわけではなかったが、この年代で四年の年齢差は大きい。そういう者たちを引き連れて下級生の教室に押しかけるというのは、あまり褒められた行為ではないと思うのだ。ヴォルフガングの態度にもそれなりの理由があったということである。

しかし、どこかおっとりしたところのある級友たちが今日のささやかな『事件』を不服に思うかというと、それは別の問題である。

「驚きました……」

そう、誰かがつぶやいたのを皮切りに、級友たちは口々に感想を言い出した。

「ソレイナ先輩、噂は聞いていたけど初めて見たよ。すごいな」

「なんというかもう、妖精《ようせい》だったな」

ソレイナ・ブルグマンシアの美貌に浮かれる男子生徒もいれば。

「さすがリコリスさんですわ」

「ええ。監督生の先輩と懇意《こんい》にしていらっしゃるなんて、すごいわ」

「そういえば。今この学園にいらっしゃる五公家直系の方々が、この教室に勢揃《せいぞろ》いしたということになるのではない？」

「本当ですわ！」

はしゃぎだす女子生徒もいる。

「五公家の方々は、やはり入学以前から面識がおありになるのかしら……」

ウィオラの呟きに、近くにいた級友が答えをくれた。

「いいえ、そうではないようです。わたくし作法のクラスでリコリスさんとご一緒させていただいているのですけれど。ソレイナ様も同じクラスにいらして、お互い顔を合わせるのは初めてというご様子であいさつをされていましたわ」

「そうなのですか……」

賑やかな教室の中で、ウィオラは少しばかり不穏な予感を覚えて黙り込んだ。

すくなくとも今の一件を見る限りでは、ソレイナ・ブルグマンシアには少し、他を顧《かえり》みない部分があるように思えた。


ソレイナはよほどリコリスのことを気に入ったようだった。

その態度は特に寮にいる時に顕著なようで、リコリスはしょっちゅうソレイナの私室《ししつ》に呼び出されているらしい。最近は昼食もほとんど一緒にとっているそうだ。

ウィオラの個人的な意見をいうならば、正直不服だった。しかしリコリス自身それを嫌がっている風はない。仕方のないことと思っていた。

それが意外な方向に動き出したのが、ウィオラたちが学園に入学して一月ほど経過した頃のことである。


「持ち回り、ですか?」

ウィオラが唖然として声を上げてしまったのは、『ソレイナお姉さまからの伝言があります』という言葉に続いて切りだされた話を受けてのことである。

リコリスを昼食に誘え。そのための順番を決めて報告しろ。

それが、ソレイナ・ブルグマンシアの『通達』のあらましである。

「お言葉ですが……。リコリスさんがわたくしたちと昼食を一緒にしたいと思われているのであれば、こちらとしてもとても嬉しいことです。順番など決めなくとも、喜んで自発的にお誘いさせていただきますわ」

同学年の女子の中ではリコリスに次いで身分の高い伯爵家の令嬢がそう答えるも、『ソレイナお姉さま』の使者たる上級生は頑なだった。

「あなた方に意見を求めているのではないわ。そうしなさいと言っているのです。順番の報告はあなたに任せます。急いでね」

それだけ言って、さっさと踵を返してしまう。

勝手におかしな仕事を任された伯爵令嬢はもちろん困惑している。それでも、寮監督生からのお達しとあれば逆らうわけにはいかないのだ。


ほどなくしてこの『昼食のお誘い持ち回り』は実行に移され、ウィオラたちはなにも知らないリコリスを昼食に誘うことになった。

「よろしければ、今日は昼食をわたくしたちとご一緒にいかがですか？　……今日の授業で、少し不安なところがあったのです。リコリスさんならきっとお分かりになると思って」

ウィオラの誘い文句は、意図せずどこか言い訳じみたものになってしまった。

（本当は、リコリスさんを誘うならもっと、特別な日が良かったのに）

それは、ささやかな『特別』でいいのだ。王都から美味しいお菓子を取り寄せた時や、風の気持ちいい晴れやかな天気の日など。

しかしこの『持ち回りの日』の天気は、ウィオラの心を映したようにどんよりとした曇り空だった。

「！　ええ！　喜んで！」

ぱっと表情を明るくしたリコリスが、誘いを心から喜んでくれているのは明白だった。だからこそウィオラは胸が痛む。

ウィオラはソレイナの言葉に従ってしまったことを、心の底から後悔したのである。

（次は絶対に、引き受けないわ。こんなこと……）


リコリスは数日を経て、この昼食の誘いをおかしいと感じたようだった。

この『持ち回り』は長くは続かず、ウィオラに二度目が回ってくる機会はそもそもなかった。

リコリスは今回のことで思うことがあったようで、ソレイナ・ブルグマンシアから少し距離を取ることに決めたようだ。

しかしこの出来事は、長くウィオラの心に後ろめたく重苦しい影を落とすことになる。

閑話『水面下』

その相手に会ってすぐに用件を切り出したのは、ヴォルフガングにとって目の前の相手と会話することがけして心躍ることではなかったからである。

「リコリスに、同年の友人を作らせないおつもりですか？」

「まさか」

そんなことは思いもよらないという顔で、ソレイイナは言った。

「わたくしはリコリスちゃんに寂しい思いをさせたくないと思っているわ。それだけよ」

「結果としては、そうなると思いますが」

「いいえ。作法の授業でも、寮でも。わたくしがいるのだからリコリスちゃんは寂しくないわ。卒業までずっと、一緒にいればいいことですもの」

話が噛み合わない。理由は、ヴォルフガングには考えるまでもなくすぐに分かった。

ソレイナ・ブルグマンシアの言う『卒業まで』は、あくまで自分自身の卒業のことだ。そこから先は、彼女には関係がない。

「わたくしリコリスちゃんが好きなの。凛々《りり》しくて、しっかりしていて、でも可愛らしくて……たくさん甘やかしてあげたくなるわ。ああいう妹がほしかったの」

彼女にとっての問題は、自分がリコリスのことを好きなのだということ。甘やかしたいということ。リコリスの交友関係ではない。ソレイナが卒業したらひとり取り残される彼女の孤独ではない。

独善的な言葉を包み込むこの笑顔を、人が『とろけるような』などと表現するのを聞くたび、ヴォルフガングはぞっとさせられる。

ソレイナ・ブルグマンシアという人間は、ヴォルフガングにある女のことを思い出させる。まさしく独善でもって自分を殺害しようとした毒婦のことである。

「子爵様は、わたくしが羨ましいのでしょう。リコリスちゃんを独り占めしたいけれど、それができないから」

ソレイナが例の毒婦《どくふ》と違うところは、周りを見る目を持っていることだ。こういう人間は、そう簡単には馬脚《ばきゃく》を現さない。そして相手を攻撃する時も、弱点を的確に突く。

「世間知らずの我儘《わがまま》なご令嬢に負けるつもりはありません」

「ひどいことをおっしゃるのね。わたくしは、争い事は嫌いです」

彼女がこう言っているうちにリコリスを彼女から引き離さなければならないと、ヴォルフガングは心を決めた。

たとえば『争ってでもあの子を手に入れたい』などと言い出したら、目も当てられないのだ。

四

シェイド・ラジアータは姉のことが大好きだ。

どうみても。


ソレイナ・ブルグマンシアとの問題が落ち着いた後も、ウィオラはなかなかリコリスと交流を持てなかった。

あいかわらずヴォルフガングが彼女の横を占拠しているということもあるのだが、ウィオラ自身例の『持ち回り』によってリコリスを傷つけたという負い目によって、あまり積極的にはなれなかったのである。

没交渉《ぼっこうしょう》というわけではなかったが、仲良くなるのに決定的な出来事もなかった。進展がないまま時は過ぎ、ウィオラたちは第二学年へと進級する時期を迎えていた。

学園生活や勉強面においては、ウィオラにとってこの一年はそれなりに順調で、家への手紙にも意欲的にその成果を書き連ねた。おかげで、入学前は心配そうだった父の不安もかなり払拭《ふっしょく》できたようである。

第一学年から第二学年への進級にあたっては、それほど不安に思うようなこともなければ期待することもない。

各学年に一学級しかないこの学園で、進級にあたってリコリスと別教室に分かれてしまうのでは、といった心配はいらなかった。同時に、作法のクラスにも顔ぶれの変更はない。ウィオラにとっては悲しいことに。

学年が変わるといっても顔ぶれが同じでは、新鮮さもなにもあったものではない。自然、教室内の話題は自分たちのことよりも、卒業してしまう先輩のこと、新しく入学してくる生徒のことが主になっていた。

「来年は、リコリスさんの弟君《おとうとぎみ》もこの学園にいらっしゃるのですよね」

そう切りだされた話題に、教室内にいた生徒たちの耳目《じもく》が集中する。もちろん、ウィオラも何気ない風を装って耳をそばだたせた。

「ええ。そうなのです。シェイドと申します。わがままなところのある子なので今から心配で――」

弟について話すリコリスは、『わがまま』などと厳しいことを言いながらも表情がどこか柔らかい。ウィオラは、リコリスが他人のことをこのように言うのを初めて聞いた。なるほど、さすがの公爵令嬢も、身内に対する態度は気安いのだ。考えてみれば当たり前のことである。

しかし、リコリスの表情からして仲のいい姉弟《きょうだい》であるということが伝わってくる。

（弟か……彼女に似ているのかしら？　ちょっと楽しみだわ）

ウィオラは少しワクワクした。


シェイド・ラジアータは、ウィオラが注目するまでもなく、いろいろな意味で目につく新入生だった。

まずは入学式で、新入生代表を務めた。この時点で、昨年の新入生代表リコリス・ラジアータの弟であることはほとんど学園中に知れ渡った。シェイドがリーリア公爵家の実子《じっし》ではなく、親戚筋から養子に入った子供であるという家庭的事情も含めて。

加えてその容姿である。美しい顔立ちに惜しみない笑顔。これが、特に上級生の女生徒からの絶大な支持を得た。

リコリスとシェイドは、やはりとても仲のいい姉弟であるようだ。

これまで不可侵《ふかしん》の印象が強かったリコリスとヴォルフガングという親密な婚約者たちの間に、ぐいぐいと分け入っていけるシェイドがウィオラにはとてもうらやましかった。

それがあんな形で騒動に発展するなど、想像もしなかったのだが。


女が一人に、男が二人。

古来《こらい》、この構図は争いの引き金《がね》である。

その意味では、争いは起こるべくして起こったと言えるのかもしれない。

この頃、ウィオラには少々困った癖《くせ》が出てきていた。

シェイドとリコリスの仲の良さに触発され、ある仮定的想像に心を奪われていたのである。

それは『自分に頼りになるお姉さまがいたら』という想像であり、もっと具体的に『黒薔薇の君が自分の姉だったなら』という想像に発展した。

昔からウィオラは、そういった想像をすることが好きな子供だった。リコリスに出会ってからは声や表情が想像しやすくなって、空想はより具体的なものになっている。

寮の自室に帰ってからも、ウィオラが机に向かって考えるのはそのことばかり。

ちなみにウィオラは、黒薔薇の君と他の誰かという恋愛的な『組み合わせ』を想像することはない。彼女の脳内で、黒薔薇の君はあくまで手折られることのない花である。

想像の翼を羽ばたかせていたウィオラの耳に、隣室から『バタンッ』と、ドアの閉まる大きな音が聞こえてきた。

ウィオラはこれに、かなり驚いた。

音がした部屋の主は、トリフィラ・アデノフォーラ。ソレイナ・ブルグマンシアの『持ち回り昼食お誘い事件』の折に、その順番について報告せよと押し付けられた伯爵令嬢である。

彼女はとても穏やかな性格の持ち主で、ウィオラとも仲のいい生徒である。勉学が優秀で、特に歴史についてはウィオラもまったく歯がたたないほど博識《はくしき》だ。リコリスとトリフィラが話す歴史考《こう》証《しょう》に関する話題など、まったく学園で学ぶ歴史の域を超えているのである。

この学園に入学するまでろくに友人もできなかったウィオラであるが、最近は比較的友人に恵まれていた。

リコリスという『どうしても嫌われたくない、お友達になりたい相手』を得ることで、逆にその他の女生徒に対しては気負《きお》わない態度で接することができるようになったのである。ウィオラ本人にさえ意外な効能であった。

教室内における『絶対者』たるリコリスとヴォルフガングが大人びた性格をしているせいなのか、ウィオラたちのクラスは基本的に男女ともに仲がいい。上級生たちからおかしなちょっかいをかけられることも、ソレイナの件を除けばほとんどなかった。

ソレイナが学園における唯一のリコリス、ヴォルフガングに並ぶ家柄の生徒であることを考えれば、それ以外にはそのような振る舞いの可能な上級生はいないということかもしれない。

トリフィラなどは、伯爵家の令嬢として貴族社会のドロドロした部分をよくよく心得ているらしい。「リコリスさんとヴォルフガング様と同じ学年で本当に良かったわ」というのが、入学当初からの彼女の口癖《くちぐせ》である。トリフィラは平和を愛しているのだ。

そんな穏やかなる友人が荒々しく扉を閉めるなど、これはまさしく珍事《ちんじ》であった。ウィオラはあわてて隣室へと向かう。

「ああ、ウィオラさん……」

扉を叩いたウィオラを快く部屋に入れてくれたトリフィラは、ずいぶんと疲れた顔をしていた。これはもはや、すくなくとも『何かがあった』ということだけは決まったようなものだ。

「物音がしたので心配になって……」

「わざわざありがとうございます」

トリフィラは少し悩んだ様子だったが、ウィオラに相談をしてみることに決めたようだ。

「お話ししていなかったと思うのですけれど、わたくしには妹がおりますの。一つ年下で……今年この学園に入学してまいりました」

「まあ。そうでしたの」

新一年生がこの学園に来てしばらく経つが、それはウィオラにとって初耳だった。

「姉と違って頭の回転の速い子で、快活で……。でも少し、わたくしには理解し難《がた》いところもありまして……。たまにとても、突飛《とっぴ》なことを言い出したりするのです」

なんだかとても、苦労しているようである。

「ですから学園で周囲に馴染めるかと家族一同とても心配しておりましたの。でもディアにも――ああ、ディアリカというのが妹の名前なのですけれど。妹にも学園にきて心を許せる友人ができたようで、わたくしとても喜んでいたのです。それが、今日はその友人と喧嘩をしてしまったらしくてずっと落ち込んでいて……」

「それは……心配ですわね」

「ええ。そうなのです。心配で……それに、なんと言ったらいいのかしら……」

トリフィラは言い淀む。友達とのいさかいの他にも問題があるようである。

「こんなこと、ウィオラさんに相談しても困らせてしまうだけかもしれないのですけれど……」

「トリフィラさんがよろしければ、聞かせていただきたいわ」

「ありがとうございます。……その、ディアが、その友人と喧嘩したという経緯を聞いたのです。

姉として、なんとか解決の糸口を探せたらと思いましたの。でもそれが、なんとも奇妙なお話で……」

トリフィラはそこで、二人きりの室内にもかかわらず辺りをはばかるように声を小さくした。

「妹は、なんでも、シェイドさんのことが好きなようなのです」

「まぁ……」

意外なところに意外な名前が出てきて、ウィオラは本当に驚いた。トリフィラの口から彼の名を聞くのは初めてではない。しかしこれまでシェイドについて話題が出るのは、リコリスとの姉弟仲を微笑ましく噂する時ばかりだった。

しかし、よくよく考えてみれば、それはそうおかしなことでもないと思えた。シェイドの人気が年上の女生徒からばかりではなかったというだけのことだ。

「で、では、もしかしてその妹さんのご友人も、シェイドさんを……」

こ、恋の鞘当《さやあ》て……？　と逸《はや》ったウィオラの言葉に、トリフィラはふるふると首を振った。

「そうではないのです。その妹の友人――フェリキアさんとおっしゃる方なのですが――フェリキアさんは、なんでもヴォルフガング様にあこがれているようで……」

「まぁ……」

これはまた、意外な名前を意外なところで聞くものである。ヴォルフガングについて取りざたするのも珍しいことではないが、彼について話す時はほとんどリコリスとの仲の良さを……以下略。

「それで、二人はどちらの殿方《とのがた》がより素晴らしいかということを話していたら、その、諍いのようなことになってしまったようなのです。馬鹿げていますでしょう？」

トリフィラは少し怒っているようである。

「そもそも、なんてはしたないことを言っているのかと、わたくし妹を叱りましたの。その時は、妹も神妙な顔で聞いていたのですわ。それが、なぜか突然怒りだして。わたくしにクッションを投げつけてきましたのよ！」

「怒って……ですか？　なぜでしょう」

ウィオラには、この経緯でトリフィラが妹に『怒られる』ということが得心できない。

たとえばトリフィラが、感情にあかせてシェイドのことを悪く言ったとかであれば、妹も好きな人を貶められたと怒りを感じるだろう。しかしトリフィラはそういう人ではないのである。

「わたくしにも分かりませんの。なぜ妹があんなに怒ったのか」

「その直前に、どんなことを言ったか覚えていらっしゃる？」

「たぶん、『そもそもヴォルフガング様にはリコリスさんという決まった相手がおられるのだから、あなたたちの浅はかな口論がお耳に入れば大変』といったことを、話したと思うのです。そうしたら妹は、『姉さんまでそんなことを言うの？』と。それから、なぜか分からないのですけれど、シェイドさんがリコリスさんのことをいかにお好きで、姉弟仲がどれだけいいかということを。そのお気持ちはけしてヴォルフガング様に劣るものではないと、そのようなことを力説しだして……」

（…………ん？）

「ええと……それから、『禁断の愛』がどうとか、『告げられない想いこそが純愛である』とか、

『略奪愛《りゃくだつあい》』がどうとか、このあたりは本当に言うことが支離滅裂《しりめつれつ》で、まったく話にならないのです」

（あれ？　どうすればいいのかしら。もしかすると事態を理解してしまったかもしれない。これはもしかしてもしかすると……カップリング論争？　ディアリカ嬢はシェイドさんが好きというよりもむしろ、シェイドさんとリコリスさんの組み合わせ《くみあわせ》が好きなのでは……？）

『この人とこの人が恋に落ちたら……素敵』というのは、わりと世に広くはびこる空想のようである。『赤き薔薇のさだめ』ファンの中にもこういった人がたくさん居て、『主人公が○○と恋に落ちたらいいのに……』『いいえそれよりも△△の方が……』といった論争に発展することがある。

ディアリカ嬢の場合、シェイド・ラジアータが姉であるリコリスのことをいかに好きか力説、『禁断の愛』といった発言からその嗜好を割り出すことができる。

つまり、『義理の姉弟』という関係性に男女の愛情が介在することを想像し、ときめきを感じているのではないか。

そうするとその友人であるフェリキア嬢が『ヴォルフガングに憧れている』という認識もあやしくなってくる。

つまり仲良しのはずの二人の間に勃発した喧嘩は、ヴォルフガングとシェイド、どちらがリコリスの相手として素晴らしいのかという議論に端を発するのではないだろうか。

事実は、概《がい》してウィオラの考えたとおりだったのである。

時を置かず、ウィオラはディアリカ・アデノフォーラ嬢の元へ向かった。初対面であるはずのウィオラとディアリカとの間で、認識を共有した会話がなされた。十二年の生活をともにしてきたはずの姉、トリフィラは蚊帳《かや》の外である。

また、ウィオラはてきぱきと指示を出してその場に喧嘩当事者の片割れ、フェリキアも呼びつけ簡潔な説教をした。

曰く。

「まず何よりも、これは秘めたる情熱でなければならないということを心に深く刻みなさい。特にあなた方の場合、相手は実在の人物なのですから。今回のような騒動は、今後あってはならぬことです。絶対に、相手に迷惑をかけてはなりません。徹底なさい。できないのならそのような考えは捨てるしかありませんわ」

逆らうことを許さぬ強い口調で言った後、ウィオラは縮こまる下級生二人にそっと笑いかけた。

「それから一つ、助言をいたします。あなた方の思想の違いは、今回諍いに発展してしまった。でも、共存の道もあるのではなくて？」

「『共存の道……？』」

「つまりは……『三《み》つ巴《どもえ》』です」

ウィオラの言葉にきょとんとした二人は、しかし次の瞬間にはその瞳を輝かせた。

「う、奪い合い……！」

「飛び散る火花！　それに心乱れる乙女！」

「「なんて素敵なの‼」」

ディアリカとフェリキアは互いにかたく手を握り合い、ここに一つの不毛《ふもう》な争いは終結したのだった。

シェイド・ラジアータの王立魔法学園入学から派生《はせい》した、ささやかな、知られざる事件。以上がその顛末である。

閑話『友情』

ディアリカは、友人の部屋に飛び込むなりまくしたてた。

「フェリキア聞いて！　私、素晴らしいことを思いついたの！」

「あら本当？　どんなネタ？」

「違うのよ！　そういうことじゃないの！　私、今後の計画をたてたのよ！」

「今後の計画……？」

「そう。あのね……」

秘密の計画を、ディアリカは声を潜めて披露する。フェリキアにだけ聞こえる、ささやき声で。

「私たちが第五学年にあがった時のことを考えたの」

「四年も先の話じゃない」

「いいから聞いてよ。素晴らしい案なんだから！」

「はいはい」

「私たちが第五学年に進級した時、リコリス様とヴォルフガング様は最高学年で。きっと、寮長を務めておられると思うわ」

「そうでしょうね」

「そしてシェイド様もきっと、寮監督生を務めておられるはず。そんなお三方《さんかた》を、そばで見つめられる位置があるのよ」

「つ、つまり……」

「そう！　私たちがもし五年になった時、寮監督生に選ばれることができたら⁉」

「お三方を一番近くで、誰はばかることなく見つめることができる⁉」

「すごいでしょう⁉」

「すごすぎるわ‼」

ディアリカの思いつきが、フェリキアの心をとらえたのは確かだった。その証拠にフェリキアは、ディアリカの手をとってはっきりとその目を輝かせたのだから。けれどすぐに、その目は惑うように伏せられてしまう。

「フェリキア？」

「素晴らしい思いつきだと思うわ。心から。でも……監督生に選ばれるだなんて、あなたはともかく私にできるとは思えない……」

フェリキアの目は不安げに、少し悲しげに揺れていた。

入学してすぐに、読書という共通の趣味のために仲良くなったディアリカの友人、フェリキア。

彼女は思慮深く聡明《そうめい》で、その分慎重なところがある。何事もまず体当たりでぶつかってみる、というディアリカとは正反対の性格をしていた。

けれどだからこそ、ディアリカにはフェリキアのすばらしさがよく分かるのだ。

「何を言っているのよ、フェリキア。あなたの成績は女子で一番だし、私と違って先生方からも信頼されているじゃない。慎重に言葉を選んで、人を傷つけないようにといつも気を使ってる。あなたのほうが、監督生に近いはずだわ」

「先生方から信頼されているというのは、私があなたみたいにきっぱりとものを言えないからよ。都合のいい生徒だから。私は、怖くて馬にも近寄れない弱虫だし……」

「だから、一緒に頑張りましょうよ！　私は勉強を頑張る！　フェリキアは乗馬と、自己主張を頑張るの！　私だって一人で監督生になんかなれる気はしないけど、監督生は二人でなるものだからできるかもって思うのよ。あなたが苦手なことは私が手伝うから、私の苦手なことは手伝って！」

まくしたてたディアリカに、フェリキアは唖然とした顔をして。そして、笑った。

「それはとても、素敵な提案ね。……うん。いいわ。やってやりましょう」

二人はこの時、互いに確信したのだ。

今目の前にいる大切な友人。この人との友情は、きっととても長く続くものになると。

五

アルタード・ブルグマンシアはやっかいな後輩である。

かなり本気で、鬱陶しい。

ソレイナ・ブルグマンシアが学園を卒業したことに、多くの男子生徒は悲しみのため息をこぼしただろう。しかし、ウィオラはむしろ安堵のため息をこぼしたのである。

だが、さすがというべきか彼《か》の人は、去ってもただではその名を生徒たちに忘れさせなかった。

ブルグマンシアの名は、ソレイナの卒業後もずっと、学園のそこここで話題にされることになるのだ。

アルタード・ブルグマンシアが学園に現れた時。多くの者は彼に好意的な期待を寄せた。五公家の子息《しそく》がヴォルフガング、シェイドと続いて学園に入学しており、どちらもとても人気の高い生徒である。ならばその翌年に現れたブルグマンシアの末っ子にも、同じような期待をかけようというのは何もおかしなことではない。

しかし、ほどなくして知れた。アルタード・ブルグマンシアは、どうしようもないほどわがままな子供だと。

無断遅刻、早退は当たり前。

教師や上級生に対して敬語を使わない。

とにかく、決められた時間に決められたことをするということをしない。

当初はその容姿の愛らしさ、悪びれない態度にほだされた女生徒などが彼をかばったりもしたようである。しかし、許可なしに外出しようとしたアルタードを引き止めた上級生と、アルタードのとりまきの生徒がもめて喧嘩沙汰に発展するということが起こった。アルタードはそれを笑ってはやし立てたというのが、いく人もの生徒が目撃した場面であった。

ことここに至って、アルタード・ブルグマンシアには多くの生徒から『関わるな危険！』の評価がなされたのである。

（学ぶ気がないのなら、学園になんて来なければいいのよ！）

というのが、ウィオラの考えである。

しかしアルタードにはアルタードなりの考えがあるらしく、彼はぎりぎりで学園側から処分を通告されるようなことは避けていた。彼自身が喧嘩で手を出すことはなく、遅刻早退も体調不良と言いはれば、なかなか処分には至らない。

誰かに聞かれて、『べつにガッコー嫌いじゃないよ。あれはダメこれはダメってあんまり言われるとむかつくけど』と返したという。

その発言の真偽《しんぎ》はともかく、アルタードは学園を出て行く気はないのだ。それなりの計算のもと行動していると思われる。彼の座学の成績は悪いと聞くが、その意味では必ずしも『ただの馬鹿』ではないのかもしれない。だからこそたちが悪いとも言える。

厄介なのは、このアルタードの反体制的な態度が、ある種の人間にとっては妙に魅力的に見えるらしいことである。

アルタード・ブルグマンシアのとりまきは――まったく不可解なことに――入学当初から増え続けていた。


アルタードがいくら教師たちに手を焼かせる問題児であろうとも、学年の違うウィオラにはあまり関係のないことだ。せいぜい、その噂を聞いては眉をひそめていたくらいのものである。

そうも言っていられなくなったのは、ついに教師がリコリスに、アルタードの指導役を頼んだと聞いたからであった。

（問題行動を起こせばリコリスさんが指導役についてくれるというなら、わたくしだって問題児になったわよ！）

ウィオラは憤慨したが、同時に教師の選択に納得もしていた。

アルタードについては今のところ、女生徒に対して暴力を振るったとかいじめを行ったとかいう噂は聞かない。加えて、リコリス自身強い権力が背景にある上、リコリスが関わるとあればヴォルフガングとシェイドもほとんど自動的についてくるようなものである。

長きに渡るリコリス観察で、ウィオラは彼女が頼まれて嫌とは言わない性格であることを知っていた。逆にヴォルフガングやシェイド当人に頼んだところで、積極的に動いてくれるとは考えにくい。

確かにリコリスはアルタードの教育係として適任だ。

理性では納得できるが、感情はついてこない。ウィオラは、まったく釈然としない思いでいたのだ。

そんな折のことである。

友人とともに図書館に寄ったウィオラは、奥にある書庫がつねになく賑やかであることに気がついた。

怪訝《けげん》に思ってそちらにそっと足を運ぶと、そこには数人の生徒が集まってなにやら話をしていた。

集まって話をするというだけなら、風の気持ちいい芝生《しばふ》の上も、そういった目的のために開放されたテラスもある。それでもこのようなところで話をしているならば、あまり人に聞かれたくない内容なのかもしれない。

好奇心よりも保身に重きをおく決断を下したウィオラは、すぐにその場を離れようとした。しかし、耳に入ってきた名前のせいでそうもいかなくなってしまった。

「でも、リコリス先輩は優しい人だと聞きました……」

幼い感じの、女生徒の声である。

続いて変声期《へんせいき》前の少年らしい、よく通る高めの声。

「いや、かなり口うるさいよ～。逆らうとお説教始まるし」

（これはもしかして、アルタード・ブルグマンシア？）

内容から推察するにそういうことになる。アルタードの言葉に追従するように、「そうなんですか」とか「たしかに怖そう」といった言葉が返る。

「でも、美人ですよね」

軽薄な声による下世話《げせわ》な評に、ウィオラは思いきり眉をしかめた。次いで聞こえたアルタードの返答にも。

「まあね～。顔は嫌いじゃないかも。でも優しさが足りない。にこ～～って笑って『お願いよ』とか言うなら、こっちも聞いてあげよっかな、って気分になるのにな～」

「寮で会うことはないのが救いですね」

「そういえば、どうして指導役が女性なんだろう。ヴォルフガング先輩とか、シェイド先輩とか、男子生徒にも適任はいそうなのに」

「アルトくんが女性には優しいからじゃありません？」

「分かりませんよ。意外と、リコリス先輩自身が立候補したのかも」

「えっ⁉　それって、リコリス先輩がアルトくんを……ってこと⁉」

「だとしたら、どうします？」

「え～？　う～ん」と、アルタードの表向きばかり悩むような声が響く。

「なんかすごい必死っていうかいっしょーけんめーな感じだから、そういうことなのかも。でもあのヒト婚約者いるんでしょ～？　なんかそれ、めんどくさそうじゃん」

言葉のわりに満更《まんざら》でもなさそうなアルタード・ブルグマンシアの言葉と沸き起こった笑い声を背に、ウィオラはそっとその場を離れた。

苛立ちのあまり。

不整脈が起こりそうだった。

今あの部屋に向けて攻撃魔法をありったけぶち込んでやったら、恐ろしく爽快な気分になるに違いない。もちろんそんなことに魔法を使ってはならない。使ってはならないのだ。

ウィオラは危険な衝動と震える手を何とか抑えつけるのに、全精神力を消費した。

『救いようのない馬鹿』というものが、これほどまでに人の神経を逆《さか》なでする存在だったとは。

これ以降ウィオラには、学園内でアルタードを見かけるたびに、『生理的にむかつく‼』という魂の叫びが口をついて出ないよう気をつける必要が生じたのだ。

閑話『事前会議』

「第一回、アルタード・ブルグマンシア指導計画会議を始めます！」

「……」

「……」

「なんだか最近、彼の指導について先生方からそれとなく愚痴られるの。これって、正式な打診《だしん》の前段階ではないかと思うのよね。もしそうなったら、ヴォルフもシェイドも協力してくれるでしよ？　ね？」

「打診があっても断る、という選択肢はないんですか？」

「正直そうしたいという気持ちがないでもないけど。ソレイナ先輩に頼まれて、私もはいとお答えした手前……。それに、アルタードの担当教諭の目の下に、べったりと張り付いた隈《くま》を見た？　断ったら断ったで寝覚めが悪すぎるわ。だから、お願い」

「まあ、そうなれば協力はするつもりですが」

「……協力はしよう。その手段について提案があるのだが」

「はいダメ。ヴォルフがそうやって怖い目をして提案するのは、ものすごく物騒《ぶっそう》な手だからダメ」

ヴォルフガングは心の底から残念そうなため息をついた。

そんな婚約者を尻目《しりめ》に、リコリスはドサリと本を卓上に広げる。

「『猛獣のしつけかた』に、『馬鹿につける薬』『人格改造のてびき』。……姉上の認識もけっこう酷《ひど》いですね。問題のある生徒とは聞いていますが」

「甘いわ、シェイド。『問題がある』なんてものじゃないのよ。『手がつけられない』という認識でいないと」

「じゃあそいつ、いっそ木箱に詰めてブルグマンシアに送り返してやりませんか？」

シェイドはこの時冗談のつもりで言ったのだが、わずか数日後にはこれを実行するすべを本気で模索することになるのであった。

六

リコリス・ラジアータは、生身の人間である。

ウィオラはそれを、本当の意味では分かっていなかったかもしれない。

ウィオラはこの頃、少々自暴自棄《じぼうじき》になっていたことを否定できない。

学園に入学して、二年半が過ぎていた。

ヴォルフガングに加えてシェイド、そしてあのアルタードが加わって、リコリスに近づくことは入学当初よりもさらに困難になっていた。ウィオラも『自分にあのアルタードほどの厚顔無恥《こうがんむち》な図々《ずうずう》しさがあったら』……などと、思わないでもないくらいである。けして目標にしたいような人物ではないが。

リコリスとの関係に進展がないことに加えて、最近のウィオラはひとつ悩みの種を抱えていた。

ウィオラは同学年の中でも比較的成績のいい生徒である。座学ではほとんどつねに上位争いの中にいたし、入学前は不安を抱えていた魔法の授業についても、幸運なことにそれなりに才能があったようだ。

しかし、必須の授業として学ぶダンス。これがウィオラにとって難物であった。

ウィオラは運動神経が悪いわけではない。特別体力で劣るというわけでもない。実際、実家でダンスの基礎を学ぶのは楽しかったし、吸収も早いと褒められた。この学園に来た当初のダンスの授業でも、ウィオラはけして他の女生徒に遅れを取ることはなかった。

授業が進むにつれ、同学年の男子生徒と合同でダンスの実践を行う授業が増えた。この時も、それほどの苦労はしなかった。

彼らはウィオラが学園の外で触れ合ってきた男の子たちと比べれば、ずいぶんと品が良かった。すくなくとも、教師の目がある授業の中で、女生徒におかしなちょっかいをかけるような者はいない。その意味でウィオラは、男女ともに級友には恵まれていたと言えるだろう。

問題は、第三学年に上がってから。ここまでくるとダンスの授業も少し様相を変え、ウィオラたちは初めての『三、四年合同ダンス授業』に向けて練習を重ねることになった。

名前の通り、学年をまたいだ合同授業である。これまで同級の間で練習してきた成果を、夜会を模した場で発揮してみろということだ。

といっても。この時点ではまだ、その運行は教師の手によって完全に計画されている。誰と誰がパートナーを組むかも決められて、生徒たちは当日その指示に従うようにと言い含められているのだ。

それでも、最近の級友たちの話題は合同ダンス授業への期待と不安一色である。

「誰と踊ることになるのか、考えるだけでドキドキしますわ」

「わたくしなんか昨日、パートナーの上級生の足を思い切り踏みつけてしまう夢を見ました。これが現実になったらどうしたらいいのかしら……」

「わたくしは楽しみに思っています。ダンスだってたくさん練習しましたもの。きっと大丈夫！

上級生のほうがリードに慣れていらっしゃるから、むしろ踊りやすいって姉から聞きましたわ」

「あら、あなたが楽しみなのは今日ご実家から届く新しいドレスでしょ」

その日も昼食の後、級友たちはダンス授業に関する話題を楽しんでいた。その朗らかなやりとりに入り込めず、ウィオラは先に教室に戻るとだけ告げてその席を離れた。

（はあ……）

ウィオラのため息は深く、重い。

級友たちとは違い、ウィオラの心に期待はなかった。

ウィオラは、年上の男性、特に一つ二つ年上の男というのが苦手である。ウィオラに言わせれば彼らは、たった一年や二年早く生まれたというだけで、大人らしい気遣いができるというわけでもないのに偉そうにこちらを振り回す。

昔からウィオラの容姿をひどくからかうのも、ほとんどが少しばかり年長の男子だった。年下の男の子がそうするのは、たいてい上のやることを見て真似ているだけだ。

ダンスの授業でそのようなことが起こるとは思っていないが、それでも憂鬱であるのに変わりはない。

「あれ？　君、ウィオラ・アトレイド」

突然自分の名前を呼び捨てにされて、ウィオラは顔を上げた。

見知らぬ金髪の男子生徒が、不躾《ぶしつけ》にもウィオラを指さしている。その後ろにも二人の男子。

とっさに辺りを見回すが、一人になりたくて喧騒《けんそう》を避けたのが徒になった。食堂からさほど離れたわけではないが、人通りはない。

呼ばれた名は疑問形ではなかったから、男子生徒側はウィオラのことを知っているのだろう。ウィオラの方は、三人ともおそらく一学年上の生徒だろうとぼんやり分かるくらいで、名前が思い出せるような相手はいなかった。

「そうですけれど、わたくしのほうはあなたのことを存じ上げません」

精一杯の虚勢とともにウィオラがそう答える間にも、男子生徒は無遠慮にウィオラとの距離を詰めてくる。唐突に呼び捨てにされたことも合わせて、ウィオラは強い不快感を持った。

「ああ、俺は……」

「興味もございませんから、名乗らなくて結構ですわ」

言ってしまってから、自分の口から放たれた声の厳しさにウィオラ自身驚いた。

心を占めていた憂鬱のせいもあって、今の彼女にはあまり心の余裕がなかった。そしてそれ以上に、親しみのない男子生徒三人にたった一人で対峙するというこの状況は、ウィオラにとっては恐怖心を掻き立てられるものだったのだ。

ウィオラに話しかけてきた金髪の生徒は、ウィオラの刺々しい態度に苛立ちを感じたようだ。他二人も愛想笑いを消して、ニヤニヤと嫌な笑いを浮かべて言った。

「礼儀がなってないな～。顔はいいのに」

「まったくだ。もう少し愛想よくしろよ。商家の娘なんだろ」

貴族の子弟ばかりがあつまったこの学園で、ふだんのウィオラがあまり身分のことを意識せずにいられるのは、周囲の人間に恵まれていたからに他ならない。それを痛感させるような、嘲《あざけ》りに満ちた物言いだった。

「あなた方に愛嬌をふりまく理由はございませんわ」

ウィオラははっきりと怒りを示したが、男三人がそれに怯むことはない。

「そうなのか?」と、金髪の男子生徒がわざと驚いたような声を上げて言った。

「商家の娘がわざわざこの学園にいるからには、男を漁《あさ》りに来たんだろう? めぼしい男にちゃんと尻尾を振らないと、家に帰って怒られるだろうに。俺は伯爵家の縁者《えんじゃ》だぞ」

ウィオラは屈辱《くつじょく》に頬を染めた。

それを見て、またはやし立てられる。

今の言葉は、ウィオラ自身だけでなく両親や祖父を同時に貶《おとし》める物言いだった。許せるはずがない。

けれど学園の中とはいえ、すでに最低限の紳士的な態度さえ捨て去った男子生徒三人を前に、食ってかかるのはあまりに危険だ。

ウィオラはくるりと踵を返して、その場から逃げることしかできなかった。

その夜、寝台に伏してウィオラは泣いた。


ウィオラは翌日、ダンスの授業を欠席した。

体調不良を理由にしたが、実際にはウィオラは逃げたのだ。昨日の彼らも出席するはずの合同ダンス授業。その練習など今はとても参加する気になれなかった。

ウィオラはこの時はじめて、この学園に来たことを『間違った選択であったのかもしれない』と思った。入学にあたり、思慮深い父親から反対を受けたことも思い出した。

ウィオラの父親は、娘に言ったのだ。

『魔法学園は貴族社会の一部なんだ。家柄で人を侮《あなど》ったり、持ち上げたり。君はそれに、たった一人で立ち向かわなければならないんだよ』

ウィオラはなんと答えたか。たしか、自分は強いから大丈夫だと、そんな風に胸を張った。

今日のようにズル休みをして寝台に逃げ込む自分など、当時は想像もしなかったのだ。


ダンスの授業から逃げても、三人組から逃げ切ることは難しかった。ウィオラがそうであったように、三人組もまたウィオラのことを容易に忘れたりはしなかったのだ。

まずは、ウィオラから少し離れた位置で、こちらをちらちらと見ながら笑い話に興じる姿を見かけるようになった。話の内容など知りたくもないが、ろくなものではないということは容易に想像がつく。

それらをウィオラが完全に無視すると、今度はウィオラに話しかけてくるようになった。

例の一件以来ウィオラは一人きりになるような愚《ぐ》は犯さなかったが、彼らは級友の前でも頓着なくこちらに話しかけてきたのだ。もちろん、言葉遣いはあくまで丁寧で、知り合いの下級生に友好的に話しかけるというふうを装っていた。

級友がウィオラに「お知り合いですの？」と邪気《じゃき》なく聞けば、ウィオラが答える前に彼らは「そうなんです。親しくしているんですよ。彼女は照れ屋で、そっけなくあしらわれてしまうことも多いのですが」などと、厚顔にも答えを返した。

彼らはニコニコと愛想よく、おっとりした級友たちは「すてきな方々ね」などとウィオラに耳打ちすることもあった。

二日、三日とそんなことが続いただけ。それでも、ウィオラには苦しい日々だった。

相手が年上であること、また身分を考えれば、あまり強硬《きょうこう》な態度には出られない。また男たちは、『少しなれなれしいかもしれないが、批判されるほどではない』という態度の線引きが上手かった。

一人になりさえしなければ、男たちも今以上のことはできないはずだ。そう思っても、恐ろしいことに変わりはなかった。


隣室のトリフィラがウィオラを尋ねてきたのはそんな日々の中、就寝前という時間のことだ。

「ウィオラさん。ちょっとよろしいかしら」

トリフィラは、かごに入った可愛らしい焼き菓子を示して言った。

「母が送ってくれたのですけれど、よろしければウィオラさんもいかが？　甘いものはお嫌いでないでしょう？」

トリフィラの妹ディアリカの一件以来、彼女はたまにこうしてウィオラの部屋を訪れる。

「わたくし、今はあまり食欲がなくて……」

そう言って断ろうとするも、トリフィラは引き下がらなかった。

「それでは、お菓子は置いていきますわね」

そう言いながら、するりとウィオラの部屋に入ってしまった。彼女は穏やかな人だが、こういうところは意外に強い。

「本題は別にありますの。最近よくウィオラさんとお話なさっている殿方《とのがた》がおりますでしょう？」

トリフィラは三人の名前をすらすらと口にした。ほんの三日ほど前には言われても誰のことか分からなかった名前であるが、今は嫌というほど分かってしまう。

トリフィラは情報通で、学園内はもちろん広く貴族社会のことに通じているところがある。本人によると古い家系の歴史に興味があって、その結果いろいろな家について現在の家族構成などを把握することになったのだという。

「このようなことを申し上げるのは僭越《せんえつ》かもしれませんが、実はあの方々には、あまり良くない噂があるのです。学園近くの町に下りて、何度も騒動を起こされたとか……」

それはウィオラにとって意外なことでも何でもなかった。彼らの素行《そこう》の悪さは想像に難《かた》くない。どれだけ上手く立ちまわったとしても、そこに火種《ひだね》があるかぎり、噂は漏れるものだろう。

ウィオラの表情が変わらなかったことで、トリフィラはある程度の事情を察したようだった。

「……もしかして、知っていらした？　あの方々との交友関係は、ウィオラさんにとって望ましくないことなのかしら」

「………」

「何があったのかはお尋ねしません。……というのも、わたくしにはそれを聞いても、ウィオラさんを助けることが難しいのです。不甲斐《ふがい》ないことに。ごめんなさいね」

でも、とトリフィラはウィオラに笑顔を向けた。

「リコリスさんやヴォルフガング様がおられますわ。ぜひ、ご相談いたしましょう。お二方が本当にお優しい方で、わたくしたちは幸せ者ですわね。いえ、わたくしたちの学年に限ったことではございませんけれど。ついこの間も、ご実家同士の不仲の問題で最上級生から目をつけられてしまった下級生の問題を見事に解決なさっていましたもの」

「え……」

『リコリスさんとヴォルフガング様と同じ学年で本当に良かった』は、トリフィラの口癖だった。それをウィオラは、リコリスとヴォルフガングがいるために、その級友であるウィオラたちにはなかなか上級生もちょっかいをかけられないのだ、という意味で受け取っていた。

「リコリスさんが、その、学園の中で問題が起こった時に、直接動いてくださるということもあるのですか？　アルタードさんの教育係のようなこと以外にも？」

「あら。しょっちゅうですわよ」と、トリフィラは苦笑した。

「アルタードさんの教育係については、むしろ例外ですわ。お二人はご自分たちの功績をあまり表《おもて》沙汰《ざた》にはなさいませんけれどね。……わたくしが言うのもなんですけれど、この学園に入学するのは、実家では甘やかされてきた子供ばかりですし。家同士のしがらみもございます。問題は、どうしても起きますわ」

トリフィラとウィオラの間には、そもそも情報量の違いという壁があった。トリフィラは貴族社会がどういうものかをよく知っていたが、ウィオラはそうではないのだ。

「ね、ウィオラさん。リコリスさんにお任せすれば大丈夫ですわ」

トリフィラが嬉しそうに言ったが、ウィオラは首を縦に振れなかった。

トリフィラが退出してからも、ウィオラは就寝の準備もせずに考え事をしていた。

ウィオラは、リコリスに泣きつきたくはないと思っていた。

今の自分の情けない状況を、彼女に知られたくないと思うから。

そしてもう一つ。

これはもはやウィオラ自身でさえ呆れてしまうような思考なのだが。ウィオラは、リコリスの友人になるということをまだ諦めたくないのである。

相手に縋《すが》り、一方的に助けてもらうのは『友人』だろうか？

そうではないと、ウィオラは思うのだ。

（弱気なのは、らしくないわ）

勝ち気で負けん気が強く、時には両親や祖父を呆れさせるような。そんな自分を取り戻すのだ。

ウィオラは拳を強く握りしめた。


翌日。ウィオラはいつもよりずいぶんと早起きをして、念入りにコテで髪を巻いた。

丁寧に梳《す》いた髪を、一房《ひとふさ》ずつ縦に巻いていく。一人の作業も手慣れたもので、初めの頃のように火傷《やけど》をするような失敗はもうほとんどなかった。

そして、その日の午後はしっかりとダンスの授業に出席した。

前回の欠席を取り戻せるよう先生に積極的に質問をして、それをしっかりと頭に叩き込んだ。

級友と図書館に向かう途中で例の三人組に声をかけられたが、忙しいからと足を止めなかった。

ウィオラの決然とした態度を前に、三人組もいつものように『照れないでください』などとは言えなかった。

次の日も、その次の日もそのようにした。

そんな態度を繰り返すうちに級友たちも、ウィオラが彼らと話したくないと心から思っていると、ごく自然に理解してくれた。

けして一人きりで彼らに会わないようにと気をつけながらも、ウィオラは無理に作ったのではない笑みを浮かべることもできるようになっていた。

ウィオラは、自分が心無い嫌がらせに打ち勝てたようでとても嬉しかった。けれども実際には、火種はまだくすぶっているだけだったのだ。


その日も、ダンスの授業に向かう途中だった。

ウィオラは教室を移動しているところで、もちろん友人たちと一緒だった。

パンッ、と。

耳元で、そう大きくもない音がした。ついでバシャッと水音がして、ウィオラは肩から水に濡れた。

何が起こったのか。当の本人には瞬間的に理解することは難しく、ウィオラの友人たちが先に驚きの悲鳴をあげた。

水はすぐに服に染みこんで、ウィオラの体まで冷たく冷やす。

その間にも少しの時間をおいて、また『パンッ』と妙に軽い音がした。今度はウィオラのドレスのスカートが水浸《びた》しになる。突然あがった『耐え切れず』というふうの笑い声にウィオラが顔を上げると、少し離れた場所に例の三人がいた。

ウィオラは、寒さのせいだけでなく震えだした手を、けして彼らにだけは見せたくないと胸元に抱き込んだ。

そうすると今度は頭の上のあたりであの弾けるような音がして、ウィオラの金の巻き毛が大量の水にまみれた。

（髪が……わたしの……）

水を吸った金の髪は、自らの重みに耐えられずだらりと垂れ下がる。

今度こそ鼻の奥がつんとして、ウィオラの体はがくがくと震えた。その場にしゃがみこみそうになるウィオラに、それでもまだ足りないと追い打ちを掛けるようにまたあの音がした。

けれど、今度はどこも冷たくはなかった。

音がするよりも一瞬早く、ウィオラの頭をかばうように抱き込んだ誰かがいたのだ。

つややかな長い黒髪から、水の滴《しずく》が滴り落ちる。

白いあたたかな手と柔らかい体が、どちらかと言えば小柄なウィオラの体をしっかりと抱き込んでいた。

それからその切れ長の瞳が、ウィオラが初めて見るような強い強い怒りを湛《たた》えて、先ほどまで笑い声をあげていた男子生徒を睨む。

こんな時なのに。

その横顔がとても鮮やかに美しくて、ウィオラは息を呑んだ。

辺りは物音一つなく。

ただ、時間が止まったような静寂《せいじゃく》があった。

その中でも機敏に動いていたのはヴォルフガングだ。

驚きに凍りついた同級生の間から飛び出したかと思うと、あっという間に距離を詰め、水魔法を使っていた男子生徒の足を払った。

「動くなよ」

残りの二人へ向けた端的な警告の裏には、『動けば攻撃する』という明確な意図が含まれていた。

「行きましょう」リコリスから声をかけられて、ウィオラはとっさに反応できなかった。

「あの人たちは、ヴォルフに任せておけば大丈夫。寮まで行くのは少し遠いから、まずは何か拭《ふ》くものと、着替えを借りましょう。……立てる？」

優しい声と肩に添えられた手に促され、ウィオラはふらふらと歩き出した。

リコリスとウィオラが向かったのは、級友たちがダンスの授業を受ける部屋の、今は使われていない隣室だった。

二人分の服を用意してくれた教師は、『上級生の男子生徒による過度な悪戯』でもってこのようなことになった二人に、おおいに同情してくれた。そして二人が着替えを済ませ一息つくのを待って、隣室に授業を進めに行った。

級友たちははじめ興奮気味にざわついていたが、やがて落ち着きを取り戻したようだ。

今はリコリスとウィオラは部屋に二人きり。隣室から聞こえてくるゆったりした舞曲《ぶきょく》を聞いていた。

もちろん、ウィオラの心中は『ゆったり』とは程遠い。

教師は二人にここから授業を聞いても、寮に帰ってもかまわないと言い残した。「どうしましょうか？」とリコリスに聞かれて、ウィオラはとっさに「ここで！」と答えてしまった。その方が長くリコリスといられると思ったからに他ならない。

案の定、リコリスはウィオラに付き合ってこの場に残ってくれた。

この時、例の男子生徒のことはほとんどウィオラの脳裏から消え去っていた。もちろん忘れたわけではないが、そんなことに頭をつかうのは後回しにしようと決めていたのである。まずなによりも、リコリスに謝罪と感謝を伝えることである。できるだけ心をこめて。

「あの、リコリスさん……」

さっそく、名前を呼んだだけでウィオラの声は震えてしまう。緊張すると声が震えてしまう自分の癖が、ウィオラには歯がゆくてならなかった。

それを勘違いしたリコリスは、「寒いのですか？　乾かすだけでなくて、お湯に入るべきだったかもしれないわ。あなたのほうがたくさん水を浴びてしまったものね。気づかなくてごめんなさい」と、おおいにウィオラを心配し、部屋を出ていこうとうながした。

「い、いいえ……そうではなくて……あの、ありがとうございます。助けていただいて」

とにかくこの言葉だけでもと伝えたら、恐ろしく簡潔な言葉になってしまった。リコリスはお役に立てて良かったわと笑ったが、このような言葉ではとてもウィオラの心を伝えきれたとは言えないのだ。

ウィオラがまごまごと続く言葉を考えている間に、隣室から聞こえる曲が変わった。

「あら」とリコリスが思わずというふうに声を上げたので、ウィオラは何だろうと彼女の顔を注視した。

「わたくし、この曲がとても好きなの」

リコリスが嬉しそうに言う。ウィオラにとって素晴らしい情報を得たことは確かだが、話題が転換してしまったことが口惜《くちお》しい。

「曲調が好きということもあるのだけど。それ以上に、体を動かしたい！　という気分になるの。家でダンスの練習をする時、この曲ばかりねだっていたわ」

好きな曲をねだってはダンスの練習をする幼いリコリスは、きっととても愛らしかったに違いない。

「そうだわ。踊ったらあたたかくならないかしら。ちょうど音楽があるのですから。靴もちゃんとあそこに」

そう言ってリコリスが、部屋の隅にある舞踏《ぶとう》用の靴置き場を指し示した。そしてウィオラに手を伸ばす。何を言われたか分からないくらい動揺して、しかしウィオラはとっさにリコリスの手を取っていた。

リコリスに手をひかれて、ウィオラは自分に合う靴を選びに行くことになった。

「わたくしが男性役でよろしいかしら。身長もちょうどいいくらいだし」

リコリスはそう言って、男性用の靴を選びとった。

「リコリスさん、わたし、実はダンスはあまり得意ではなくて……」

「そうなのですか？　ではわたくしのリードでは辛いかしら。でも、きちんと男性役を練習したこともあるの。その時は連日、男役としてのダンス練習に明け暮れたのよ」

「えっ？　ど、どういう状況ですの」

「シェイドと……あ、わたくしの弟ですけれど。弟と一緒に父の誕生日に向けて余興《よきょう》を練習したのです。男女の位置を取り替えて踊りました」

「ええっ？」

「もちろん弟ははじめ嫌がって協力を拒否しましたが、賭《か》けでこちらが勝ったので結局……」

「そんな。ご冗談でしょう？」

「本当ですわ。本当は、ドレスを着せようとしましたの。でも、あんまり本気で拒否するのでそこは諦めることになって……。本番の踊りは、父に大好評でした。というのも、シェイドの踊りはひどかったのです。その時はまだわたくしのほうがかろうじて背が高かったものですから、なんとかリードいたしましたけれど」

「…………」

「今はもう追い越されてしまいましたが、楽しい思い出ですわ。だから、ダンスの出来はともかく、踊りませんか？　今日のこと、嫌な思い出になってしまうでしょうけれど。でもその後に、すこし変わったことをして笑ったら、それも一緒に思い出せれば――」

「……踊りますわ」

今度はウィオラから手を差し出すと、リコリスは笑顔で、恭しくその手をとった。

「あら。ウィオラさん、謙遜《けんそん》でしたのね。お上手だわ」

リコリスの褒め言葉に乗せられて、ウィオラはくるくる踊った。かかとの高い靴が、今日に限っては驚くほど軽い。

リコリスが好きだという曲は、主旋《しゅせん》の音が軽やかに飛び跳ねる明るい曲だった。

一度だけウィオラの足がもつれたが、リコリスが朗らかに笑ってリズムを取りなおしてくれる。

そう、ダンスは楽しいものだ。間違えたってかまわないではないか。

ウィオラは、とても高揚した気分で踊りを終えて、たぶん気負いのない笑顔でリコリスに向き直った。

「……笑顔が戻って良かった。ウィオラさんは強いのね」と、リコリスが嬉しそうに笑った。

ウィオラは勢い込んで話し始めた。リコリスに、聞いてほしいことがあったのだ。

「わたくしこの学園に、目標があって入ったのです。学園を卒業することは、目標の第一段階にすぎません。ですから、わたくしはこんなことに負けてはいられないのですわ」

「目標ですか？　どんな目標なのか聞いてもよろしい？」

ウィオラはこれまで自分の胸の内だけにあった決意を語った。リコリスの前で口にしたのなら、自分はこの目標をもっと大事にするだろう。そう思ったから。

それはウィオラが自身に魔法学園で学ぶ資格があると知った折。考えついた『素晴らしい思いつき』である。

「わたくしの父は、貴族の出身です。商家の一人娘だった母と結婚して、婿養子に入りました。父は博識で、素晴らしい人です。でも、体が弱いこともあって、母のようには働けません。だからたまには、父のことを侮る人がいるのです」

ウィオラは悔しい思いを胸に蘇らせながら話した。

「でもわたくしは、父の血があるからこそ、今ここで魔法を学ぶことができます。たくさん学んで、将来はそれを仕事に役立ててみせますわ。それがわたくしの、父を侮った人に対する雪辱《せつじょく》の方法なのです」

勢い込んで言ったウィオラに、リコリスは目を細めて言った。

「素晴らしいわ」

リコリスの眼差しは、ウィオラへの敬意を含んでいた。賞賛に、輝いていた。彼女の目は、身分という枠を通して人を見ない。

ウィオラは、今この時ならばリコリスに『友達になってください』と言い出せると分かった。それを、リコリスがきっと拒まないだろうということも分かった。

けれど結局、ウィオラは言わなかった。

別れ際、リコリスがウィオラに言った。

「あの上級生のことは、心配なさらないでね。もうわたくしも当事者です。しっかりと対処いたしますから」

ウィオラは感謝を込めて頭を下げた。

いまこの時素晴らしい時間を過ごしたのは、リコリスが自分を助けてくれたからだ。なすすべもなく、弱々しく、背を丸めようとしたウィオラ・アトレイド。そんな自分をリコリスは救って、そして気遣ってくれた。たとえば姉が妹にするように優しく、これ以上ウィオラが傷つかないように守ってくれた。それに対して、今のウィオラ・アトレイドができることはなんなのか。

ただただ彼女の優しさを受け取るばかり、そうではないか？

それははたして、リコリスにとって友情に足る人物だろうか。

素晴らしいと、強いと彼女は言ってくれた。でもそれは本当のことだろうか。胸を張って、自分はあなたの素晴らしい友人になりうるのだとウィオラは言えるだろうか。

（今はちがう。でも、そうなってみせるわ）

この時ウィオラの中に、強い決意の炎が灯《とも》ったのだ。

当たり前のことだけれど、リコリス・ラジアータは生身の人間だ。

あたたかい体温を持っていて、だからこそ水を浴びたらその体はつめたく冷えてしまう。それでも彼女は、やさしい手を伸ばしてくれた。

あこがれの、本の登場人物と似ているから友人になるのではない。ウィオラはリコリスと肩を並べる人間になりたいのだ。

閑話『協力者』

「――女相手でないと、囀《さえず》ることもできないのか」

ロートス・エルムナードが駆けつけるなり耳にしたのが、ヴォルフガングの口からこぼれたそんな侮蔑《ぶべつ》の言葉であった。

怒気《どき》を含んだ低い声に、ロートスは自分に向けられた言葉でもないのに少々肝を冷やした。

さてヴォルフガングの言葉を意訳すると、『かかってこいよ、ぶちのめしてやるから』と、そういうことになる。

ロートスは、普段は仲睦《なかむつ》まじい婚約者たちの邪魔をしないよう、ヴォルフガングとはあまり一緒に行動しない。そのため出遅れた感があるのだが、だいたいのことを今の状況から読み取っていた。

まず、ヴォルフガングの前に座り込んで死刑宣告を待つ囚人《しゅうじん》のような顔をしている三人。これは悪いうわさのある上級生たちである。

近頃はウィオラ・アトレイド嬢にちょっかいを出していると聞いて、ロートスも注視していた。

このウィオラ嬢というのがなかなか気骨《きこつ》のある女生徒で、自分でなんとかしようとしているのが明らかだった。だからしばらくは静観しようというのがヴォルフガング同様ロートスの結論だったのだが、それが徒になったかもしれない。

そして状況理解のために重要なのは、ヴォルフガングのこの怒りの深さである。

ウィオラ嬢が何かしら嫌がらせをされたというだけなら、蔑視《べっし》も糾弾《きゅうだん》もするだろうがこのような挑発はしない。

三人組はすでに完全に戦意を喪失《そうしつ》していて、ヴォルフガングの挑発にもほんの一瞬怒りに顔を赤くするだけ。拳を握る気概《きがい》も残っていない様子である。

そんな相手にあえて挑発行為をするのは、ヴォルフガングの煮えたぎる怒りが収まっていないからである。

有り体に言えば。

自分の拳で相手をぶん殴ってやりたくてたまらないのだ。

(これはあれだな……リコリス嬢がウィオラ・アトレイドを庇ってなにかしらの被害を受けたんだな。……リコリス嬢らしい)

想像に難くないどころか、ひじょうに納得のいくことである。

そしてそれは、上級生三人組にとってはおそらく青天《せいてん》の霹靂《へきれき》というべき事態だったのだ。

この三人がしようとしていたのは、自分たちの身分を考えれば問題にもならない相手をいたぶろうという『遊び』であって、リーリア、ラナンクラ両公爵家を相手取る洒落《しゃれ》にならない『火遊び』ではなかった。

今ここにリコリス嬢がおらずヴォルフガングがいるというのは、彼女の被害がそれほど重篤《じゅうとく》なものでない証である。

すくなくともヴォルフガングが「彼女の側にいるよりこの不埒者《ふらちもの》どもを成敗する方が先」と判断した状況。

おかげでこの場には、歯止《リコリス》めなしの凶器《ヴォルフガング》が残されている。

ヴォルフガング・アイゼンフートの攻撃性がほぼ最大限発揮される状況である。

実際、三対一という状況にもかかわらず、ヴォルフガングが弱いものいじめをしている構図に見えて仕方がない。

短い時間に状況判断を終えたロートスは、貧弱な獲物を前に念入りに刃《やいば》を研《と》ぐ友人に声をかけた。

「リコリス嬢のところに行かなくていいんですか」

ロートスは第一声から歯止めとなる名前を出して牽制を行った。名前を出すだけでも一定の効果が得られると知ってのことである。

「リコリス嬢に被害があったんでしょう？　何をされたんですか」

「魔法を使って、頭から水をかけられた」

「なるほどね。……しかし、ここで立ち回りを演じるのはリコリス嬢の意には沿わないことだと思いますが。あとで怒られちゃいますよ」

婚約者の名前を出されて、ヴォルフガングの心が揺れているのが分かった。もうひと押しとロートスは言葉を重ねた。

「なんなら俺がこの場を預《あずか》りますが？」

「……頼む」

ヴォルフガングはロートスに事件の要旨《ようし》を説明すると、足早に去っていった。

三人組は、自分が助かったものと思って安堵している。人畜無害《じんちくむがい》そうなロートスに引き渡されて、自身の無事を勝手に確信したのだ。この反応に、ロートスは内心おおいに呆れていた。

（リコリス嬢の頭に魔法の水球をねぇ……）

ロートスがヴォルフガングを行かせたのは、すでに最高学年生を相手にしても互角《ごかく》以上に戦うことが可能なヴォルフガングにとって、一学年上とはいえ真面目に剣術の授業に出たとも思えない男たちを相手に立ち回りを演ずることが不名誉になると考えたから。それだけである。

ウィオラ・アトレイドはちょっと類を見ないくらいの美少女である。それにちょっかいを掛けたくなる気持ちは男として理解できる。しかし、この男たちのやり方はあまりにもいただけない。

（というか、普通にクズだよな。こいつら）

男たちに対する断罪の手を緩めるつもりは、ロートスにはなかった。それが分かっていたからこそ、ヴォルフガングはこの場をロートスに預けることに頷いたのだ。

ロートス・エルムナードは、ヴォルフガング・アイゼンフートの友人である。――お互いに、少々損得ずくの友情ではあるにせよ。

ロートスはそれほど出世欲の旺盛《おうせい》な人間ではない。しかし貧乏貴族の、男ばかり四人兄弟の末という自分の立場はよくよく理解していた。

学園にいる間に、将来の仕事について足がかり程度のものはほしいなと、ぼんやりとした目標を抱えて入学した王立魔法学園。そこで出会ったのがヴォルフガング・アイゼンフートである。

ヴォルフガングに取り入ろうとしたというよりは、ロートスは自分とは雲泥《うんでい》とも言える地位を備えた人間に興味があったのだ。そしてヴォルフガングは、実際に話してみるとわりに面白い男だった。

　育ちが良く、他人を身分で差別しない。そのかわりなのか、身内と決めた人間とそれ以外との区別はいっそ鮮やかなほどである。非情ではないが、人情家でもない。その均衡がいっそ見事だと思った。

　有り体に言えば、人間的魅力に富んだ人物だった。そんなヴォルフガングとロートスは、友人兼部下のような関係を築きつつある。

　ロートスのほうはというと、ヴォルフガングからその社交性と情報収集の能力を買われている。今回の件についても、ロートスは三人組がウィオラ嬢にした陰湿《いんしつ》な行動をほとんど把握していた。加えて、この三人が学園に入ってから起こした女性関係の醜聞《しゅうぶん》についても少々。

　これまでウィオラ嬢にしてきたことだけでは、この三人に罰を科すのは難しい。ウィオラ嬢に魔法を不正使用して水をかけたということを考慮しても、やはり難しい。

　けれど、今回はリコリス・ラジアータが被害を受けた。

（これを利用すればどこまでのことができるか、こいつらには想像もできないんだろうな）

　水をかけられただけ？　そんなことは問題ではない。

　魔法の水球であっても、相手にぶつけて衝撃を与えることができる。しかも頭だって？　害意――ひょっとすると、殺意があったんじゃないのか？　子供のしたこと？　本当に？　実家の命令があったということは考えられないのか？　公爵家の令嬢を、殺そうとしたのでは？　いったい誰の意思で、命令で？

　断罪の仕方は様々。男たちの生家がこいつらを庇うならば、それなりに面倒なことにはなる。さて、いったいどこまでなら、二公爵家を相手取ってこの問題児たちを庇うだろうか。

（今回はどれくらいの灸《きゅう》をすえるのが妥当か……）

やりすぎは、ヴォルフガングや、なによりリコリスの意に沿わない。さじ加減が問題である。

ロートスはもう一度、座り込んだままの三人の男の上に視線を流した。

自らの身分によって多くのことを許されてきた男たちである。その逆が我が身に降り掛かったとして、文句は言えないはずだった。

七

ウィオラ・アトレイドは努力の人である。

今、ウィオラの掲《かか》げる目標はとりあえず一つ。

第五学年に進級したその時に、寮監督生に選ばれるということだ。

もちろん、最終的な目標はリコリスの友人になることである。くわえて、『優秀な成績をおさめて家族の誇りとなる』という夢においても、意義のある第一目標だった。

二人しか選ばれない寮監督生のうち、一人はリコリスに決まっているようなものだ。だから、そのもう一人として選出されることを、ウィオラは自身の目標として掲げたのである。

はっきり言って、ウィオラの実家の身分を考えれば身に余る目標である。それでも、勉学に励み、人と誠実に接し、それを評価してもらえればかなわない夢というわけではない。

気がかりなのはトリフィラの反応だった。寮監督生のもう一人は、順当に見れば有力伯爵家の令嬢であり、成績も人望も申し分のない彼女こそがふさわしい。

ウィオラは悩んだ末に、この決意について当のトリフィラに打ち明けることにした。

彼女の反応はというと、はじめは驚いた様子ではあったものの、笑顔で『応援させていただくわ』と言ってくれたのだ。


ウィオラは頑張った。

座学は元々得意だったので、成績の維持《いじ》はそれほど難しくない。

苦手だったダンスも、たとえ上級生が相手だろうと素晴らしい踊りを披露できるまでに練習に練習を重ねた。男嫌いを克服《こくふく》したというわけではないのだが、『表情は硬いが技術については文句なし』という評価をもらえたことにとりあえずは満足している。

学年が上がるにつれ下級生も増え、その面倒を積極的に見ようと思ったらやるべきことはいくらでもあった。

苦労の甲斐あって、四年に進級した時にウィオラは准監督生の一人に選ばれた。


それらの努力の合間に、何が辛かったかといえば。自身の目標と食い違うために、『リコリス様を見守る会』には入れなかったことだ。

ウィオラ自身それなりに下級生からの人気を自負していたが、リコリスの人気はそれとは質が違った。『公爵令嬢』『どこか近寄りがたい美貌』といった要素から彼女に向かう下級生の好意は、『孤高の人！　かっこいい！　すてき！』という感じの、距離をおいて見つめたいという性質のものであったのだ。

加えて、ヴォルフガングとリコリスは学園における『下級生が憧れる恋人同士』不動の一位を誇っていた。

つまり『リコリス様を見守る会』とは、『孤高の人リコリス様を見守る会』であり、『リコリス様とヴォルフガング様のおじゃまをせずに見守る会』でもある。


（孤高の人、か）


たしかにリコリスは、学園入学以来特別に仲のいい友人を作ったことがない。それはおそらく彼女が自分の影響力を鑑みて、他人に対する平等を貫いているということなのだろう。

たしかにその呼称《こしょう》は、リコリスにふさわしいのかもしれない。

でもそうだとすると、ウィオラの最大の目標は叶わないということになる。

（弱気になっては駄目よウィオラ！　もし彼女が自分の影響力のために特別な友人を作らないのだとしたら、そんなものは問題にならないくらい強い人間になればいいんだわ！）

そんな信念の違いのため、ウィオラは『リコリス様を見守る会』には入会しなかった。ウィオラは、見ているだけで満足するつもりはないのだ。

しかし、会の活動には興味があった。

基本的にこの会の目的は、リコリス当人に迷惑をかけることなく。しかし最大限にリコリスと触れ合う機会が得られるように。そんな感じだったようである。

まず会の中では、寮のリコリスの部屋に私用で押しかけるということが固く禁じられていた。そうしてその代わりとして、リコリスがたまに利用している寮の図書室に行って、設けられた制限時間の間だけ彼女と同じ部屋にとどまることが許されたのである。

誰が許したのかといえば、まぁリコリス本人でないことは確かだ。

この『図書室特攻』を実行する人間は厳正なるくじ引きによって選ばれ、図書室内でどのような行動をとり、リコリスはどのような様子であったかを会報において報告する義務が課せられた。

多くの生徒がリコリスにまともに話しかけることもできず、入ってすぐに緊張のあまり退出してしまう生徒もいた。けれど中には度胸の据わった生徒がいて、リコリスに話しかけ、あまつさえおすすめの本を手に顔を真っ赤にして部屋から出てきた子もいたそうである。

これらの行動の是非《ぜひ》については、『リコリス様がお一人でいる時間を邪魔するのはよくない』派と『図書室という公共の場に同席するのは悪いことではない。むしろ集団で押しかける行為を牽制しているのである』派に分かれて喧々諤々《けんけんがくがく》の議論がなされたそうである。

ウィオラは正直なところ、本を勧められた女生徒をひじょうに羨ましく思った。

そのような端々の誘惑に耐えながら第五学年へ進級したウィオラは、ついに監督生に選ばれるという快挙を成し遂げたのである。

ウィオラはもちろん、快哉《かいさい》を叫んだ。


それからは、思った以上に忙しい日々だった。

これまでも同級生や下級生の悩みには極力相談にのるようにしてきたとはいえ、それは個人の交友関係の範囲でのことである。寮監督生になると面倒を見る対象は下級生全体だ。教師の間でさえ、『とにかく何かあったら監督生に』といった風潮がある。

仕事に慣れないこともあるし、新入生など事あるごとに泣くわわめくわ。そのくせ不平だけは一人前である。リコリスともどもどもも忙しく過ごした。

新入生に関わるゴタゴタが少しばかり落ち着いてきたというところで行事があったり、長期休業のあとはまた家を恋しがる生徒が増えたり。

慌ただしい一年だった。しかし、ウィオラは満足していた。

リコリスとともに、しかも二人きりでいる時間は、格段に増えていた。多くは寮の運営に関わることとはいえ、話す量も必然的に増える。

リコリスに話しかけるのに、どもったり思考が卑屈になったりするようなことはなくなっていた。考えが合わなければ、口論とはいかないまでも意見をぶつからせることもあった。相手がリコリスだからとて、ウィオラは自分を消すようなことはしなかったのだ。そうあろうとしていた。

その関係は、『赤き薔薇のさだめ』の中の、主人公と黒薔薇の君との関係に近いようで、ウィオラは心から満足していたのである。

やはりヴォルフガングやシェイドが会話に割り込んでくることは多かったし、空気の読めないアルタードはその頻度《ひんど》が恐ろしい程だったが。それでも、女生徒の中でウィオラがリコリスの一番近くにいるということは、もはや誰もが認めるところだ。

充実した毎日。

ウィオラにとって一つの目標だった、『リコリスの隣に立つにふさわしい自分』はほとんど完成しているように思われた。

あとは、最高学年に上がったあとも、このような時間が持てるように努力をすればいいだけである。

そうして学園生活最後の一年。

この王立魔法学園に、リリアム・バレーが編入してきたのである。

閑話『相談』

「シェイド。笑わずに、相談に乗りなさい」

「(命令かよ)……はあ」

「わたし、ね。じつは……女生徒たちの『肝試し』に、使われているかもしれないわ……」

「…………っっ」

「……笑ったわね」

八

リリアム・バレーはずるい。

それがウィオラの、偽《いつわ》らざる本音である。彼女と自分の、いったい何がそんなにも違うのか。

その噂が寮内に囁かれ出したのは、アルタード・ブルグマンシアが怪我を負ったのと、ほとんど同時期だったように思う。

寮内で『リリアム・バレー脅《きょう》威《い》説』がひそやかに語られ出すと同時に、その不安を助長するようにこう言われ出したのである。

『リコリス寮長は、リリアム・バレーとごく親しい友人であるために彼女を庇っている。贔屓があるから、リリアムに公正な処断はくだされないだろう』

ウィオラは初め、それをくだらないと鼻で笑い飛ばしたものである。

（贔屓？　リコリスさんが？　フンッ）てなものだ。

リリアム・バレーは特殊な事情を抱えて編入してきた生徒だ。この学園では、編入生という存在がそもそも珍しい。ウィオラが学園に入学して五年強。その間編入生は、ウィオラたちが四年の時に来たルイシャンという男子生徒が一人だけ。他国からの留学生である。

加えて、リリアム・バレーはこの学園唯一の平民で、周りについていけるような学力を備えていない。

そんなリリアムをリコリスが気にかけるのは当然のことだし、作法の授業でリリアムの指導がリコリスに任されたという話も聞いていた。

おおかた、それを羨ましく思った下級生の中から生まれた噂に違いない。ウィオラはそう思っていた。だから噂を聞きつければ不謹慎だと咎めたし、リコリスがそんなことをするはずがないと否定した。

しかし、噂は下火《したび》になるどころかどんどん広まっていった。

「実はわたくし、二人が女子寮の図書室で会っているのを見たことがあります」と、級友からも話が出たくらいである。

ここに至って、ウィオラは考えを改めることになったのだ。

（……『贔屓』という、言葉が悪いだけではないかしら）

ウィオラはこれまで、女生徒の中では一番リコリスに近い位置にいた。それでも『贔屓』などとあまり言われなかったのは、監督生という役職のおかげだ。

逆に言えば、リコリスは『同じ監督生』として以上には、ウィオラと親しい様子ではない。そう周囲が判断してのことなのだ。

（だから、『贔屓』ではなくて、正しくは……）

リリアム・バレーは、役職だの身分だの、そういうものを飛び越えてリコリスの『特別』になったのではないだろうか。それがたった一人の身に起こったことで、『孤高の人』などといわれるリコリスだったから『贔屓』と受け取られてしまったのだ。

でも、本当は。

それこそが、『友人』という立場ではないだろうか。

リリアム・バレーこそがこの学園で唯一の、リコリスの『友人』なのではないだろうか。

しばらくして、女子寮内で大きな騒動が起こった。

騒動の発端となった場には、当事者に近い位置でウィオラもいた。

この騒動でリリアム・バレーは昏睡状態に。リコリスとヴォルフガングを中心に、寮内で悪夢に悩まされる生徒が続いた。

ウィオラはというと、もちろん寮内で起こる問題の対応のため奔走《ほんそう》することになる。かつては自ら問題を起こしてウィオラから説教を受けた二人、ディアリカ、フェリキア――驚くべきことに現在では頼りになる監督生である――とともに。

事態が収束した後、ウィオラも他生徒と同じく臨時休校になった学園から家に戻された。

けれどウィオラの心には、泣き出したいような切なさと、やりきれない思いが残ったままだ。学園での忙しい日々は、むしろあの時のことをあまり思い出さずにすむという意味では有用だったくらいだ。

『確かに、リリアムは――リリィは私の友人です』

『大切な友人だから、私は彼女を信じます。でも、同じ思いをあなた方に強要などしません。ただ、冷静になってほしいと思うだけです』

大勢の前ではっきりと言い切った彼女は、やっぱり凛として美しかった。

でも、ウィオラはどうしても思ってしまうのだ。

どうして、自分では駄目なのだろう。五年かけて、ウィオラはリコリスの『友人』にはなれなかった。リリアムと自分の、いったい何がそんなにも違うのか。

九

リコリス・ラジアータは孤高の人か、否か。


臨時休校の期間の終わり、学園に戻る日が近づいてきても、ウィオラの心は晴れなかった。

それどころか、学園に戻るのが憂鬱でしかたない。今は読書――『赤き薔薇のさだめ』と『黒薔薇の君』でさえウィオラの心を奮《ふる》い立たせることはなかった。

あれだけ気にしていた髪にも頓着せず、しおれた様子のウィオラに、父親は心配して学園で何か恐ろしい目にあったのではないかと問いただそうとしたし、祖父もウィオラに対して何か言いたげだった。

一人泰然《たいぜん》としていたのが母で、ウィオラの傍をうろつく男性陣を追い払ってウィオラに言った。

「上手くいかないことがあって、思い悩んでいるのよね？」

「……はい」

「それは、家族の助けが必要なこと？」

「いいえ」

ウィオラがはっきり言い切ると、母はにこっと明るく笑った。

ウィオラの母親は、ウィオラとはあまり似ていない。目を引く美人というわけではないが、そのかわり人から嫌われることのない人だった。

格別我が強いという感じはしないが、それでもほとんど男ばかりの商会の中で人に押し負けるようなことはなく、立派に仕事をして祖父を助けている。

ウィオラは母親に促されるままに、それなりの量の朝食を詰め込むことになった。

この時の母とのやりとりにどれほどの意味があったか判然としない。けれど、『そうだ。この悩みは、家族にどうこうしてもらうことではないんだ』と思うと、少しは外出しようかという気になった。

そして悩んだ末に、文箱《ふばこ》から一通の手紙を取り出した。

「まあ、いらっしゃい。お会いできて嬉しいわ！」

トリフィラ・アデノフォーラは、花咲く庭園でウィオラを出迎えた。公園でも何でもない。ここはトリフィラの実家、その前庭である。

「今日は残念ながら家族は出払っているの。特に母と妹はあなたに会いたがっていたから、あとできっと悔しがると思うのだけど」

トリフィラはそんな風に説明してくれたが、正直なところウィオラにとってはこの邸宅《ていたく》の主人とご夫人に会うのはあまりな負担と感じる。在宅しているのがトリフィラ一人で助かったと思うくらいである。

そのトリフィラも、学園の中で会うのとは印象が違った。学園の中では令嬢たちもあまり華美《かび》な装いをしないということもあるが、この邸宅を背景に、ごく自然な態度で人を使って茶会の用意をさせるところなどを見ているとそう思う。

はじめは当たり障りのない、この長期休暇で級友たちがどう過ごしているのか、といったうわさ話をした。

級友たちの話など聞かされるとウィオラとしても学園が少し恋しくなって、今日この友人に会いに来て良かったと心から思った。

トリフィラは別れ際、こんな話を切り出した。

「わたくし、あなたに謝らなければいけないことがあるのです。……いつか、ウィオラさんがわたくしに、監督生を目指すという目標を話してくださいましたね」

たしかにトリフィラには、監督生を目指すというウィオラの夢についてあらかじめ伝えてあった。けれどその話題をいまさら取り沙汰されるのはどういうことなのか。謝るとは？

ウィオラはトリフィラの意図が読めずに少し身構えた。

「……あの時わたくしは、ウィオラさんを応援すると言いました。その言葉は、嘘ではありませんでした。実際、監督生にはウィオラさんがふさわしかったと今でも思っています。……でも本当は、わたくし、ウィオラさんから『監督生になりたい』という目標を聞いた時。少しだけ……信じてほしいのだけれど本当に少しだけ。『そんな、安寧を乱すような目標を持たなくとも』と、思ったのです」

ウィオラはこの告白に驚いた。そのウィオラの表情を見て、トリフィラは申し訳なさそうに瞳を伏せた。

「……ごめんなさい。でも、それからずっと、あなたの努力を見てまいりました。あなたが大変な覚悟を持って努力なさっているのはすぐに分かりました。それで、思ったのです。わたくしは、そうと知らず貴族社会の考えに浸《ひた》りきっていたのではないかって」

「そんなことは……ないと思いますわ。あなたは初めからわたくしにも優しかった。身分で誰かを差別するようなことはなさらなかった」

「ありがとうございます。そのようにありたいと思っていましたの。でも、なんと言ったらいいのかしら。……自分の手の届く範囲を超えて、何かを成し遂げたいということは考えていませんでした。そういう望みがなかったのではないのです。あっても、目を向けずに来たのですわ。……だから、わたくしの考えって、『問題があったら、リコリスさんに任せるのが順当』『身分からして、わたくしが監督生になるのが順当』……つまらないわ」

「つまらないって、今は思っていらっしゃるの？」

「そうなのです。……わたくしには夢がありますの。笑わないで聞いていただける？」

「もちろんですわ」

「……歴史の研究をしたいのです。女性進出のない分野なのですけれど、諦めたくありませんわ」

ウィオラが初めて目にするような強い目で、トリフィラは言った。そんな彼女は、今のウィオラにはまぶしすぎるほど輝いて見えた。


「あら、少し顔つきが変わったみたい」

家に帰ると、ウィオラは珍しく早い時間に帰宅していた母親に出くわした。

簡単に心情を見抜かれたことが恥ずかしくて、ウィオラは少し顔を赤くする。

「その顔をぜひお父様とお祖父様に見せてあげて。二人ともそわそわして仕方がないの。……まあ、お父様はあなたが自分のために学園に行って、苦しい思いをしても家族に助けを求められないのだと思っているし。お祖父様は自分の夢を孫娘に押し付けてしまったと思っているから、仕方ないわね」

何気なく語られた母の言葉に、ウィオラは絶句した。

「男の人って時々バカよねぇ。まあ、そこが可愛いのだけど。ウィオラはちゃんと『自分のためになることだから』って考えて入学を決めたのに。ちょっとだけ、無意識に女を侮っているととれないこともないけど……でも、あなたを愛しているからなのよ。許してあげてね」

「あの、そもそも、お祖父様の夢って……？」

「あら、聞いたことがなかった？　お祖父様は、本当は若い頃に高等教育を受けたいと思っていたそうなの。でも、一介《いっかい》の商人の息子には過ぎた望みと、聞き入れてもらえなかったみたい。それで、あなたが王立魔法学園に入りたいと言った時に大喜びで協力したでしょう？」

いろいろと、初耳なことが多くてウィオラにとっては衝撃の母の発言である。

ウィオラが父のために入学を決めたということも、母にとっては『分かって当たり前』という様子だった。

ふふふ、という控え目な母の笑い声が、今は勝者の笑みとしか思えない。

「お母様には何でもお見通しなのね……」

「まさか。離れて暮らす母親など無力なものよ。私には、あなたが何に苦しんでいるのか分かりもしない。でもね、私は、あなたが娘であることを誇りに思っているわよ。ここにあなたの帰る場所があるのだということを忘れずに、壁にぶつかってごらんなさい」

その夜ウィオラは、父と祖父に「もう大丈夫」と告げた。

学園に帰る道すがら。

ウィオラは固い決意を胸にしていた。

（次にリコリスさんに会ったら、真っ先に言うわ！　わたくしとお友達になってくださいって！）

ウィオラは荷物の中から『赤き薔薇のさだめ』の一番好きな——黒薔薇の君の活躍著《いちじる》しい——

一冊を取り出して胸に抱え、時折そのページを捲《めく》っては自らの心を鼓舞《こぶ》しようとした。

――そして、酔った。

学園までもうそれほど距離もないというのに、揺れに耐えられなくなって馬車を止めてもらった。

ふらふらと風の気持ちのよい場所を探して歩くウィオラの背に、声がかけられた。


「そこにいらっしゃるのはウィオラさん？」


誰の声かなど、改めて自分に問うまでもない。

魔法学園入学から五年強。その間ウィオラは彼女の声だけは聞き間違えたことなどないのである。

「リコリスさん……」

リコリスの乗った馬車がすぐ近くに停まった。その立派な扉から、ひらりとリコリスが降りてきた。

ウィオラの姿に気がついて、挨拶のために馬車をとめたようだった。

馬車からは、「リコリス、気をつけてくれ」と一人でさっさと馬車を降りてしまったリコリスに苦言を呈《てい》する、心配気な婚約者ことヴォルフガング。そしてシェイドと、リリアム・バレーまで降りてくる。

リリアムがリコリスと一緒の馬車にいたこともウィオラの動揺を誘ったが、なによりも『次に会う時こそ』と決意したまさにその相手が突然に目の前に現れたことに驚いた。

（は、早いわ！　い、いくらなんでも心の準備が……いいえ‼）

ウィオラは自分自身に活《かつ》を入れる。

あれだけ心に決めたではないか。ここを逃したらもう、勇気を奮い立たせることはできないかもしれない。ウィオラはもう第六学年生。最高学年なのだ。そう余裕はない。

ウィオラは、（ウィオラ的に）ライバルである三人に負けるまいと胸を張り、言った。

「リコリスさん、実はわたくし、あなたにお話がありますの‼」

気負いに気負ったウィオラの言葉を、しかしリコリスは快く受け入れてくれた。

「では少し、あちらに行ってお話しいたしましょうか」

リコリスは三人に待っていてくれるように告げると、ウィオラを促して歩き出した。

三人はおそらく不服そうにしていたと思うのだが、ウィオラの目には自分の前を歩くリコリスの後ろ姿しか見えなかったので問題ない。

歩みを進める間、ウィオラはぐるぐると考えていた。

（言わなければ。そう、大事なのは一つだけ。『お友達になってください』。これだけ言えればいいのよ。『お友達になってください！』『お友達になってください！』）

「ウィオラさん、このあたりでよろしい？」

「は、はい！」

勢いのいい答えの後、場にほんの一瞬沈黙が横たわった。

その間に覚悟を決めたウィオラは、勢いのままに『お友達になってください！』と言おうとしたのだ。しかし間の悪いことに、この時口火《くちび》を切ったのはリコリスだった。

「実はわたくし、ウィオラさんにお礼を言いたいと思っていたんです」

「……え？　お、お礼？」

「はい。女子寮の、リリィの部屋でわたくしがあなたに先生を呼んでくるようお願いした時」

リコリスがいつのことを言っているのかはすぐに分かった。忘れもしない、彼女がリリィへの友情をはっきりと宣言した、その後のことだろう。

「ヴォルフから聞きました。あの後、先生を呼びに行ったあなたは、その足でヴォルフのところに行ってくれたと」

その時のことを思い出して、ウィオラの顔はカッと熱くなった。


あの時、リリィの部屋を飛び出した後、寮に常駐《じょうちゅう》する教師を呼びに行ったウィオラは他に自分に何ができるだろうと考えた。思いついたのは、ヴォルフガングにリコリスの窮状《きゅうじょう》を告げること。

決死の覚悟――というよりはあの瞬間ばかりは、ウィオラは焦りのあまり男性への苦手意識など吹っ飛んでいたのだ。とにかく男子寮に特攻をかけようと飛び出して、さいわいなことに、すぐにガラスの割れる音を聞いて様子を見に出ていたヴォルフガングを見つけた。

『ヴォルフガング・アイゼンフート！　リコリスさんが！　早く行って！　部屋番号は――』

まったく支離滅裂というか、本当に最低限の情報しかないウィオラの叫び声に、しかしヴォルフガングは機敏に駆け出したのだ。

「本当に、ありがとうございます。ウィオラさんは、男子生徒が苦手でしょう？　それなのに……」

「え？　知って……」

「ええ。なんとなくですけれど。それで、あなたにどんなお礼ができるかと、ずっと考えていたの。でも不甲斐ないことにいいものが思いつかなくて。良かったら、何かわたくしにお願いごとをしてみてくれませんか？」

運命がウィオラを祝福してくれたかのような、願ってもない僥倖。リコリスの提案はウィオラにとってそのようなものだった。

（お願いごとなんて、一つだけだわ！　お友達に……）

ウィオラははたとあることに気を取られた。

『お友達になってください』は、卑屈すぎるのでは？

下からの目線で懇願されるということが、リコリスには負担なのだ。ウィオラとて伊達《だて》に一年リコリスと監督生を務めたわけではなく、彼女が嫌がることは分かっていた。

（卑屈にならず……そう、たとえば黒薔薇の君のように堂々と……言うのよウィオラ！　こんな機会は絶対に、今この時しかないのだから！）

そうしてウィオラは、決死の覚悟で重い口を開いた。とにかく絶対リコリスにも聞き取れるよう、一言一言をはっきりと伝えた。

「わ、わたくしは、その、あなたと、友達に、なってさしあげても、よろしくてよ！」

沈黙。

ウィオラはしばらくの間、この短い台詞で使い果たした酸素を取り戻すのに精一杯だった。しかし体に空気が行き渡るにつれ、今の自分の言葉が脳に浸透《しんとう》してきた。

（わ、わたくし……何を……）

ウィオラには地面が揺らいでいるような気がした。なんとかしっかり立とうと足に力を入れるが、震えは止まらない。

この瞬間のウィオラの恐怖は、かつて上級生に水魔法で服や髪を濡らされなすすべもなくうずくまろうとした、あの時に勝《まさ》るとも劣らなかった。

ウィオラが口走ったのは、『堂々』には程遠い、どう考えても『尊大《そんだい》な』台詞だ。

（……こんな。……こんな風に、すべて、台無しにしてしまう、だなんて……。わたくし、入学した時からずっと、リコリスさんと、お友達になりたくて……それなのに……）

ウィオラは、滲む涙を堪《こら》え切れなかった。

顔を上げることもできない。

手足がぶるぶると震えて、今にも倒れてしまいそうだったのだ。

そんなウィオラの耳に、リコリスの声が聞こえてきた。

「えっ⁉　ほ、本当に⁉」


弾んだ声だった。

華やかで、軽やかな。そう、彼女の好きな踊りの曲のような。明るい響き。

ウィオラが顔を上げると、リコリスがキラキラとその瞳を輝かせていた。彼女のきりりとした鋭い眼差しが柔らかく崩れて、頬が鮮やかに紅潮している。

「よろしくお願いします！」

そう言ってリコリスは、ウィオラに向けて両手をバッと差し出した。

それでもウィオラが反応できずにいると、「あっ」と何かに気づいた顔をして、照れたように手を引っ込めた。

そして今度は、ドレスの裾を軽く摘むと、淑女の手本のように美しい礼をして言った。

「どうぞ、よろしくお願いいたします」

それでもなお反応できずにいたウィオラの前で、リコリスは焦ったようだった。

「……あ、分かったわ！　誠意が足りない！」

「……ぇえっ⁉」

何を理解したつもりなのか。ウィオラの前でなんと地面に膝をつこうとしたリコリスを、ウィオラは慌てて止めなければならなかった。

いつかウィオラが悩んだ、その答え。

どうして、ウィオラでは駄目なのか。リリアムとウィオラの、いったい何がそんなにも違うのか。

その答えは、ささやかな勇気。実行力。そんな、ごく単純なものであったのかもしれない。

閑話『結局のところ』

「何を話しているんでしょうね」

シェイドの問いかけは、少々白々《しらじら》しくその場に響いた。

ウィオラ・アトレイドの考えていることなど、この場にいる三人には手に取るように分かっていたのだ。顔を真っ赤にして、これから好きな相手に告白でもするのかという勢いと表情だった。

「邪魔をしにいかなくていいんですか、騎士殿」

「リコリスが自分で行くと言ったんだ。危険もまずない。それに……彼女には、借りがある」

ヴォルフガングの言う『借り』については、シェイドも話を聞いていた。男嫌いのウィオラ嬢は、しかし例のギフト事件の折に入り口とはいえ男子寮までヴォルフガングを探しに来てくれたのだそうだ。

その時女子寮で何が起こっているか知り得なかったシェイドにしてみても、ウィオラは姉の窮《きゅう》地《ち》に手を差し伸べた恩人といえる。

加えてヴォルフガングはリコリスに害をなさない相手とみれば、そう積極的にリコリスに近づく者の邪魔をするようなことはないのをシェイドは知っていた。もちろん、男子生徒は別だが。

ヴォルフガングがほとんどつねにリコリスの側にいるのは、実のところ女生徒と仲良くなるのを邪魔しようなどという意図あってのことではないのである。有り体に言って、側にいたいからいるというだけのことだ。

シェイドはというと、ヴォルフガングに比べれば少しばかり、リコリスに近づく女生徒にいじわるをしてしまうようなところがあるかもしれない。姉が友人を作るのを、手伝おうという気はまったくなかった。

だがすくなくとも、リコリスと話をしたいと正面から挑んでくる女生徒を無下《むげ》に扱うほど、悪意ある行動はしたことがない。

では、リリアム・バレーはどうなのだろう。

「君は？　何か口実をつけて、邪魔をしに行くことも可能だと思いますが」

リリアムは、ツンと顔をそむけて言った。

「他力本願《たりきほんがん》をなさらずあなた自身が行かれてはどうですか？　リコリスに嫌われてもいいなら、ですけど」

言った後に少しだけ表情をゆるめて、リリアム・バレーはこう続けた。

「……少しは、邪魔をしてしまいたいという気持ちもあります。でも、きっとリコリスが、あの嬉しそうな笑顔で『友達ができたのよ！』って、報告してくるのだろうと思うと……」

リリアム・バレーはため息をつき、それはヴォルフガングとシェイドにも伝染したのだった。

（まあ新しい友人ができたとしても、その重みは家族にはかなわないだろう）と、そんなことをシェイドは考える。

同様に、『婚約者にはかなわないだろう』『一番の友人の地位は譲りませんから』そんなことを残る二人も考えているのは、ご愛嬌というところである。

終章

ウィオラ・アトレイドは、充実した学園生活を満喫していた。


王立魔法学園女子寮。

その自室で、ウィオラは読書を終えて「ほぅ」と感嘆のため息をこぼした。

（やっぱり、黒薔薇の君は素敵だわ……）

『赤き薔薇のさだめ』

その物語は相変わらずウィオラを魅了し、これを読み耽る時間はウィオラにとって二番目に心躍る時間である。

一番はもちろん友人と一緒に話をしたり、お茶をしたり。それに勝る楽しみはないと今のウィオラは思っていた。

今日もこれからリコリスがウィオラの部屋を訪ねてくれる予定で、そうしたら一緒に図書館に行くのだ。

例によってウィオラは、今一つの目標を掲げている。リコリスに、ぜひとも『赤き薔薇のさだめ』をすすめてみたいのである。

その前に相手の読書の嗜好をきちんと掴んでおきたい。今日はその計画の第一歩である。

(リコリスと、黒薔薇の君について話ができたら最高なのに！　だって、やっぱり黒薔薇の君って、リコリスに似たところがあると思うのよ！)

リコリス・ラジアータが孤高の人であるとは、ウィオラはもう思っていない。

理想の姿としてウィオラの中に形作られた『孤高の人リコリス・ラジアータ』像は、実のところ間違いも多かったようだ。

でも誰にも手の届かない孤高の人よりも、実際のリコリスのほうがずっといい。だって彼女は、ウィオラが手を伸ばせば握り返してくれる人なのだから。

入学以来ずっとウィオラが抱えてきた『リコリス・ラジアータとお友達になりたい！』という思いは、彼女の側にいられるようになった今『リコリスともっともっと仲良くなりたい！』に変化して、ウィオラの中で膨らむばかりだ。

リコリス・ラジアータはやっぱりウィオラたち同級生の誇りで、同時に生身の人間で。

そしてなによりウィオラにとって、大切な大切な友人なのである。

ウィオラの部屋に、軽やかなノックの音が響いた。

〈番外編「リコリス・ラジアータは孤高の人か、否か」・了〉

番外編「空青く、緑鮮やかな」

事の発端は、最近仲良くなった友人――ウィオラ・アトレイドから受けた相談だった。

「わたくし、実は料理が苦手で……」

ウィオラは少し恥ずかしそうに俯いて言った。金色の長いまつげが目元に影を落とし、けぶる紫の瞳が美しい。

彼女は、そのちょっとした表情の変化にいちいち感動させられてしまうような美貌の持ち主である。

性格的にはいわゆる『ツンデレ』だなぁと思っていたのだけれど、いざ仲良くなってみると『ツン』の成分がどんどん薄まっていく気がする。とにかくいい子なのは間違いない。

そんな彼女が弱気を見せたとあって、私は悩む間もなく提案した。

「料理は実践だと思うの。今度のお休みにでも、一緒にいかが？」

「リコリスは、料理が得意なの？」

「実は私よりもヴォルフのほうが上手なの。だからむしろ、私もウィオラと一緒に精進《しょうじん》しようと思って。一緒に頑張りましょう」

私が同志に向けて握手の手を差し出すと、ウィオラは嬉しそうに頷いて握り返してくれた。

さて何を作るかという話になって、お菓子がいいのではということになった。

この決定には私の思惑がおおいに絡んでいる。

私は料理をするのは嫌いではないのだが、ヴォルフのほうが私よりも料理が上手いという難点がある。このために私の中に『お料理はヴォルフに任せてしまっていいかな』という怠惰《たいだ》が生まれたのが幼少期のこと。

そうして現在に至るまで、ヴォルフはめきめきレパートリーを増やし、それを見ている私は自信がなくなっていくという悪循環。

しかし私は、この悪循環を断ち切ることを決めたのだ。

得意分野で敵《ヴォルフ》と渡り合うなど愚者《ぐしゃ》のする行為。

しかし、お菓子ならば！

お菓子作りについては、私にはばあやという素晴らしい指導者がいた。

そのため、いくつかのお菓子に関して言えば、ヴォルフに負けじと美味しいものが作れるのだ。すくなくとも私はそう自負している。

得意分野を伸ばして、ヴォルフとは違うレパートリーで挑むのだ。

この話に、私はリリィも引っ張りこんだ。

「私が知っているお菓子は素朴《そぼく》なものばかりですけど」とリリィは謙遜するけれど、リリィ作による木の実を使ったお菓子は香ばしさが最高なのだ。ご相伴《しょうばん》に与るばかりではなく、今回はその作り方を学ばせてもらってレパートリーに加えさせていただくという目論見である。

計画をたてる段階というのも楽しいものだ。私たち三人の間で、話はどんどん広がっていった。

お菓子を作るなら、その後にお茶会を開いてはどうか。

それならば素晴らしい茶葉を用意するとウィオラが張り切ってくれたり。だったらヴォルフとシェイドも呼んで、という話になったり。

そこまでは良かったのだ。

ウィオラとリリィ、そしてヴォルフにシェイド。完全に『私にとってお得』なメンバーだった。

この話がアルトに知られた辺りから、話は少しややこしくなった。

アルトの情報網というのは、正直馬鹿にできない。私たちがお茶会の計画を練っていることをその情報網でもって知ったアルトは、かなりしつこく参加を迫ってきた。

少しばかり断りづらいのは、最近のアルトはわがままが聞き入れられないと悟った時に『お願いする』という姿勢を学んだためだ。

以前のアルトなら、自分の意見を押し通すにあたってひたすらわがままを通した。今のアルトは――おそらく今回のギフトに関する一連の事件で少しは懲りたためと思われるが――たまに下手《したて》に出てこちらを驚かせたりする。

「ぼくも手伝うから！　料理でも準備でも、材料の用意でもなんでもするから！」

殊勝すぎてびっくりするようなアルトの言葉だった。自分の容姿の利点を完全に理解した、あざとい上目遣いをプラスして攻めてくる。

そんなアルトの成長を目《ま》の当たりにして、取り巻きたちは感動の涙を拭《ぬぐ》っていたりする。彼らがアルトに甘いのは知っていたが、感涙《かんるい》に至るハードルがおそろしく低いことも知った。

そんなこんなで根負けした私たちは、けっきょくアルトのお茶会への参加を許してしまった。

そこに加えてもう一人。というか、一人ともう一従者。

「ルイシャン様もお仲間に加えていただけませんでしょうか……」

そんな、我が子に友達ができないことを心配する母親のようなことを、ごく真面目な顔で言ってくる。もちろんこれは表面ばかり気弱げな青年、オリアの言である。

私としては例の黒い手帳にまつわる一件以来、彼には以前にもましてどう接すればいいものかと困惑させられている。

しかしオリアのほうはというと。どうにもその一件以来、こちらに親近感でも抱いた様子なのだ。最近はたまに向こうから話しかけてくる。

話の内容はだいたいルイシャンのことだ。内訳はルイシャンに関わる心配事の吐露《とろ》が七割。愚痴が三割。後者についてはそれを私に言うのはどうなのかと本気で思うのだけれど。私はどうもこういった、言葉ばかりとはいえ下手に出てくる人間を突き放すのは苦手だった。

「……ルイシャンを招待するのは、構わないのだけど」

今回も頭を下げ続けるオリアに辟易《へきえき》してそう告げると、彼はパッと表情を明るくした。現金な。

「ルイシャンは、他人の手作りのお菓子なんて食べられるのかしら。……もちろん、お菓子作りにあたって清潔を第一にするつもりではあるのよ。でも……」

「あ、大丈夫です。主はそういう方面は図太いです！　好き嫌いもありません！」

「……そう」

なんとなく想像のついた答えだった。

ルイシャンが男子寮で他人と違う、特別な食事をしているといった情報を耳にしたことがないこともある。加えて、私はもうこの主従のどことない図太さを知っている。

「――あの、リコリス寮長。いろいろと、ありがとうございます」

改まった言葉に、私は面食らった。

「ルイシャン様のことを気にかけてくださって。……リコリス寮長は、ルイシャン様がこの学園に編入した当初から、いろいろと陰《かげ》に日向《ひなた》に気を使ってくださいましたね」

……………。

まあ、事実である。

なぜなら私は、ルイシャンのことを『ゲーム攻略対象』として思いきり気にかけていたからだ。そんなことを口にするわけにはいかない私は、「……改めて礼を言われるほどのことではないわ」とクールに返した。

「ルイシャン様は、例の秘密を打ち明けられてから、少し明るくなられた気がするんです。肩の力がぬけた感じといいますか……。きっと、ご自身の趣味をあなたに否定されなかったのが、とても嬉しかったのだと思います」

「え？　そうなの？」

「はい！　実は、今回のお茶会のことも、ルイシャン様自身が心惹かれているご様子で。こういったことは、これまでありませんでしたから」

本当にオリアの言うとおりなら、それはとてもいい傾向ではないだろうか。ルイシャンは人との関わりに一線引いたところがあるけれど、これを機会に少しでも歩み寄ろうと思ってくれるのなら嬉しい。

私の中で、ルイシャンをお茶会でしっかりもてなそうという気持ちが力を得た。

「それでは。ルイシャン様にお茶会のことを伝えにまいりますので」

立ち去るオリアの後ろ姿を見つめながら、私はほんの一点だけ、釈然としないことに思いをはせた。

（ルイシャンが秘密を打ち明けたのではなく、オリアが自分の秘密を隠すため、主の秘密を人身御供として差し出したわけなんだけどね……）

オリアはわりと、喉元を過ぎた熱さをさっぱり忘れ去るタイプのようだ。

ともあれ。

こうやって、お茶会の参加者は増えていったのだ。


そのお茶会当日。

昨夜から下準備をして、朝から小厨房を借りきって焼き上げられた大量のお菓子たち。それがたくさん詰まってとてもいい匂いを放っているバスケット。

その最後の一つを、お茶会の会場に運ぶため持ち上げようとした私の手は、先んじてバスケットに伸ばされた大きな手に遮られた。

「――ヴォルフ」

差し出された手の持ち主は、お茶会の会場にいるはずの婚約者殿だ。

「手伝いに来てくれたの？　お茶会はもう始まった？」

「いいや。主役の登場を待とうということになった」

「主役って……もしかして、私？」

驚く私にヴォルフが「もちろん」と言って笑うので、私は焦った。

「そんな。主役も何もないわ。ただ、作ったお菓子を活用するのが目的のお茶会なのに」

当然の反論だと思うが、ヴォルフは笑うばかり。

「じゃあとにかく、急がないと……」

焦って忘れ物はないかと指さし確認をする私の手を、ヴォルフの荷物を持っていない方の手が掴んだ。

「焦る必要はないさ」

「でも、みんな待っているんでしょう？　ヴォルフだって、朝から机を動かしたり椅子を運んだりで、お腹が空いているはずじゃない」

ヴォルフは私の言葉を受けて、少し意味深に笑った。これからいたずらをしかけますよという顔だった。

「……私には、甘い匂いのする君がいれば十分だ」

そう言って、掴んだままの私の手を自分の口元に持っていく。ヴォルフの唇が、私の手に触れてしまうに違いないというほど近くに。

私は全身をこわばらせた。心臓はもう壊れんばかりだ。

ヴォルフは結局私の手の甲にキスをするわけではなく、ただ「君自身がデザートのような香りがする」といって私をからかっただけだった。

頬を膨らませた私の前で、ヴォルフは笑っている。とても楽しそうに。幸せそうに。

ヴォルフは昔、私と出会ってすぐの頃は、よくこうやって私のことをからかってきた。目元のほくろにキスをされたことだってある。

でもそういったからかいは成長とともに減っていたのだ。特に、身体的な接触を伴《ともな》うからかいはほとんどなくなって、紳士に成長したのねと思っていたのに。

それがここしばらく、少しずつだけれど復活している。

（あの時からだわ……）

ギフトの魔法による悪夢と戦ったその後に。

悪夢から目が覚めたヴォルフに、私はヴォルフの私室でしたやりとりを覚えているかと聞いた。

ヴォルフは覚えていると、でも夢としか思えないと言って。

だから私は覚えている限りのやりとりをヴォルフに伝えて、それが確かに二人の間にあった実際の会話なのだと、夢ではないのだと教えなければならなかった。

その後に、ヴォルフは言ったのだ。

『ゆっくりでいいんだ。少しだけ、婚約者――いや、恋人らしく振る舞うことを、許してくれないか。……君を、怖がらせないと誓うから』

私に頷く以外のことができたはずがない。拒否するなんて選択肢は、そもそも無かった。でも、こんな時には困ってしまう。だって今は、みんなを待たせているのだから。

私はヴォルフが持っているバスケットを指さして言った。

「……タルトが。ばあやに教わったタルトがとてもうまくできたから、温かいうちに、ヴォルフにも食べてほしいのだけど」

言い訳じみた私の言葉に、けれどヴォルフは優しく笑ってくれた。

私は感謝の意を込めて、彼の手をぎゅっとこちらから握り直したのだった。

お茶会の会場は、寮と本校舎のちょうど中間ほどにある芝生の上だ。

本当は近くにきれいな四阿《あずまや》があるのでそちらを使いたかったのだが、人数が予想外に増えたので仕方ない。男性陣が用意してくれたテーブルや椅子に、今日のお茶会参加者たちが思い思いに座っていた。

空はきれいに晴れ渡り、やわらかな日差しがテーブルの上のコップや皿にキラキラと反射している。

おそらくは何かしら騒ごうとしたアルトの頭を、シェイドが押さえつけていた。アルトの取り巻きは、ハラハラした様子でそれを見ている。

ルイシャンはそこから少し離れた位置に一人悠然《ゆうぜん》と座って、傍《かたわ》らのオリアがそれに話しかけていた。

おそらくはお茶の入ったポットの蓋《ふた》を、右手の人指し指でぎゅっと押さえたウィオラ。その左手には、斜めに傾《かし》いだために時を刻むことができない砂時計。真剣な表情のウィオラはそれに気がついていない様子。……今日一緒にお菓子作りをしていて確信に至ったのだが、彼女には一つのことに夢中になると他がおざなりになるという性質がある。

同じくお茶を淹《い》れていたリリィがこちらに気づいて、笑顔で手を振ってきた。

それは、この晴れやかな空、清々《すがすが》しい風と甘いお菓子の香りただよう場にピッタリの、幸せそうな笑顔だった。

私はリリィに手を振り返す。

アルトがこちらに気づいて、私に助けを求めてきた。

シェイドは『子守役はここまで』とばかり席を立って、ぶらぶらとこちらに歩いてくる。その顔には、面倒なことから解放されたという晴れやかな笑いが滲んでいる。

アルトの取り巻きたちはホッとした様子で、でもやっぱり見ているだけ。

ふと私と目があったルイシャンが、ほんのりと口角をあげた。オリアから話を聞いた後だからそう感じるのかもしれないけれど、たしかにその表情から少しだけ硬さが取れてきているようにも思う。オリアも主につられるようにニコニコと笑っている。

ウィオラは砂時計が進んでいないことに気がついて、慌《かいしん》ててポットの中を確認。でもお茶の色は満足のいくものだったのだろう。こちらに向けて、会心の笑顔。

そして私は、やっぱり私の斜め後ろを歩きたがるヴォルフを振り返った。ヴォルフが私を見て優しく目を細めたのは、おそらく私もまた笑顔だったから。それがうつったのだと思う。

ゲームの中で起こる出来事には、『イベント名』というものが付いているものなのだけれど。

たとえば空は青く緑鮮やかなこの日、この時。笑顔の集まったこのお茶会に名前をつけるとしたら。

『大団円』なんて、どうだろうか。

そんなことを考えた、とても幸せなある日の一幕。


〈番外編「空青く、緑鮮やかな」・了〉

（次巻に続く）

ヤンデレ系乙女ゲーの世界に転生してしまったようです　2

*本作は「小説家になろう」（http://syosetu.com/）に掲載されていた作品を、大幅に加筆修正したものとなります。

2015年1月20日　第一刷発行

著者 …………………………………… 花木もみじ

イラスト …………………………………… シキユリ
発行者 …………………………………… 及川 武
発行所 …………………………………… 株式会社フロンティアワークス
〒173-8561　東京都板橋区弥生町78-3
営業　TEL 03-3972-0346　FAX 03-3972-0344
アリアンローズ編集部公式サイト　http://www.arianrose.jp
編集 …………………………………… 平川智香・末廣聖深・堤 由惟
装丁デザイン …………………………………… ウエダデザイン室
印刷所 …………………………………… シナノ書籍印刷株式会社